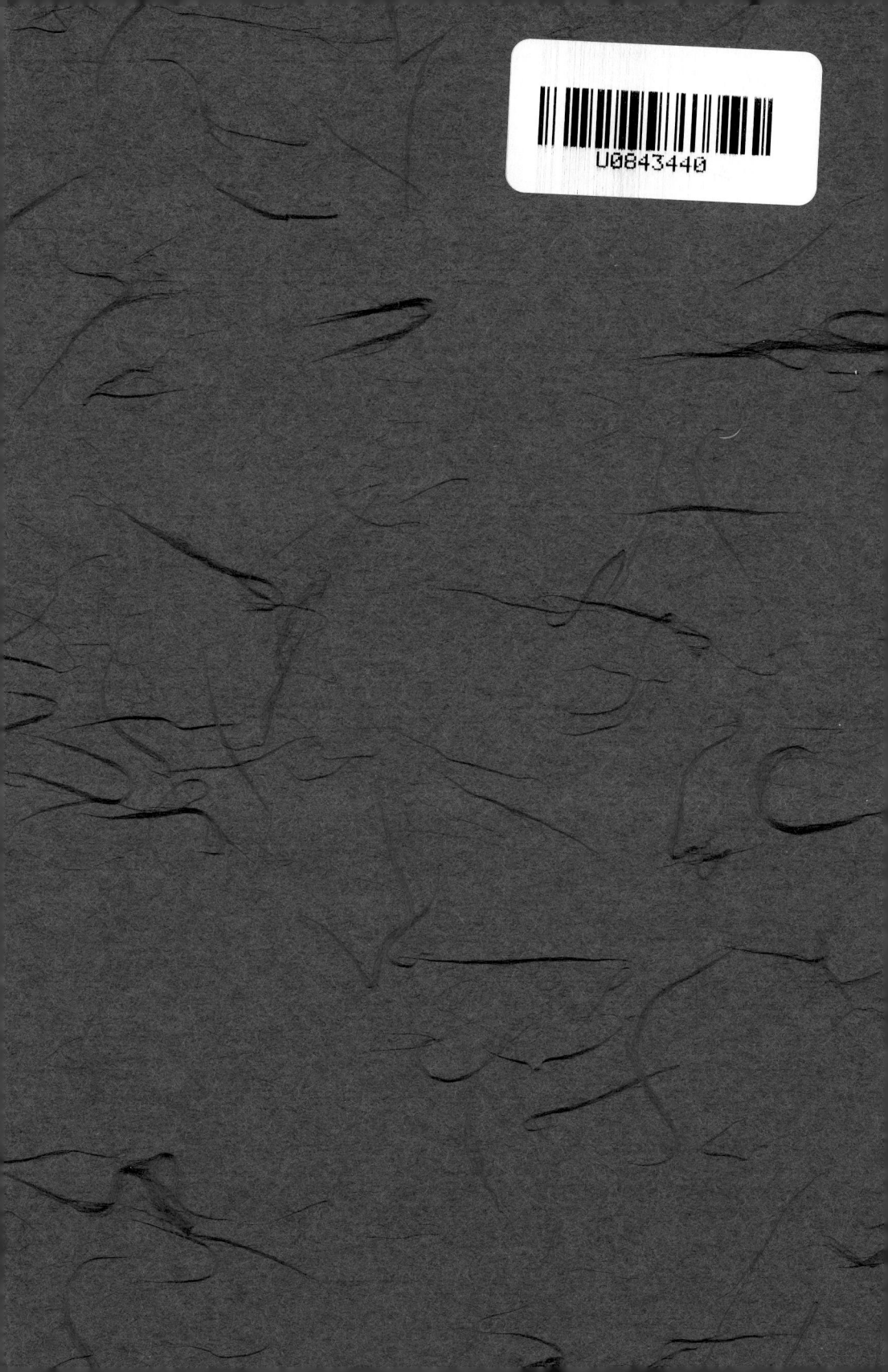

第三章 人物 /219

一 "封建主人公"辨疑 /221
二 人物类型探索 /230

第四章 诗体 /249

一 "诗体"释义 /251
二 叙述诗体和展示诗体 /259
三 叙事诗和史诗 /277
四 曲折的叙事层次 /295
五 小说体・长篇体・梅村体 /319

参考书目 /328

再版后记 /333

目 录

绪论 /001

第一章 篇目 /013

一 著名以例今 /016

二 通于经史、综事即名 /031

三 撮诗旨为篇目 /043

四 诗题——中古化之乙变 /058

五 中国诗歌的类传统及其影响 /079

第二章 视角与结构 /087

一 各种视角以人物为中心的结构 /090

二 各种视角以事件为中心的结构 /121

三 有限视角并多样视角的重构方式 /151

四 有限视角的其他情况 /190

图书在版编目（CIP）数据

中国古代叙事诗研究/者相片著.—合肥:安徽
教育出版社,2023.5
ISBN 978-7-5336-9872-0

Ⅰ.①中… Ⅱ.①者… Ⅲ.①叙事诗—古典诗歌研究—中
国—古代 Ⅳ.①I207.22

中国版本图书馆 CIP 数据核字(2022)第 221770 号

中国古代叙事诗研究
ZHONGGUO GUDAI XUSHISHI YANJIU

著 者：者相片

责任编辑：乔 鹏
装帧设计：匡 韬
技术编辑：陈荣志

出版发行：时代出版传媒股份有限公司 安徽教育出版社
地 址：合肥市经开区繁华大道西段 398 号 邮编：230601
网 址：http://www.ahep.com.cn
营销电话：(0551)63683012、63683013
排 版：安徽时代出版印务服务有限责任公司
印 刷：安徽新华印刷股份有限公司

开 本：650 mm×960 mm 1/16
印 张：21
字 数：244 千字
版 次：2023 年 5 月第 1 版
印 次：2023 年 5 月第 1 次印刷
定 价：78.00 元

(如发现印装质量问题，影响阅读，请与本社营销部联系调换)

中国古代数事研究

赵继尹 著

教育部 直辖级
高等学校博士学科点专项
科研基金资助出版

七月流火
九月授衣
春日载阳
有鸣仓庚

绪 论

绪　论

一篇文章有一篇文章的立意，一部系统的学术专著也应该有自己的立意。本书的立意是，通过对中国古代叙事诗的研究，探索中国文学史研究与著述的新方式。

为了让读者对本书有一个整体的印象，下面将围绕本书的立意，对全书的内容进行一些介绍。

1904年，林传甲的《中国文学史》的诞生，标志着中国文学史作为一门独立的学科的开始。80多年之后，这门学科无论是在基本历史文献的梳理上，还是在著述的体例上，都取得了丰富的研究成果，可以说已经基本成熟。成熟之后求突破，这是学术研究的基本规律。伴随着20世纪80年代中期的文艺学"方法论"热，文艺观念发生了较大的变化，"重写文学史"的口号也随之被提出。平心而论，只要文学史这门学科存在，研究者的取向就只有两条：要么重复，要么重写。20世纪80年代末的"重写文学史"话题，以理论探讨的方式强化了学术界不断进行的"重写"实践，促使人们从理论上反思以往文学史的成就与不足，展望文学史所可能具有的新形态，自觉地寻求既成文学史向新型文学史迈进的突破口。唯有如此，一门学科才会获得不竭的生命力。

本书的研究与著述，正是在这一学术意识背景下进行的。笔者当然无力"重写文学史"，但也清醒地意识到寻求"重写"突破口的必要，因为学术研究贵在创新。在具体的思考过程中，笔者也切实感受到既有文学史确有应该改进的地方。

顾名思义，文学史就是"文学的历史"。既有的文学史大都遵从着这一定义所限定的研究模式。这当然是合理的。不过问题还有另一面："文学的历史"是一个偏正词组，"文学的"仅仅是一个修饰语，而词组的中心词是"历史"。这就意味着"文学的历史"的着眼点是"历史"而不是"文学"。它与其他的历史诸如政治的、经济的、军事的等一样，都只是"历史"的一种。一句话——它的最终着眼点不是"文学"。既有的文学史著述方式遵循着"时代背景""作家生平""题材内容""艺术特色""历史地位"这五大模块，史学的成分占了很大的比重，而能显示文学之为文学的比重则相对小些。这不能不令人生疑：这种以研究"历史"为重的学科还能叫作"文学"研究吗？

如果我们研究的着眼点不是"历史"而是"文学"，我们完全可以对"文学史"作出一种新的理解——"文学史"即"历史上的文学"①。这样，我们可以将"历史"作为背景置于相对次要的地位，而突出文学之为文学的艺术特征，即着重对历史上的文学进行艺术式的研究而非历史式的研究。

这种研究方式可行吗？如何建构一种"寓历史于艺术"的理论框架呢？这是本书遇到的最大难题，也是本书成败的关键。

一般来说，遵从既成的文学史模式，写一部以"史"为线索的"中国古代叙事诗史"或许比较容易些，并且，这种写法也自有它的学术价值。但是，我的立意不在这里，而在于突破"寓艺术于历史"的

---

① 这里对"文学的历史"与"历史上的文学"的区分，受到戴燕《中国文学史：一个历史主义的神话》一文启发。戴燕：《中国文学史：一个历史主义的神话》，《文学评论》1998年第5期。

著述方式，探索一种"寓历史于艺术"的新方式。我们这种新方式的理论框架，是在对"叙事诗"概念的理论反思中形成的。

中国古代有"叙事"一词，但并无"叙事诗"之名，"叙事诗"只不过是当代中国人在借鉴外来的文学理论之后形成的一种观念，人们假借它来对中国古代诗歌进行分类研究。但是，仔细考察之后可以发现，当代叙事诗的概念是相当含混的。试辨析如下。

《辞海·文学分册》"体裁"一条认为："按作品的内容、性质划分，诗中有叙事诗、抒情诗等。"[①] 在"诗歌"一条中认为"按有无比较完整的故事情节，可分为叙事诗和抒情诗"。这样，对叙事诗和抒情诗的划分已出现了两种说法：（一）作品的内容、性质；（二）有无比较完整的故事情节。"叙事诗"一条的定义为"有比较完整的故事情节和人物形象"，较之标准（二）又多出了"人物形象"，可视为标准（三）；"抒情诗"一条则又提出了标准（四）：抒情诗"通过直接抒发诗人的思想感情来反映社会生活，没有完整的故事情节和人物形象"。"直接抒发"等大概是诗歌的创作方式。

通过这些颇为混乱的解释，我们大致可以明白编者总体上是想根据诗歌作品有无比较完整的故事情节和人物形象来分类，但似乎又觉得这样仍不足以说明问题。标准（四）所言的"直接抒发"，即表明编者试图再从创作方式上来辅助说明。对照中国古代诗歌史的实际，我们可以依次追问三个问题：（一）中国古代诗歌史上有多少具有"比较完整的故事情节和人物形象"的作品，其数量是否足以成类？（二）那些没有比较完整的故事情节和人物形象的诗歌，其创作方式是否是

---

① 《辞海》编辑委员会编：《辞海·文学分册》，上海辞书出版社，1981，第13—15页。

"直接抒发"?(三)如果"抒情诗"的创作方式是直接抒发,那么"叙事诗"的创作方式又是什么?只有明确回答这三个问题,我们才能真正确定我们的研究对象。

在两千多年的中国诗歌史上,确实出现过像《孔雀东南飞》《长恨歌》这样具有比较完整的故事情节和人物形象的作品;但是,像《诗经》中的《七月》,杜甫的"三吏"这些通常被认为是"叙事诗"的作品,则很难说有什么比较完整的故事情节和人物形象。与浩繁的没有比较完整的故事情节和人物形象的诗作相比,《孔雀东南飞》这样的作品简直太罕见了,几乎难成气候。将两个不成比例的文学样式对立起来分为两类,至少显得不够稳妥。

这倒还在其次。那些典型的抒情诗,如王维的《鸟鸣涧》、杜甫的《秋兴八首》,其创作方式真的是"直接抒发"吗?

试看《鸟鸣涧》:

人闲桂花落,夜静春山空。
月出惊山鸟,时鸣春涧中。

诗中"直接抒发"了什么?诗歌只不过围绕着鸟鸣涧这一地点,选择了一系列相关的意象,如桂花、山、鸟、月等,造就了一个静谧乃至有些神秘的意境,细加体味,方能品出其中蕴含的禅定境界。这很难说是"直接抒发"。

再看《秋兴八首》的第一首:

玉露凋伤枫树林,巫山巫峡气萧森。

江间波浪兼天涌,塞上风云接地阴。
丛菊两开他日泪,孤舟一系故园心。
寒衣处处催刀尺,白帝城高急暮砧。

诗中抒发情怀比较明显的是颈联中的"他日泪""故园心"六字,而"泪"与"心"也触目于丛菊,系接于孤舟。诗中其他句子全都用复合意象联缀而成,旨在营造深邃的氛围。这岂能说成是"直接抒发"?

当代的诗学研究表明,中国古代诗歌最突出的特征是情景交融,意境浑成。古人也曾极为明确地指出:

景无情不发,情无景不生。①

中国古代艺术理论中有关情景关系的论述不计其数,都在强调情由景触发而生,而情又必须融于景中,借景而现。上文所举二例鲜明地体现了这一法则。既然必须借景方能言情,又怎能概之以"直接抒发"呢?当然"以议论为诗"的情况也颇为常见,如宋诗,但这并不是中国古代诗学的最高审美理想和典型特征。因此,当代文学理论对抒情诗的界定,基本上无法运用于对中国古代诗歌的研究上;与之对应的对叙事诗的界定也就不能不令人生疑。

之所以出现这种"名不副实"的窘状,关键原因在于下定义者只从当代的文学理论出发,未能切实地考虑中国文学史的实际情况。如果我们不作任何改进地以当代叙事诗的概念去衡量中国古代文学史,

---

① 宋人范晞文评杜诗语,见《对床夜语》卷二。

势必要犯削足适履的错误。因此，我们在研究中国古代叙事诗之前，首要的任务是考察中国古代有关"叙事"的概念，总结符合中国古代文学实际状况的叙事诗概念。

"叙事"一词在中国古代又作"序事"，而"序"又与"绪"同音假借。因此，所谓叙事无非就是给事件安排顺序，理清头绪。

在中国古代，与叙事关系最密切的是史学。《说文解字》释"事"为"职也，从史"；释"史"则为"记事者也，从又持中，中，正也"。古文字中"事""使""史""吏"本为一字，后来才分化开来。可见，在中国古人的观念中，"事""史"原为一体。正因为如此，宋代真德秀在《文章正宗纲目》中提出"叙事起于史官"，清代章学诚于《上朱大司马论文》中也说"叙事实出史学"①。在中国古代地位尊崇的史学对中国古代叙事文学产生了巨大而深远的影响，根源即在于此。概而言之，古代史学对叙事诗的影响主要有两方面：一是对叙事技巧的影响，一些评论叙事技巧高超的术语经常与史学有关，如"诗史""史笔森严""龙门笔法""司马子长体"，等等；二是对叙事观念的影响，主要体现在"实录"和"春秋大义"上。"实录"强调"事核"，亦即按照事件原貌著录，不虚美，不隐恶；"大义"则强调叙事中暗寓褒贬，以发挥史书彰善瘅恶之功能。"实"与"义"的矛盾统一集中体现了古代叙事主体的心灵用意。本书第一章"意旨"涉及大量古代史学的有关内容，根源即在于古代史学对叙事观念的重大影响。

文学是以语言为媒介的艺术样式。因此，我们可以将中国古代的叙事观与语言观结合起来，来对古代叙事诗作出大致的界定。

---

① 杨义：《中国叙事学》，人民出版社，1997，第14页。

绪　论

《易经》中《〈家人〉第三十七》的《象辞》提出"君子以言有物",《〈艮〉第五十二》的"六五"又说"言有序"。① 可以说,"言有物"与"言有序"是语言运用的基本要求。"言有物"指语言必须指涉一定的对象,同时,语言必须构成一定的顺序关系,如果无序则语言不过是杂乱堆砌的字词。语言之"序"的根源又在于心灵对对象的感知,语言之序无非是心灵之序的外化。可见,语言活动必然涉及"对象""心灵""语言"这三项要素。如果我们将"对象"限定为事件,那么以事件为对象的语言活动就是叙事,叙事所依之"序"取决于叙事者的主观用意,也就是他的心灵,或许正因为如此,中国古代才将"叙事"又称为"序事"。从中国古代的叙事观念和语言观念出发,我们可以认为,"叙事诗"就是在一定用意的支配下,用押韵的语言将事件安排得具有一定顺序、头绪的文学作品。这一界说既是本书选取材料的根据,又是全书结构安排的内在依据:著作的结构应该与研究对象的结构相一致。

由以上的论析可以看出,所谓"叙事",就是主体在一定的"义"的主导下对事件的组织和安排,"义"正是作品的价值取向或曰意旨。由此,我们将首先在第一章考察中国古代叙事诗的诗歌思想的历史流变。我们将看到,中国古代叙事诗的意旨始终与"史"相联,集中地体现在"诗史"这一观念上。一定的价值取向决定一定的视角——观察世界、叙述事件的角度,一定的视角又影响一定的结构——事件的展开方式,故第二章"视角与结构"考察了中国古代叙事诗的视角与结构类型。人物是事件的承担者与造就者,是事件中不可或缺的因素,

---

① 高亨:《周易大传今注》,齐鲁书社,1979,第329、430页。

故有第三章"人物"之设置，主要从功能层面考察中国古代叙事诗中的人物类型。一般叙事文学都有意旨、视角、结构、人物诸要素，叙事诗之所以不同于小说等一般叙事性文学，关键在其文体样式——诗体，于是本书设置了第四章"诗体"，考察中国古代叙事诗体现在诗歌这一文本样式上的叙事特点及其历史发展，并重点发掘有别于其他叙事文学的"意象叙事"技巧和用典的叙事意义。

以上是本书的理论框架，这一框架可用"横、断、纵、贯"四字来概括。我们可以这样来类比：将一根树干从中间锯断后，横断面上便会显露出清晰的年轮；同时，年轮又会纵贯树干的本末二端。我们对叙事诗诸要素的提取如同横断树干，意旨、视角、结构、人物与诗体便如同一个个年轮，每一个要素在两千多年的历史发展过程中都有其自身的变化，正如同每一个年轮纵贯整个树干一样纵贯于整个中国古代。这样，我们便将古代叙事诗的艺术要素置于突出地位，同时将诸要素各自的变化历史寓于其中，从而完成了"寓历史于艺术"的框架设想。这一框架的得失如何，主要取决于它能否将中国古代叙事诗的艺术研究推进一步。本书是否做到了这一点，要等待读者读完全书后再来评判。

最后，我们有必要说明一下"中国古代"在本书中所指的历史期限问题。

作为中国历史学的分期概念，"古代"一般指1840年鸦片战争以前的历史时期。历史学的分期对文学史的分期自然有着重要的参照作用，原因很简单：通常的文学史也是一种"史"。但是，"历史上的文学"首重"文学"，文学才是规定文学史分期的最终根据。

有鉴于此，文学史分期的最终根据也只能从文学自身去找。我们找到的根据是文体，即一定的话语秩序所形成的文本体式，具体表现为作品的语言秩序、语言体式。① 我们粗略回顾一下迄今为止的中国诗歌史便会清楚地看到，中国诗歌的诗体只有一次根本性的变革，那就是五四新文化运动中产生的"新诗"——一种改文言为白话、运用自由体取代严整格律的诗歌，胡风称之为"截然异质的突起的飞跃"②。在此之前，黄遵宪和梁启超曾大力倡导过"诗界革命"，探讨过诗与口语的关系、诗体解放等问题，并在创作实践中取得了一定的成就。但是，他们并没有完成这次革命，关键问题在于他们保留了"古人之风格"，如梁启超在《夏威夷游记》中所说：

> 欲为诗界之哥仑布、玛赛郎，不可不备三长：第一要新意境，第二要新语句，而又须以古人之风格入之，然后成其为诗。……若三者具备，则可以为二十世纪支那之诗王矣！③

"新意境"主要是指当时中国人所能理解的欧洲的自然科学、物质文明，"新语句"主要指新名词、新概念，而"古人之风格"则指古典的诗词格律。我们常用"旧瓶装新酒"来概括"诗界革命"的理论，这也未尝不可；但是"旧瓶装新酒"这个比喻实际隐含了今人这样一

---

① 该定义参考了童庆炳《文体与文体的创造》一书中的界定。童庆炳：《文体与文体的创造》，云南人民出版社，1994，第1页。
② 胡风：《论民族形式问题》，转引自公木主编《新诗鉴赏辞典》，上海辞书出版社，1991，"序言"第1页。
③ 梁启超：《饮冰室专集》二十二，转引自黄保真、成复旺、蔡钟翔著《中国文学理论史》（五），北京出版社，1987，第162页。

个理论预设：作品的内容和形式就好像酒与装酒的瓶子，可以一分为二，而事实上既没有无内容的形式，也没有无形式的内容。梁启超的失误也正在这里。只有在国人透过自然科学和物质文明，看到欧洲的科学、民主等文化精神时，"新意境"才真正成为一种新理想，"新语句"也才有了真正的精神内涵，从而"古人之风格"这强大的历史惯性才被止住，诗人们才有意识地打破旧诗词最顽固的语言形式桎梏。胡适在《谈新诗》中宣告："若想有一种新内容和新精神，不能不先打破那些束缚精神的枷锁镣铐。"他主张，诗要"合乎语言的自然"，"话怎么说，诗就怎么写"。他把这种"诗的探索"叫作"尝试"，并概括为"诗体的大解放"。① 从而，中国诗歌史上有了《尝试集》这块巨大的里程碑，中国诗歌借此分为"旧"与"新"。西方近代史上科学、民主、自由、平等这样的文化精神，并不是出现在中国历史学分期上的中国"近代"，若依据文化精神来分期，那只能叫作"古代"；诗体的质变发生在西方近代精神开始真正输入中国的"现代"。这是历史的错位。因此，无论从文化精神还是从诗体来看，我们所说的"古代"应指五四新文化运动以前的历史。这就意味着我们的研究涵盖了中国历史学分期中的"古代"与"近代"。

从以上的简单介绍可以看出，与其说本书是对国故的一次重新梳理，毋宁说是一种理论的实验，一次思想的历险。其间的得与失，笔者眼下无法顾及，现在所能做的，只是将脑海中的思考物化为文本，既呈给读者来评判，也留给自己去反思。

---

① 胡适：《谈新诗》，转引自公木主编《新诗鉴赏辞典》，上海辞书出版社，1991，"序言"第3页。

第一章
章旨

暮投石壕村
有吏夜捉人
老爷逾墙走
老妇出门看

个理论预设：作品的内容和形式就好像酒与装酒的瓶子，可以一分为二，而事实上既没有无内容的形式，也没有无形式的内容。梁启超的失误也正在这里。只有在国人透过自然科学和物质文明，看到欧洲的科学、民主等文化精神时，"新意境"才真正成为一种新理想，"新语句"也才有了真正的精神内涵，从而"古人之风格"这强大的历史惯性才被止住，诗人们才有意识地打破旧诗词最顽固的语言形式桎梏。胡适在《谈新诗》中宣告："若想有一种新内容和新精神，不能不先打破那些束缚精神的枷锁镣铐。"他主张，诗要"合乎语言的自然"，"话怎么说，诗就怎么写"。他把这种"诗的探索"叫作"尝试"，并概括为"诗体的大解放"。① 从而，中国诗歌史上有了《尝试集》这块巨大的里程碑，中国诗歌借此分为"旧"与"新"。西方近代史上科学、民主、自由、平等这样的文化精神，并不是出现在中国历史学分期上的中国"近代"，若依据文化精神来分期，那只能叫作"古代"；诗体的质变发生在西方近代精神开始真正输入中国的"现代"。这是历史的错位。因此，无论从文化精神还是从诗体来看，我们所说的"古代"应指五四新文化运动以前的历史。这就意味着我们的研究涵盖了中国历史学分期中的"古代"与"近代"。

从以上的简单介绍可以看出，与其说本书是对国故的一次重新梳理，毋宁说是一种理论的实验，一次思想的历险。其间的得与失，笔者眼下无法顾及，现在所能做的，只是将脑海中的思考物化为文本，既呈给读者来评判，也留给自己去反思。

---

① 胡适：《谈新诗》，转引自公木主编《新诗鉴赏辞典》，上海辞书出版社，1991，"序言"第3页。

找到的根据是文体,即一定的话语秩序所形成的文本体式,具体表现为作品的语言秩序、语言体式。① 我们粗略回顾一下迄今为止的中国诗歌史便会清楚地看到,中国诗歌的诗体只有一次根本性的变革,那就是五四新文化运动中产生的"新诗"——一种改文言为白话、运用自由体取代严整格律的诗歌,胡风称之为"截然异质的突起的飞跃"②。在此之前,黄遵宪和梁启超曾大力倡导过"诗界革命",探讨过诗与口语的关系、诗体解放等问题,并在创作实践中取得了一定的成就。但是,他们并没有完成这次革命,关键问题在于他们保留了"古人之风格",如梁启超在《夏威夷游记》中所说:

> 欲为诗界之哥伦布、玛赛郎,不可不备三长:第一要新意境,第二要新语句,而又须以古人之风格入之,然后成其为诗。……若三者具备,则可以为二十世纪支那之诗王矣!③

"新意境"主要是指当时中国人所能理解的欧洲的自然科学、物质文明,"新语句"主要指新名词、新概念,而"古人之风格"则指古典的诗词格律。我们常用"旧瓶装新酒"来概括"诗界革命"的理论,这也未尝不可;但是"旧瓶装新酒"这个比喻实际隐含了今人这样一

---

① 该定义参考了童庆炳《文体与文体的创造》一书中的界定。童庆炳:《文体与文体的创造》,云南人民出版社,1994,第1页。
② 胡风:《论民族形式问题》,转引自公木主编《新诗鉴赏辞典》,上海辞书出版社,1991,"序言"第1页。
③ 梁启超:《饮冰室专集》二十二,转引自黄保真、成复旺、蔡钟翔著《中国文学理论史》(五),北京出版社,1987,第162页。

第一章 意 旨

意旨即作品的创作目的或意图，也就是作者的价值取向在作品中的具体体现。

在阐释学有着广泛影响的今天，再来谈论意旨这样的问题无疑会冒一定的风险。笔者的基本信念支持着本书对中国古代叙事诗意旨的探讨：中国古代叙事诗的研究既属于文学研究，又属于历史研究。历史研究中无疑要有阐释者本人"偏见"的渗入，但无论是什么样的"偏见"，都必须以先存的"客观历史"为准，而不能随意偏离。现存的文献及历史文物当然不能代表"客观历史"，但它们毕竟是"历史"这一学科存在的基本根据，是通向"客观历史"的"筏"。套用庄子"以神遇而不以目视"的著名话语，我们认为历史阐释是"目视"与"神遇"的辩证统一。所谓"目视"，就是对现存文献乃至文物尽可能了解、熟悉、掌握；所谓"神遇"，就是在"目视"的基础上运用研究主体的理性去推导，运用想象去弥补逻辑的断裂，运用情感去体味古人的神情。没有"目视"作为基础，"神遇"只能是天马行空的文学创作，而不是历史研究；没有"神遇"的提升，"目视"永远只是一堆杂乱的没有生命气息的材料。

当我们把古代的一些文献拿来当作"文学"作品研究时，我们所能做的是在这些文献的导引下，将思绪从现实中抽出，去神游那邈远的过去，尽自己最大的努力去和先贤们沟通。

一、言古以剀今

《礼记·郊特牲》中有这样的句子:"土反其宅,水归其壑。昆虫毋作,草木归其泽。"当我们以诗歌的节奏吟诵这样的语句时,我们很难想象,这究竟是先民们在庆祝丰年时的祝辞,还是在播种谷物时的咒语?

《吴越春秋》又有这样的句子:"断竹,续竹;飞土,逐肉。"这又是对一场狩猎场景的描述,还是教育年轻猎手时的口诀?我们很难断言。但可以肯定的是,这些可以被我们称为"诗"的语句,绝不是一种单纯的"文学"创作,而是与先民们的生存密切相关的实践活动的记录。先民们不可能有超越功利的纯粹审美意识,他们的目的只是为了更好地生存。

理解《诗经》中保留下来的周人作品,应该以此为出发点。最值得我们重视的是《诗经·大雅》中的那几首被今人称为"史诗"的作品:《生民》《公刘》《绵》《皇矣》《大明》。让我们从一桩学术公案谈起。

20世纪初,当中国封闭的大门被强劲的"欧风"吹开之后,中国文学开始与世界文学汇合;在与西方强大的史诗传统的比较中,中国人不无遗憾乃至难堪。王国维在《文学小言》中承认中国的叙事诗、史诗的发展"尚在幼稚之时代",慨叹"以东方古文学之国,无一足以与西欧匹者"。五四新文学运动前后,谈论中国史诗不发达的原因成了一个引人注目的话题。胡适在他那部为"新文学"提供历史依据的专著《白话文学史》中,认为中国古代"仅有风谣与祀神歌,而没有长篇的故事诗",是"世界文学史上一个很少见的现象"。

陆侃如、冯沅君作于1925年至1930年间的《中国诗史》,认为将

《诗经·大雅》里的《生民》《公刘》《绵》《皇矣》《大明》五篇组合起来,"可成一部虽不很长而亦极堪注意的'周的史诗'",同时还认为《大雅》中叙写宣王朝史迹的《崧高》《烝民》《韩奕》《江汉》《常武》等篇"也都是史诗片断的佳构"。在此基础上陆、冯两先生断言:"我们常常怪古代无伟大史诗,与他国诗歌发展情形不同。其实这十篇便是很重要的作品。它们的作者也许有意组织一个大规模的'周的史诗',不过还没有贯串成一个长篇。"①

陆、冯两先生的说法大概是出于对中国古代无史诗的辩解,在特定的历史条件下有着增强民族自尊心的意义。不过遗憾的是,后来的文学史研究著作在此基础上,将陆、冯之说视为定论,不顾原说中"没有贯串成一个长篇"的斟酌之辞,而将《生民》等五篇直接称为"周人的史诗",如程俊英《诗经译注》在上述五诗的"题解"中称"这是周人史诗之一"。② 这就需要作一番辨析了。

史诗(Epic)又叫英雄史诗,是西方文学的一个重要样式,有着悠久的历史传统。严格说来,史诗至少要符合下列标准:长篇叙事体诗歌,主题崇高庄重,风格典雅,集中描写以自身行动决定整个部落、民族或人类命运的英雄或近似神明的人物。传统史诗,又称"原始史诗"或"民间史诗",往往是由作者根据本民族扩张和战争时期民间口头流传下来的历史资料与传说加工整理而成的。古希腊荷马的《伊利亚特》和《奥德赛》,英国盎格鲁-撒克逊时期的《贝奥武甫》都属于这类作品。"文学史诗"或"非原始史诗"是由善于创作的文学巧匠以

---

① 陆侃如、冯沅君:《中国诗史》(上),作家出版社,1956,第48页。
② 程俊英译注:《诗经译注》,上海古籍出版社,1985,第494、499、512、526、542页。

传统史诗为蓝本创作而成的，例如维吉尔的罗马人史诗《埃涅阿斯纪》后来成为弥尔顿《失乐园》的主要创作蓝本，而《失乐园》又成为济慈的未完成史诗《许佩里翁》，以及希莱克的史诗《四天神》《弥尔顿》《耶路撒冷》的创作蓝本。史诗被亚里士多德列在悲剧之后，而文艺复兴时期的批评家则将之列于文学之首。毫无疑问，史诗是西方诗歌的最高形式，西方文艺史有一个强大而悠久的史诗传统，历代文人墨客无不以创作出一部史诗杰作为不朽之盛事。

史诗不仅在主人公、空间背景、题材等方面有共同的特征，而且在结构安排与情节组织方面也有广为沿用的惯例：1. 叙述者首先阐明自己的论点或主旨，继而乞求神灵赋予他大展宏图的勇气，然后向神灵提出史诗的中心议题，其答案引出全诗的情节内容；2. 史诗以倒叙手法，即截取事情发展的中途紧要关头作为叙述情节的开端；3. 对主要人物作逐一介绍，详细描写各自的外形特征。

——加以说明，旨在表明史诗是一种独特的文学体裁，相对于中华汉民族的文学传统而言，它几乎独属于西方。即使最早提出"周人的史诗"的冯沅君先生，实际上也认识到了《诗经·大雅》中的诗章因篇幅短小而无法构成史诗的规模。冯沅君在1937年5月16日发表于《大公报·文艺》上的《读〈宝马〉》一文中讲道：

> 《诗经》里颇有几首近于史诗的篇章……这些诗未尝不穆穆皇皇。但读起来，我们都觉得他们不够味。古英雄的面目并不曾细微而生动地被描绘出来。他们都像个影子。反过来，读 Homere（荷马）的 *Iliad*（《伊利亚特》），便觉得其中的人物……都是有血有肉的。他们给我们的刺激强而深。

这或许可以视为是对《中国诗史》中"周人的史诗"提法的修正。

我们认为，现在通行的文学史研究著作将《生民》等篇当作"周人的史诗"，都有对陆、冯之著进行断章取义之嫌；"史诗"这一西方文学术语既不符合中国古代诗歌的实际，又容易与中国古代诗学中另一个更为广泛使用的概念"诗史"发生混淆，造成不必要的理论混乱，因此我们在论述中不采用。

不采用"史诗"这一术语来指称中国古代诗歌，并不意味着放弃以史诗为参照来研究中国诗歌。在某种程度上，《生民》等五篇与古希腊史诗《伊利亚特》倒颇有一些可以比较的地方：

（一）内容或题材的相似

《伊利亚特》叙写古希腊人和特洛伊人之间的一场十年战争。全诗以战争进行到第十年时阿喀琉斯的愤怒为切入点，穿插叙述了参战各部族的历史、战争原因和经过。《生民》追述周人始祖后稷的事迹；《公刘》上承《生民》，叙述周人祖先公刘带领周民由邰迁豳。《绵》则上承《公刘》，从古公亶父迁岐叙起，描写他开国奠基的功业，一直写到文王继承古公遗烈，修建宫室，平定夷狄，外结邻邦，内用贤臣，使周族日益强大。《皇矣》叙述太王开辟岐山，打退昆夷，又叙述王秀继承先祖德业，传位给文王，末述文王伐崇伐密。这首诗可以看作是对《公刘》一诗内容的补充。《大明》叙述王季和太任、周文王和太姒结婚及武王伐纣的事。其中牧野之战是周对商取得最后胜利的一次大会战，诗中对周人的军威之盛、对决战之烈着墨颇多，气势雄壮。如果我们根据历史将以上五首诗的内容串接起来，的确可以清楚地看到周人发祥、壮大、克商建国的过程，其中隐含着商周争霸这一宏阔的战争背景。

(二)作者的相似

《伊利亚特》的作者，传说为盲诗人荷马，在当时口头流传的传说和故事的基础上，他将其加工改编成鸿篇巨制，进而将其作为行吟诗篇，加以传播。《生民》等五篇的作者今已难考其详，但我们可以推测为一群盲史官。中国古代历史意识萌生甚早，《尚书·多士》载："惟殷先人有册有典，殷革夏命。""典""册"即史籍。西周建立后，在周王室内形成了对天子的多位一体的历史训诫集团，《左传》《国语》《周礼》《礼记》都有这方面的记载。例如，《国语·周语上》说："天子听政，使公卿至于列士献诗，瞽献曲，史献书，师箴，瞍赋，矇诵，百工谏，庶人传语，近臣尽规，亲戚补察，瞽史教诲，耆艾修之，而后王斟酌焉，是以事行而不悖。"① 其中"瞍""矇""瞽"皆为盲人。盲人是属于太师的乐官，其职责之一就是讽谏劝上，为国君提供下察民情风俗和政教得失的咨询依据。

盲乐师们的另一个职责是记诵国史世表或祖宗谱系。《周礼·春官》载：瞽矇，掌播鼗、柷、敔、埙、箫、管、弦、歌，讽诵诗。世奠系，鼓琴瑟。郑注曰：

> 讽诵诗，谓暗读之，不依咏也。故书奠或为帝。郑司农云："讽诵诗，主诵诗以刺君过，故《国语》曰'瞍赋矇诵'，谓诗也。"杜子春云："帝读为定，其字为奠，书亦或为奠。世奠系，谓帝系，诸侯卿大夫世本之属是也。小史主次序先王之世，昭穆之系，述其德行。瞽矇主诵诗，并诵世系，以

---

① 左丘明：《国语》，岳麓书社，1988，第 3 页。

第一章 意旨

戒劝人君也。故《国语》曰：'教之世，而为之昭明德而废幽昏焉，以休惧其动。'玄谓讽诵诗，主谓廞作柩谥时也，讽诵王治功之诗，以为谥。世之而定其系，谓书于世本也。虽不歌，犹鼓琴瑟以播其音美之。①

郑注将诫劝人君和定世系放在一起来讲，表明瞽、史的身份与职能存在着交叉，甚至可以认为是合二而一的。《国语·晋语四》引"瞽史之纪"曰："唐叔之世，将如商数。"② 其语意和"世奠系"颇相吻合。正是这些盲人们口诵而赓续流传的史事，为以后融合言、事的史书编纂提供了宝贵的材料。

《国语·晋语》两次说到"瞽史之纪"。这是一部古籍的名称还是别的，顾颉刚先生作过这样的分析：

> 盖瞽有其箴赋，史有其册书，容有同述一事者，如《牧誓》之与《大明》、《闷宫》之与《伯禽》然，故合而言之耳。
>
> 又此两种人同为侯、王近侍，多谈论机会，自有各出所知以相薰染之可能，其术亦甚易相通。故《太誓》，史也，而《孟子·滕文公下》录其语曰："我武惟扬，侵于之疆，则取于残，杀伐用张，于汤有光。"《墨子·非命下》亦录其辞曰："天有显德，其行甚章，为鉴不远，在彼殷王。谓人有命，谓敬不可行，谓祭无益，谓暴无伤。上帝不常，九有以亡。"其

---

① 《周礼注疏》卷二十三，载阮元校刻《十三经注疏》，中华书局，1980，第797页。
② 左丘明：《国语》，岳麓书社，1988，第93页。

文皆若诗,若箴,岂复誓师之辞,盖史之所作而瞽之所歌也;不则瞽闻其事于史而演其义于歌者也。①

顾先生的这段话颇为恰切。综合以上论述可知,先秦时代诗、箴、史三者实难分辨。称其为"诗",是着眼于其语言形态的用韵。先秦古籍多为韵语,与当时书写不便、口耳相传的流传方式关系密切。盲人的记忆力、听力和口诵较一般人更擅长,故先秦乐官多盲。称其为"箴",是着眼于其"劝诫人君"的功用,即它的政治教化作用。称其为"史",是着眼于它的内容性质,其事多为帝王事迹。由此我们可以断定《生民》五篇这样"颂世系"的作品,是一群盲诗人的吟诵之作。

那么《生民》五篇和《伊利亚特》的重大差异又在何处?为什么它们未能被串成史诗般的鸿篇巨制?这也就是说,为什么中国古代无史诗?

上文的论述已从功能进而阐述了这样一个看法,即《生民》这样的作品之所以会产生以及流传于社会,根本原因在于它们劝导王政的功用。我们不妨再引一段话:

临事有瞽史之导,宴居有师工之诵。史不失书,矇不失诵,以训御之……②

这也是对天子周围训诫集团的描述。其中史、瞽是主要成员,所谓"导",即"言古以剀今";瞽和史相互配合、补充,规劝、匡正君

---

① 顾颉刚:《史林杂识》,中华书局,1963,第224页。
② 左丘明:《国语》,岳麓书社,1988,第157页。

王,使其不得为非而达于治世。这种对君王的历史训导,在我国整个古代社会都占有十分重要的地位。帝王以学习历史知识为必修课,其周围也总是环绕着提供历史经验与教训的智囊集团。《生民》五篇正是"言古以訒今"之作,这与《伊利亚特》的创作动机是有着根本区别的。

目的既不相同,流传方式和范围便发生了巨大变化。《大雅》是朝会歌辞,披之管弦,伴之以舞,歌于庙堂,篇幅太长则无法处理。与盲诗人荷马怀抱七弦琴浪迹于城镇乡村、靠弹唱卖艺糊口不同,这些诗篇只向庙堂上的王公贵族吟唱。

那么我们可以进一步追问:《生民》五篇总体内容是周人创业开国史,其背后隐含着壮阔激烈的战争场景,为什么这样的内容不像在《伊利亚特》中那样得到淋漓尽致的表现呢?这一问题除了与上述目的迥异有关外,更重要的是由周人的政治观念、宗教观念决定的。探讨周人的政治观、宗教观,又可以补充说明为什么周人没有史诗。

《礼记·表记》中的两句话,基本上概括了殷商和西周不同的政治观、宗教观:

> 殷人尊神,率民以事神,先鬼而后礼……
> 周人尊礼尚施,事鬼敬神而远之,近人而忠焉。①

作为"自然的人化"的人类文化发展程度,总是要受到人类自身认识世界的能力大小和改造世界的程度高下的制约。早期人类面对自然的淫威,大都将自身的幸福寄托于那无所不在的种种神灵的庇护和

---

① 《礼记·表记》,载阮元校刻《十三经注疏》,中华书局,1980,第1642页。

保佑。因此，世界各民族文化史的前期，不约而同地出现过各不相同的神的观念。"殷人尊神，率民以事神，先鬼而后礼"正是对殷商宗教思想的高度概括。殷商宗族相信凌驾于一切之上的上帝，每事必卜。上帝决定着国家的兴衰存亡、战争胜负、年成丰歉以及生儿育女、风雨阴晴。这不仅在卜辞中有明显的反映，而且也可从《尚书》中看出。

盘庚在论述迁殷的必要性时说："先王有服，恪谨天命。兹犹不常宁。不常厥邑，于今五邦。今不承于古，罔知天之断命。矧曰：其克从先王之烈。"①意思是商自立国以来的五次迁徙，都是先王们按照上帝的旨意行事的；继承先王的事业，首要的是"知天之断命"。"天"即至高神上帝。盘庚后来又说到成汤迁亳，因而得到上帝的嘉美，国家于是变得繁荣昌盛。

由此可以看出殷商人政治、宗教观念中密切相联的两方面：1.崇上帝；2.尊先王，即祖宗崇拜。

周人是后起的部族，在古公亶父时代定居于周（今陕西岐山），还在穴居野处，这时其人力、物力及文化水平都远逊于商。但经过王季、文王两代的努力，仅仅在五六十年内便骤然强盛，取殷而代之。今天看来，西周克殷的主要原因在于周人善于运用战略，一步一步地构成对商人的大包抄，终于在商人疲于外战时一举得胜。这一意料不到的成功刺激周人追寻历史性的解释，于是发展出了一套"天命靡常，惟德是亲"的政治、宗教、历史合一观，这种观念不仅导引了周代的政治行为，而且也开启了中国古代人道精神及道德主义的政治传统。

正如殷人笃信"我生不有命在天"一样，周人也认为上天像一位有

---

① 《尚书·盘庚上》，载阮元校刻《十三经注疏》，中华书局，1980，第168页。

第一章 意 旨

血有肉的人格神。《诗经·大雅·皇矣》颇能描写周人自以为受命的过程:

> 皇矣上帝,临下有赫;监观四方,求民之莫。维此二国,其政不获;维彼四国,爰究爰度。上帝耆之,憎其式廓。乃眷西顾,此维与宅。①

诗中所写的上帝耳聪目明并且能言善思。"帝谓文王,无然畔援","帝度其心,貊其德音"。他极关怀四方人民的生活,一次又一次对已受命的统治者失望;最后他向西眺望,选择西方的周地作为自己的地方。《皇矣》一诗中还叙述了上帝如何保佑周人开辟山野,护持王季建国,又三次指示文王攻灭崇国,同时又告诫周人必须服从上帝的意志。

在宣扬周人"奉天承运"的同时,周人还声讨了殷人何以失去上帝眷顾的缘由。《大雅·荡》以文王的口气,列举商王所犯的种种罪过,诸如聚敛、强暴、好酒、不用善人、不用旧臣,以致内怨外愤;同时该诗也指出——天命靡常,夏代失天命而亡,殷商不以夏代为鉴也亡了。在总结夏商周三代的更迭时,将历史教训升华到了哲理的高度。我们不妨再看一下《文王》一诗:

> 文王在上,于昭于天。
> 周虽旧邦,其命维新。
> 有周不显,帝命不时。
> 文王陟降,在帝左右。

---

① 《诗经·大雅·皇矣》。

> 假哉天命，有商孙子。
> 商之孙子，其丽不亿。
> 上帝既命，侯于周服。
> 侯服于周，天命靡常。
> 殷士肤敏，祼将于京。
> 厥作祼将，常服黼冔。
> 王之荩臣，无念尔祖。
>
> 无念尔祖，聿修厥德。
> 永言配命，自求多福。
> 殷之未丧师，克配上帝。
> 宜鉴于殷，骏命不易。
> 命之不易，无遏尔躬。
> 宣昭义问，有虞殷自天。
> 上天之载，无声无臭。
> 仪刑文王，万邦作孚。①

在这里不惮其烦征引原诗，是因为该诗最集中地反映了周人的政治观、宗教观、历史观。它说明：皇天无亲，惟德是亲；要想赢得上帝的欢心而受命，必须"聿修厥德"；文王是帝命所属者，死后"在帝左右"，成为上帝的助手。周的后人在修德敬天的同时，也必须"仪刑

---

① 《诗经·大雅·文王》。

文王",以文王为楷模。这表明周人在敬天的同时,也极其尊祖。从《生民》五篇都可看到周人祖先崇拜意识的流露。

据考证,"德"在殷商卜辞中尚未出现,它是周人的独创。"德"具有多方面的理论内涵。从宗教方面,"帝谓文王,予怀明德……不识不知,顺帝之则"①。"德"即"顺帝之则",亦即崇拜上帝,秉承其意。从政治方面看,"民之质矣,日用饮食。群黎百姓,遍为尔德"②,"德"是对民生日用的关切。从个人修养看,"既见君子,孔燕岂弟。宜兄宜弟,令德寿岂"③,是一种血缘伦理感情。三者结合在一起,就能"宜民宜人",从而得到"靡常天命"的长久垂青。《诗经》和《尚书》中反复赞颂周代先王为"敬德"的模范:"比于文王,其德靡悔。既受帝祉,施于孙子。"④ "天亦哀于四方民,其眷命用懋,王其疾敬德。……王敬所作,不可不敬德。……王其德之用,祈天永命。"⑤《尚书·康诰》还记载着周公对康叔的谆谆告诫,耳提面命,语重心长,其主旨也在表明:天威之明,惟德是辅——德之与否,验之民情便一目了然。

西周人将自己国家的建立和兴旺都系于"德"——融合宗教、政治、修养为一体的概念,表露出极为明显的"尚德不尚力"的倾向。这大大影响了他们对自己开国史的追忆,从而只在诗中追慕先王之德而舍其争战的武力。这样无疑会大大影响对最富情节冲突的战争故事

---

① 《诗经·大雅·皇矣》。
② 《诗经·小雅·天保》。
③ 《诗经·小雅·蓼萧》。
④ 《诗经·大雅·皇矣》。
⑤ 《尚书·召诰》,载阮元校刻《十三经注疏》,中华书局,1980,第212—213页。

的叙述,而使诗歌的内容趋于平淡。这与荷马在吟唱史诗、极力用紧张而激烈的战争故事来抓住听众、打动听众的境况有着根本区别;再者,荷马史诗中也有为数众多的人格神,但他们不是祖先神,而是交战双方共有的保护神、支持神。某一位神支持、保护某一方或某一英雄,并不取决于被支持、被保护者的有"德"与否,而只凭凡人对神的献祭、许愿,或出于众神之间的争风吃醋、钩心斗角。史诗故事中与地上战争并行发展的,是奥林匹斯的诸神的无尽争斗,并且人间战争的起伏转折最终取决于众神争斗的结果。因此,诸神之间的矛盾冲突也大大增强了情节的戏剧性。而周人的神,一是上帝,二是祖先之灵。上帝虽有视、听、思、爱等人格,但性情似乎过于单一,他只爱人间的敬德者,人神之间是一种爱眷与尊敬的情感关系,没有任何物质利益掺杂其间;祖先神更是品行端一,他在冥冥之中化解着世间子孙的矛盾,一心希望自己的功业千秋不绝。这样一来自然就使今人无"戏"可看了。同时,殷商、西周的至上神天帝虽是统一的,但他们的祖先神却各不相同,这势必影响一个部族的先祖传说在另一个部族传播,大大减弱了故事的情节性。

如《商颂·玄鸟》一诗中虽写到"天命玄鸟,降而生商",对殷商的历史传说有所叙述,但内容十分简约,它们没有被后继的周人完全遗弃已是万幸,遑论将之敷演加工成鸿篇巨制了。

总之,周人的宗教观、政治观、历史观、文艺观都与古希腊人不同,种种不同导致了诗歌作品的根本差异;更为重要的是,这些作品连同它们反映出的思想观念一起流传后世,又对华夏民族的文化性格产生了巨大而深远的影响。下文将要论述的叙事诗诗歌思想,无不与

此一脉相承。为此,有必要再将西周人的诗歌观念作一总结概括:

(一)尚用不尚艺

诗歌作品的加工和流传是训导王政的需要,其他各方面如表达技巧、内容取舍均须以此为出发点。因此它们不必像《伊利亚特》那样为了抓住听众、打动听众而处处运用种种艺术技巧,如短诗从战争最高潮切入,"总是尽快地揭示结局,使听众听到故事的紧要关头,好像听众已很熟悉故事那样"①;再如大量运用"荷马式的比喻"(《伊利亚特》全诗有180余个),来烘托人物、渲染气氛、激发联想等。与这些技巧相比,西周的作品显得十分质朴就不难理解了。

(二)尚德不尚力

周人在反思自己建国立业的历史原因时,排除了自己的武力而归因于自己的"德":敬天、爱民、善用人等。所以在追忆祖先的功业时也只注重其德而将无数的征战忽略了。《诗经·大雅·大明》一诗叙述牧野之战时有这样几句:"牧野洋洋,檀车煌煌,驷䮭彭彭。维师尚父,时维鹰扬。凉彼武王,肆伐大商,会朝清明。"我们知道牧野之战是商、周之间的大决战,此役奠定了周人立国的基业,历史意义十分重大。然而反映该战的除此8句外,还有诗中第七节的6句,刚及全诗的四分之一。这与《伊利亚特》全部写战争是很不相同的。如史诗第二卷描写希腊人和特洛伊人对阵时,从484行到877行近四百行都是对双方阵容的描述。诗中血腥的战争场面随处可见。比较起来,鲜提征战这一点也大大影响了中国古代诗歌。在此后延续近三千年的中国古代史,历代的兴衰无不伴随着激烈的征战,但诗歌作品中绝少有

---

① 亚里士多德、贺拉斯:《诗学 诗艺》,杨周翰译,人民文学出版社,1962,第145页。

正面描述战争的。

(三)尚人不尚神

周人很崇拜上帝和祖先神,但他们似乎在此基础上更重视凡间人的"德",认为德才是决定国家兴亡、战争胜负的最终原因。神对人只有保佑,而不可能为人卖命。希腊人则不同,战争的胜负、人的最终命运由神操纵自不待言,神还会亲临人间战场助阵。如《伊利亚特》最后阿喀琉斯与赫克托耳的决战中,赫克托耳把长枪向阿喀琉斯掷去,站在希腊人一边的女神雅典娜忙向那支枪轻吹一口气,使它偏离了阿喀琉斯;而当阿喀琉斯呐喊着扑向赫克托耳时,站在特洛伊一边的太阳神阿波罗则用一团浓雾把赫克托耳罩住,使阿喀琉斯扑了一个空。在双方激战犹酣的时候,众神也互相厮打起来。战神阿瑞斯手执铜枪扑向雅典娜,骂她是多管闲事的泼妇;雅典娜则拾起一块大石掷中战神的脖颈,把他打翻在地;美神阿佛洛狄蒂上前去抓战神,被雅典娜当胸一拳揍瘫在一旁……真可谓天上人间,交相混战。这在中国诗歌史上是从来没有过的。

(四)尚史实而摒弃虚构

中国先秦的诗歌既是诗歌又是历史,可谓诗、史同体。某种程度上说,史的意识处于主导地位,因此作品中虚构、想象的成分很少。而《伊利亚特》尽管也反映了当时的历史状况,但荷马在题材处理上往往别出心裁,"凡是他认为不能经他渲染而增光的一切,他都放弃;他的虚构非常巧妙,虚实参差毫无破绽"①。这无疑是一种自觉的文学

---

① 亚里士多德、贺拉斯:《诗学 诗艺》,杨周翰译,人民文学出版社,1962,第145页。

创作而不是历史记述。中国古代叙事诗有着尚实的传统，与这种早熟而强大的历史意识密切相联，大大限制了诗歌对现实题材的创造性虚构加工。

除以上四种原因外，中国先秦诗歌的流传方式、范围也是它们不能演化为长篇史诗的重要原因。世界各民族的史诗都是在口头讲唱的过程中产生的，伶工到处游行说唱，代代口耳相传，所谓踵事增华，遂蔚为大观。中国古代的讲唱文学至唐代变文才颇为昌盛，其后演化为宋元话本。变文和话本无论在规模上还是在内容上都与史诗相似，足见口头讲唱于民间的关键作用。从这个角度去看贵族庙堂之乐歌的《生民》等作品，它们不能发育成长为长篇史诗不正在情理之中吗？

《生民》五篇以及其他先秦诗歌所反映出来的观念，长远且巨大地影响了中国诗学传统，某种程度上也造就了中国传统文化的基本品格。下面的论述将会佐证这一点。

二、感于哀乐　缘事而发

一方面，由于时代久远和文献残缺，对《诗经》的研究尚存在许多疑问，如作期、分类、编订和采集方式等，我们可以将这类问题的正确答案称为"本原的历史事实"。另一方面，由于《诗经》在整个中国文化史上都具有重要地位，《诗经》又有着一个被阐释、被接受的历史，这些阐释者或接受者往往根据自己的需要立论，致使"本原的历史事实"愈来愈被种种歧说遮蔽。而对我们的研究课题来说，"接受的历史事实"显得更为重要。我们的论述不得不选择与我们的研究对象密切相联的解说，比如在《诗经》的编订、采集方式上，汉人和中唐人都持"采诗说";而"采诗说"反过来又指导了汉乐府民歌的搜集,指导了中唐新乐府诗歌的创作。所以,"采诗说"就成了我们现在研究《诗经》的出发点。

《诗经》现存三百篇的创作时期差距很大,其中《周颂》最早,大多产生于西周初期,《大雅》次之,大多是西周中期的作品,《小雅》又次之,大多是西周后期的作品。而《国风》《鲁颂》《商颂》的时代较晚,大多在春秋前半期。从作者来说,雅、颂是贵族的作品,风则大部分来自民间。

据说周代还保存着由上古时代传下来的一种制度:王朝派出专门人员到各地去采集民间歌谣,这些人员在各种文献上有不同的称呼,如"行人""遒人""轩车使者"等。采诗的目的是为了知民情、观风俗。但是,先秦书籍中没有关于采诗之制的明确记载,采诗之说是汉人的看法。如班固《汉书·食货志》载:"孟春之月,群居者将散,行人振木铎徇于路,以采诗,献之太师,比其音律,以闻于天子。"《汉书·艺文志》又载:"古有采诗之官,王者所以观风俗,知得失,自考正也。"何休《公羊传·宣公十五年》注讲得更为详尽而具体:

> 男女有所怨恨,相从而歌,饥者歌其食,劳者歌其事。男年六十、女年五十无子者,官衣食之,使之民间求诗。乡移于邑,邑移于国,国以闻于天子,故王者不出牖户,尽知天下所苦,不下堂而知四方。

秦代曾设乐府,官属少府,所制之乐专供郊庙朝会之用;汉初设乐府令,掌宗庙祭祀之乐。汉武帝时,乐府机构除制作雅乐之外,兼采各方诗乐,以观政教、娱声乐。《汉书·礼乐志》载:"至武帝定郊祀之礼……乃立乐府,采诗夜诵。有赵、代、秦、楚之讴。"下面一段文字与此句意相似而更为人所熟知:

> 自孝武立乐府而采歌谣,于是有代赵之讴,秦楚之风,皆感于哀乐,缘事而发,亦可以观风俗,知薄厚云。①

班固《汉书》的说法无疑是符合汉代实际的。汉人有鉴于本代的乐府采诗制而追溯采诗制的起源,将采诗制上推及西周。这一说法为我们沟通先秦的国风民歌与汉乐府民歌找到了最有力的根据:从作者来说,他们都是民间的无名诗人;从编订方式来说,都是官府从民间采集而来;更重要的是从内容来说,相对于雅、颂的庙堂之乐,它们都是野地细民的叹息或哀吟,是"饥者歌其食,劳者歌其事",一句话,都是"感于哀乐,缘事而发"。

"感于哀乐"不难理解,这里有必要对"缘事而发"作一说明。

"缘事"即"因事"。人情的哀乐并非凭空产生的,而是由现实生活中的具体事件所激发,比如饥者之饥、劳者之劳,这是对诗歌产生根源的说明。对照国风和汉乐府民歌,我们会发现一个极为明显的特点:绝大部分诗歌无论激发它们的实际事件是否真的可考,但大都能从诗中发掘出一件"事"来。且看《诗经》的第一首《关雎》:

> 关关雎鸠,在河之洲。

---

① 《汉书》卷三十《艺文志》。

窈窕淑女，君子好逑。

参差荇菜，左右流之；

窈窕淑女，寤寐求之。

求之不得，寤寐思服。

悠哉悠哉，辗转反侧。

如果排除任何比兴之义而单从字面着眼的话，这是一首描写男女相悦、相思的诗：一位男士看上了一位采荇菜的女子，但是又"求之不得"，以致夜不成寐，只能在想象中和她亲近、结婚。应该说，这是一个颇为完整的事件，其中"悠哉悠哉，辗转反侧"这样的细节描写还颇具情节性，所缘之事十分明显。

我们再来看汉乐府中十分著名的情歌《有所思》：

有所思，乃在大海南。

何用问遗君？

双珠玳瑁簪，用玉绍缭之。

闻君有他心，拉杂摧烧之。

摧烧之，当风扬其灰。

从今以往，勿复相思！相思与君绝！

鸡鸣狗吠，兄嫂当知之。

妃呼豨！

秋风肃肃晨风飔，东方须臾高知之。

第一章 意 旨

读罢这首情感炽热的诗歌,我们很容易弄明白发生了什么"事":一位姑娘所思之人正在远方,她精心制作了礼物准备赠给他表示相思。不料传来了他已移情别恋的消息。姑娘一气之下,将准备好的礼物烧成灰烬以泄激愤。她又担心鸡鸣狗吠惊动兄嫂,通宵达旦痛心不已。这个事件十分完整具体,甚至还有细节描写——"当风扬其灰"。

如果我们用相同的方式去看国风和汉乐府民歌,大都可以发掘出类似的"本事"来。这是"缘事而发"的确切内涵。那么这里就会引发这样一个重要的问题——像《关雎》《有所思》这样的诗歌是不是叙事诗?

提出这样的问题似乎有点可笑,因为整个20世纪的文学史研究都认为相对于西方的史诗传统,中国的抒情诗成熟较早,中国的诗歌传统以短小的抒情诗为主,《关雎》属抒情诗已是妇孺皆知的常识。但是,从本书"绪论"部分的有关内容来看,20世纪中国文学史研究主要套用了西方的文学理论;用适合于西方文学史状况的诗歌分类标准来给中国诗歌分类,无异于削足适履。当通行的文学史研究断言中国古代的诗歌传统以短小的抒情诗为主时,所用的参照无疑是西方的史诗。与史诗这样的长篇叙事诗相比,中国古代大部分诗歌自然无法与"叙事"挂上钩,于是它们便成了"抒情诗"。我们认为这样的划分既不符合中国古代诗歌史的实际,又忽视了中国古代有关"叙事"的理论。上文所论班固"缘事而发"的观点,至少隐约表明班固已认识到两汉民歌大都与"事"有关;将古代功利主义诗歌思想系统化的《毛诗序》也认识到了先秦民歌与"事"有关。《毛诗序》对诗歌产生的社会政治原因有这样一个说明:

  至于王道衰、礼义废、政教失、国异政、家殊俗,而变风、变雅作矣。国史明乎得失之迹，伤人伦之废，哀刑政之苛，吟咏情性，以风其上，达于事变而怀其旧俗者也。

"国史"即王室的史官。《毛诗正义》引郑玄答张逸云："国史采众诗时，明其好恶，令瞽矇歌之。其无作主，皆国史主之，令可歌。"国史和瞽矇都是君王训诫集团的成员，其主要职能是规劝、匡正君王，上节已详。国史等人的"训御"不是空洞的说教，往往选择相似的事例来劝谏，是"达于事变而怀其旧俗者也"。因此，《毛诗序》在解释"风"时这样说："是以一国之事，系一人之本，谓之风。""雅"则是"言天下之事，形四方之风"，"颂"是"美盛德之形容，以其成功告于神明者也"。这表明，在《毛诗序》的作者看来，先秦民歌均与"事"有关，大都以"事"为本。

唐代史学家刘知几的史学名著《史通》专设有《叙事》一篇，集中讨论了史书的叙事问题，其中所论叙事的四种方式，对本书的研究十分有启发意义。刘知几的论述如下：

> 盖叙事之体，其别有四：有直纪其才行者，有唯书其事迹者，有因言语而可知者，有假赞论而自见者。至如《古文尚书》，称帝尧之德，标以"允恭克让"；《春秋左传》，言子太叔之状，目以"美秀而文"。所称如此，更无他说。所谓直纪其才行者。又如《左氏》载"申生为骊姬所谮，自缢而亡"；班史称"纪信为项籍所围，代君而死"。此则不言其节操，而忠孝自彰，所谓唯书其事迹者。又如《尚书》称武王之罪纣也，其誓曰："焚炙忠良，刳剔孕妇。"《左传》纪随会

之论楚也,其词曰:"筚路蓝缕,以启山林。"此则才行事迹,莫不阙如,而言有关涉,事便显露,所谓因言语而可知者。又如《史记·卫青传》后,太史公曰:"苏建尝责大将军不荐贤待士。"《汉书·孝文纪》末,其赞曰:"吴王诈病不朝,赐以几杖。"此则纪之与传,并所不书,而史臣发言,别出其事,所谓假赞论而自见者。①

刘知几的论述是对唐以前历代史书撰述方式的总结,史书中特有的叙事方式如"假赞论而自见"也为一般诗歌作品所没有;另一方面,刘知几还对"叙事之工"有一个总的原则性要求"以简要为主"②,这也是与文学创作有所不同的。但是刘知几又认为"文约而事半,此述作之尤美者也",还强调用"晦",做到"事溢于句外",从而使史书:

> 言近而旨远,辞浅而义深,虽发语已殚,而含意未尽。使夫读者,望表而知里,扪毛而辨骨,睹一事于句中,反三隅于字外。③

这些论述又堪称深得文心之语,与中国古代诗学观念完全一致。再者,中国古代尽管不乏叙事之作,但以"叙事"为题进行专门研究的论著却极为难得。所有这些使得我们有足够的理由以《史通》的《叙事》篇为依据来探讨中国古代的叙事观念。

---

① 刘知几:《史通》。
② 刘知几:《史通》。
③ 刘知几:《史通》。

叙事四体之一的"直纪其才行"是对人物才行的直接论断或评价，与"事"联系较少。其二"唯书其事迹"是指对事件经过的叙述，如刘氏所举"申生自缢而亡"的事例见于《左传·僖公四年》。申生为晋献公太子，献公之妃骊姬诬陷他企图毒死献公。有人劝申生作辩白，申生认为献公没有骊姬，就会"居不安，食不饱"；如果他辩白，必致骊姬以诬陷获罪；献公又老了，若没有骊姬就会更加难以度日；申生不愿父亲不安，故不肯辩白，又不肯出走，便自缢于新城。《左传》通过对申生自缢经过的叙述，"不言其节操，而忠孝自彰"，事件本身已将人物的思想表达了出来。这是史书中十分常用的叙事手法。

其三"因言语而可知"与其四"假赞论而自见"的相似之处在于——都是通过言论而将事件显露出来。我们可以将两者合起来统称为"因言论而自见"。比如殷纣王的暴虐行径，通过"焚炙忠良、刳剔孕妇"这句话就可以看到，这句话见于伪古文《尚书·泰誓上》，是周武王兴兵伐殷时在誓师之辞中对殷纣王的声讨。吴王刘濞是汉文帝的堂兄，他怨恨朝廷，诈称有病不能朝见。汉文帝像对待老臣那样赐之以几杖，特许他可以不朝。班固在《汉书·孝文纪》末尾处用"吴王诈病不朝，赐以几杖"一语来褒扬文帝的宽厚，同时该语也将吴王刘濞诈病之事叙述了出来。

由此可见，"唯书其事迹"和"因言论而自见"是两种最常用的叙事方式。刘知几并没有将议论之辞排除于叙事之外。我们今天所承认的叙事诗，一般是"书其事迹"者，而把"因言论而自见"的那部分舍弃了。

如果我们认识到"因言论而自见"也是古人常用的一种叙事手法的话，像《诗经·郑风·将仲子》这样的情歌也未尝不可以当作叙事

第一章 意 旨

诗来看：

> 将仲子兮，无逾我里，无折我树杞。
> 岂敢爱之？畏我父母。
> 仲可怀也，父母之言亦可畏也。

一位陷入情网的姑娘请求（或者是心里默默祷告）她的情郎，千万不要翻过她的里墙，折坏她家杞树（或许那人上次就是这么干的），因为她家里反对他们的事。这件事难道还不够清晰吗？

为了更清楚地说明先秦和两汉民歌"缘事而发"，部分诗歌其事"以言论而自见"的特点，不妨将视野扩大到汉末及中国古代诗歌最为成熟的唐代，我们很快就会发现汉末以后的诗歌有一大部分根本无法发掘出什么"本事"来，且看汉末佚名作品《古诗十九首》中的《明月皎夜光》一诗：

> 明月皎夜光，促织鸣东壁。
> 玉衡指孟冬，众星何历历。
> 白露沾野草，时节忽复易。
> 秋蝉鸣树间，玄鸟逝安适？
> 昔我同门友，高举振六翮。
> 不念携手好，弃我如遗迹。
> 南箕北有斗，牵牛不负轭。
> 良无磐石固，虚名复何益！

这首诗前面一大部分描绘秋夜之景，后联想到友人弃己而去，发出深沉的慨叹。这样的"本事"究竟是什么？实在难以考论。

如果说《明月皎夜光》中"昔我同门友"以下四句仍有"事"可寻的话，唐代有许多诗则与"事"无涉：

> 滕王高阁临江渚，佩玉鸣鸾罢歌舞。
> 画栋朝飞南浦云，珠帘暮卷西山雨。
> 闲云潭影日悠悠，物换星移几度秋。
> 阁中帝子今何在？槛外长江空自流。
>
> （王勃《滕王阁诗》）

> 木末芙蓉花，山中发红萼。
> 涧户寂无人，纷纷开且落。
>
> （王维《辛夷坞》）

> 见说蚕丛路，崎岖不易行。
> 山从人面起，云傍马头生。
> 芳树笼秦栈，春流绕蜀城。
> 升沉应已定，不必问君平。
>
> （李白《送友人入蜀》）

这是笔者打开一本唐诗选集，颇为随意地选择的几首诗。它们抒发的是人之情，却不见"事"之迹。李白的诗从诗题"送友人入蜀"看好似有"事"，但诗中根本没有写"如何送"这件事，而只渲染送友人离别时的一缕情丝。这与先秦两汉民歌是不同的，它们根本无法划

第一章 意 旨

归为一类，笼而统之称为"抒情诗"。

根据中国古人"缘事而发"的评论以及有关叙事的理论，可以将先秦、两汉民歌当作叙事诗来研究，因为它们具有一个根本性的特征：都有"事"可以发掘、概括。这种特征到汉末发生了变化，诗中之事逐渐淡化；经过魏晋南北朝的演变，到中国古代诗歌最为繁荣的唐代时，一部分诗歌已基本与"事"无涉。如何给这些"无事诗"命名？这里无暇讨论；关键的一点是，如果我们以此眼光去研究中国诗歌发展史，就会对其演变轨迹及原因有一个全新的考察视角：先秦、两汉乐府民歌中的"事"是怎样淡化乃至消失的，发生这种变异的根本原因何在？"无事之诗"的艺术技巧又是怎样的，这样或许有助于打破中国古代文学研究的沉闷局面，将文学史研究推进到一个新的高度。笔者着力于清理现行混乱的文学理论术语，贯通先秦和两汉的历史界限，而将先秦、两汉民歌作为一个对象放在一起讨论，目的就在于开拓一片新的视野。

应该看到，国风民歌较诸两汉民歌有一些明显的不同：前者有很多情歌，而汉乐府则少有情歌；汉乐府民歌中反映出的寻仙求药等内容，则是国风民歌所没有的。诗歌内容的变化根源在于社会生活的变化，这里不必深究；我们所关心的是：为什么国风、汉乐府民歌多为叙事诗？

上文已论及先秦与两汉民歌都从民间采集而来，采集的目的是"观风俗，知薄厚"。先秦时代孔子已讲过诗"可以观"，《论语集解》引郑玄注谓"观风俗之盛衰"，朱熹注谓"考见得失"。汉代的有关文献对这一点讲得更为清楚而详尽：

（韩延寿）迁淮阳太守，治甚有名，徙颍川。颍川多豪强，难治，国家常为选良二千石。先是，赵广汉为太守，患其俗多朋党，故构会吏民，令相告讦，一切以为聪明，颍川由是以为俗，民多怨雠。延寿欲更改之，教以礼让，恐百姓不从，乃历召郡中长老为乡里所信向者数十人，设酒具食，亲与相对，接以礼意，人人问以谣俗，民所疾苦，为陈和睦亲爱、销除怨咎之路。①

（谷）永对曰："臣愿陛下……立春遣使者循行风俗，宣布圣德，存恤孤寡，问民所苦。"②

初，光武起于民间，颇达情伪。……广求民瘼，观纳风谣，故能内外匪懈，百姓宽息。③

这都表明汉代为了了解民情、加强吏治，极为重视对闾里歌谣的采集。因此，民歌与治国安邦紧密相联，成为考察政教善恶的重要工具。从这一目的出发，那些有一定具体事件、能够更为直接反映民生实际的作品，自然成为首选对象。从"言古以刱今"一节我们已知道，早期的西周统治者就已经十分重视诗歌的政教功能，这一思想无疑被

---

① 《汉书·韩延寿传》，参见郭预衡主编《中国古代文学史长编·秦汉魏晋南北朝卷》，首都师范大学出版社，第227页。
② 《汉书·谷永传》，参见郭预衡主编《中国古代文学史长编·秦汉魏晋南北朝卷》，首都师范大学出版社，第227页。
③ 《后汉书·循吏列传》，参见郭预衡主编《中国古代文学史长编·秦汉魏晋南北朝卷》，首都师范大学出版社，第227页。

后代继承了下来，以至发扬光大成为国家的采诗制度。从西周到春秋的诗歌作品恐怕远远不止三百来首，编订者删选的依据很可能在于是否有利于观风俗；而汉代乐府诗的采删标准就更明确为"观风俗"了。这是西周早期"尚用不尚艺"的思想在后代的具体体现。理解了这一点，不仅有助于我们理清中国古代诗歌思想由先秦向两汉演变的线索，同样有助于我们理解继汉而起的魏晋六朝诗歌观念的新变，进而为研究中唐白居易"歌诗合为事而作"的思想奠定基础。

三、歌诗合为事而作

中国古代社会有一个极为重要的特点，即"行政权力支配社会"（马克思）；而君王与官僚的结合，则是中国古代君主专制政治的主体。君王与官僚特别是大臣的关系如何，某种程度上决定了帝国的兴衰存亡。君主专制制度的基本特征是君主个人专断和排斥民主性，君主在利用臣僚的同时必然与臣僚发生程度不同的矛盾；而君主的专断和昏庸又经常造成政局不稳乃至王朝覆灭。因此，在中国古代社会中产生了进谏与纳谏这一补救办法，来缓冲专制君主和臣僚的矛盾。

最初涉及这一问题的是周初的政治文告。周公等人在总结夏、商、周三代盛衰的经验教训时，最早提出了进谏与纳谏的问题。例如，周公在《尚书·酒诰》中告诫周康王说："古人有言曰：'人无于水监（鉴），当于民监。'今惟殷坠厥命，我其（岂）可不大监（鉴）抚于时？"这些话具有明显的倡导听谏的性质。明确提出以诗为谏的是《诗经·大雅·民劳》：

民亦劳止，汔可小安。

> 惠此中国，国无有残。
> 无纵诡随，以谨缱绻。
> 式遏寇虐，无俾正反。
> 王欲玉女，是用大谏。

周厉王是成王的七世孙，为政暴虐，徭役繁重，诗作劝告厉王要安民防奸，以免政权丧失。"是用大谏"一语表现了作者的急切之情。

春秋时期，许多人将能否任用谏臣视为国之兴衰的条件，如晋大夫范文子说："兴王赏谏臣，逸王罚之。"① 晋大夫史黯还将能否向君主进谏当作衡量臣僚才能的标准："夫事君者，谏过而赏善，荐可而替否，献能而进贤，择材而荐之，朝夕诵善败而纳之。"② 这是中国古代诗歌功能论的发端。

应该看到，先秦时期的进谏与纳谏理论是建立在比较和谐的君臣关系基础上的。最早劝谏周成王的周公，是在成王尚幼、周公自己摄政的情况下进行的；春秋以及战国时期的进谏与纳谏理论也都以比较理想的君臣关系为前提。如孔子说："所谓大臣者，以道事君，不可则止。"③ "天下有道则见，无道则隐"，"不在其位，不谋其政"。④ 这就是说，君主听谏则谏，不听就不谏。因为人们认识到"强言以为僇，而功泽不加"⑤，所以要及时退身以待清明。

---

① 《国语·晋语六》。
② 《国语·晋语九》。
③ 《论语·先进》。
④ 《论语·泰伯》。
⑤ 《管子·宙合》。

第一章 意 旨

如果说先秦时期,特别是战国时期的士人还有相对自由的话,比如说选择君主而事,那么秦、汉大帝国的建立则从根本上取消了这种自由,皇权凌驾于整个社会之上并支配整个社会,真正是"普天之下,莫非王土;率土之滨,莫非王臣"。入仕成了士人最主要的人生出路后,臣下与皇上的关系变得更加不平等。君主地位神圣,权力无限,对一切操有生杀予夺之权,是"人之所仰而生"者。① 而那些"为人臣者",不但为主所用,而且是"仰生于上者"。② 韩非《难言》篇所剖析的君主对臣下言辞的挑剔变得更为现实:言之洋洋则会被认为华而不实,言之敦厚又会被认为拙而不伦;话多了则被斥为虚而无用,话少了又会被认为讷而不辩;言之深切则被认为僭而不让,言之宏大则又被认为夸而无用;言语健谈,富于文采则会被说成是"史";语言质朴,则又被说成"野"。凡此种种,不一而足。只要君主对其中一项反感,臣子就可能因言而遭殃。这样"谏臣死而谀臣尊"的事例在历史上比比皆是,更何况还有些君主为了维护自己的权威而不惜故意错杀良才。③ 正是在这种境况下出现了《毛诗序》的"言之者无罪,闻之者足戒"理论。

《毛诗序》在论述诗歌的社会功用时,隐含着一个和谐的君臣关系模式,其理论是围绕这一模式而展开的。不过这种模式在汉代并不曾

---

① 《管子·形势解》。
② 《管子·君臣上》。
③ 刘泽华先生对古代谏议理论与君主专制主义进行过精彩而深刻的论析。本节以上论述及引文即参考其《先秦时代的谏议理论与君主专制主义》一文。参见刘泽华《中国传统政治思想反思》,生活·读书·新知三联书店,1987,第154—169页。

045

出现，在整个中国历史上大概也只出现过一次，那就是唐初唐太宗与其重臣的关系。

唐初贞观之治之所以成为封建盛世，一个极为重要的原因是君臣关系和谐。唐太宗曾与重臣从理论上探讨过君臣关系，魏征则将君臣喻为元首与股肱。贞观十四年（640）魏征上书说：

> 君为元首，臣作股肱，齐契同心，合而成体，体或不备，未有成人。然则首或尊高，必资手足以成体；君虽明哲，必藉股肱以致治。①

在政治实践中，贞观君臣认识到"天下之广，四海之众，千端万绪，须合变通"②。凡国家大事不应由君主一人独断，都应该"委百司商量，宰相筹画，于事稳便，方可奏行。岂得一日万机，独断一人之虑也"③。

正是在此共识下，唐太宗虚怀纳谏，群臣则勇于进谏，历史上传为美谈，此不赘述。应该特别指出的是，先后曾进谏200余次的魏征把谏诤精神贯彻进了唐初的史学著述中。

唐初有一件文化盛事，那就是修撰了八部纪传体正史，修史的主

---

① 《贞观政要·君臣鉴戒》，参见刘泽华主编《中国古代政治思想史》，南开大学出版社，1992，第476页。
② 《贞观政要·政体》，参见刘泽华主编《中国古代政治思想史》，南开大学出版社，1992，第476页。
③ 《贞观政要·政体》，参见刘泽华主编《中国古代政治思想史》，南开大学出版社，1992，第476页。

要目的是"以古为鉴"。魏征主修《隋书》,并对其他各史"总加撰定","详加损益",还对梁、陈、齐史各为总论。他的史论多具政论性质,而其政论又直接沿引《隋书》史论,如贞观十一年(637)的《论时政疏》和《论时政第三疏》,某些段落基本上源于《隋书·炀帝纪》中的史论。史论颇具政论性质,直接以史论涉政,这是《隋书》的一个突出特点,也可以说是唐初史学的总体特征。史学对帝王来说是"资治"的良鉴,对于臣僚来说则是进谏讽喻的工具。唐初这种理想和谐的君臣关系、大臣勇于进谏的精神,大大影响了中唐白居易等人的讽喻诗歌思想。

白居易讽喻诗歌思想的中心纲领可以用"文章合为时而著,歌诗合为事而作"十四字来概括。白居易《与元九书》总结了这一思想产生的经过:

> 自登朝来,年齿渐长,阅事渐多,每与人言,多询时务;每读书史,多求理道,始知文章合为时而著,歌诗合为事而作。是时皇帝初即位,宰府有正人,屡降玺书,访人急病。仆当此日,擢在翰林,身是谏官,手请谏纸,启奏之外,有可以救济人病,裨补时阙,而难于指言者,辄咏歌之,欲稍稍递进闻于上。上以广宸聪,副忧勤;次以酬恩奖,塞言责;下以复吾平生之志。①

---

① 白居易:《与元九书》,参见郭绍虞主编《中国历代文论选》,第二册,上海古籍出版社,1979,第98页。

文中"皇帝"指唐宪宗李纯,"宰府正人"指宰相杜黄裳等人。元和二年(807)秋,白居易被召回长安,十一月拜翰林学士,次年四月拜左拾遗。左拾遗即谏官,职位虽不高,但有向皇帝直接进谏的机会。白居易对此十分重视,授官以后,他非常尽责,每天"食不知味,寝不遑安",对国政、朝官都大胆批评,奉行着"有阙必规,有违必谏"的职责。到元和五年(810)这三年当中,写下了《新乐府》五十首及《秦中吟》等讽喻诗,大部分"一吟悲一事"①。上引一段文字正是其对这段生活经历的总结。

白居易在《与元九书》中声言自己"多询时务",即言关心时政;"每读书史"的"书史",应该包括初唐史书及稍后的《贞观政要》等文献。正是从"时务"和"书史"中"多求理道",他才明白了"文章合为时而著,歌诗合为事而作"。这既是对"书史"的总结,又是他自己的行动纲领。

应该特别注意的是白居易此时的谏官身份。我们不妨来品读一下他的《初授拾遗》:

> 奉诏登左掖,束带参朝议。
> 何言初命卑,且脱风尘吏。
> 杜甫陈子昂,才名括天地。
> 当时非不遇,尚无过斯位。
> 况予寒薄者,宠至不自意。
> 惊近白日光,惭非青云器。

---

① 白居易:《伤唐衢二首·其一》。

第一章 意 旨

> 天子方从谏，朝廷无忌讳。
> 岂不思匪躬？适遇时无事。
> 受命已旬月，饱食随班次。
> 谏纸忽盈箱，对之终自愧。①

"奉诏"四句的自得之情是颇为明显的，"杜甫陈子昂"以下四句说杜、陈二人当时也曾担任过拾遗，可谓与自己一样享有恩遇。"宠至不自意"说明感恩之情。"天子方从谏，朝廷无忌讳"二句尤应注意，如果没有这个客观条件，左拾遗便等同虚设，失去了任何意义。诗作末尾表明自己履行进谏职责的决心。因此我们不难看到，当白居易吟咏"惊近白日光，惭非青云器"时，内心深处大概是"既近白日光，亦为青云器"的宏愿。

反映初唐君臣政治思想和融洽关系的《贞观政要》在开元年间编成后，成为其后君臣的重要读物。如《旧唐书·文宗纪论》载："初，帝在藩时，喜读《贞观政要》。每见太宗孜孜政道，有意于兹。"白居易的《策林》不仅有《采诗》，也有《纳谏》。《新乐府》的第一首《七德舞》对唐太宗歌颂有加。在叙述太宗功业后总结其"功成理定何神速"的原因时，白居易认为是"速在推心置人腹"，即善得人心：

> 魏征梦见天子泣，张谨哀闻辰日哭。……剪须烧药赐功臣，李勣呜咽思杀身。含血吮疮抚战士，思摩奋呼乞效死。不独善战善乘时，以心感人人心归。尔来一百九十载，天下

---

① 白居易：《初授拾遗》。

至今歌舞之。①

《七德舞》是贞观君臣所制歌舞,其后"诏郊庙享宴,皆先奏之"。白居易的歌咏重在赞扬唐太宗善得人心,尤其是他与重臣的至密关系。"魏征梦见天子泣"一句的附注说:

> 魏征疾亟,太宗梦与征别,既寤,流涕,是夕征卒。故御亲制碑云:昔殷宗得良弼于梦中,今朕失贤臣于觉后。

"张谨哀闻辰日哭"一句的附注说:

> 张公谨卒,太宗为之嗟悼。有司奏言:日在辰,阴阳所忌,不可哭。上曰:君臣义重,父子之情也。情发于中,安知辰日?遂哭之。

"剪须"二句附注曰:

> 李勣尝疾,医云:得龙须灰,方可疗之。太宗自剪须烧灰赐之,服讫而愈。勣叩头泣涕而谢。

"吮血"二句附注曰:

> 李勣尝中矢,太宗亲为吮血。

---

① 白居易:《七德舞·序》。

第一章 意 旨

白居易《七德舞》一诗作于元和四年（809），诗中列举唐太宗对臣下的种种恩惠，流露出他对贞观君臣关系的钦慕。正是在"天子方从谏，朝廷无忌讳"的特定政治境遇中，白居易继承和发展了汉人的诗歌理论，并进一步将之推向极端。白居易在《策林六十九·采诗以补察时政》一文中说：

> 臣闻圣王酌人之言，补己之过，所以立理本，导化源也，将在乎选观风之使，建采诗之官，俾乎歌咏之声，讽刺之兴，日采于下，岁献于上者也。所谓言之者无罪，闻之者足以自诫。……所谓善防川者，决之使导；善理人者，宣之使言。……上下交和，内外胥悦。若此而不臻至理，不致升平，自开辟以来，未之闻也。①

《新乐府·采诗官》一诗将这种思想表达得更为简洁：

> 采诗官，采诗听歌导人言。
> 言者无罪闻者诫，下流上通上下泰。
>
> 君兮君兮愿听此：欲开壅蔽达人情，先向歌诗求讽刺。②

汉人诗论《毛诗序》在倡导"下以讽刺上"时，对进谏有一个总

---

① 白居易：《策林六十九·采诗以补察时政》。
② 白居易：《新乐府·采诗官》。

的要求——"主文而谲谏",即用隐约的言辞谏劝而不直言帝王过失。这是在当时"言之者有罪"的情况下的变通之法。白居易生活的唐代,思想钳制不太严厉,贞观君臣的和谐关系又为其后的帝王树立了榜样。白居易正是在怀念贞观历史,又认定本朝"天子方从谏,朝廷无忌讳"的情况下,突破了汉代诗论对言者的言论限制,提出了"意激""言切"等新的进谏方式。

他在《新乐府·序》中说道:

> 其辞质而径,欲见之者易谕也;其言直而切,欲闻之者深诫也。①

在《与元九书》中,白居易又将自己的讽喻诗概括为"意激而言质"。进谏的语言不再是"主文而谲谏",而是"质而径""直而切",这必然导致"不为文而作也"②;与此密切相联的便是"非求宫律高,不务文字奇。惟歌生民病,愿得天子知"③。既然写诗的目的是"为君、为臣、为民、为物、为事"④,"其事核而实,使采之者传信"⑤便是必然的,否则的话无异于欺君或诽谤。这种求"核而实"的精神也与古代史学"实录"精神紧密相联。唐初史学家刘知几曾强调过:"夫史之

---

① 白居易:《新乐府·序》。
② 白居易:《新乐府·序》。
③ 白居易:《寄唐生》。
④ 白居易:《新乐府·序》。
⑤ 白居易:《新乐府·序》。

叙事也,当辩而不华,质而不俚,其文直,其事核,若斯而已可也。"① 白居易《新乐府·序》中的用语与此颇为相似。

传统诗论也曾将"国史"与"以讽其上"的诗歌联系起来。《毛诗序》阐发得比较具体,上文已论及;这样的诗篇不仅具有"以讽其上"的时政意义,而且在很大程度上弥补了一朝国史多记朝政大事而忽略民众细事的缺憾,所以"补国史之阙"往往成为古代正直文人著述的指导思想。白居易这种思想也十分明显。他在《赠樊著作》一诗后半部写道:

> 常恐国史上,但记凤与麟。
> 贤者不为名,名彰教乃敦。
> 每惜若人辈,身死名亦沦。②

即言"国史"所载,多为"凤与麟"般的显达;而诗的前半部所举"以正事其君""以直立其身"的"贤者""士与女",则无缘名载国史。有感于此,他向樊著作建议道:

> 君为著作郎,职废志空存。
> 虽有良史才,直笔无所申。
> 何不自著书,实录彼善人。
> 编为一家言,以备史阙文。③

---

① 刘知几:《史通通释》卷七《鉴识》。
② 白居易:《赠樊著作》。
③ 白居易:《赠樊著作》。

白居易诗中的赠人之言，实际上也是夫子自道。《新乐府·序》中强调的"其事核而实"，《秦中吟·序》中说明"直歌其事"，《策林六十八·议文章碑碣词赋》强调"今褒贬之文无核实，则惩劝之道缺矣"，等等，无不强调实录、直笔。在这里，实录的史笔、讽喻、著述三者交融在一起，与初唐史学的特征完全一致。我们说白居易的讽喻思想受到过初唐史学的影响，大概不会是无稽之谈。

唐朝自安史之乱后国势日颓：外族入侵，战乱频仍，民生凋敝，党争不休。面对这种现实，有识之士从各方面探索改革时弊、重振大唐雄风的途径。在这种情况下，前朝盛世如"贞观之治""开元盛世"往往成为他们怀念的对象。白居易身为谏官时针对"时务"遍览"书史"，开创"贞观之治"局面的太宗君臣都使他心向往之。遗憾的是，宪宗李纯远比不上太宗李世民，牛李党争日趋白热化又使政坛更为复杂。白居易在谏官位上的直言不但未惬帝心，反而遭到各方面的忌恨，"众口籍籍""众面脉脉""号为沽名、号为诋讦、号为讪谤"。[①] 元和五年（810），他秩满应当改官，宪宗皇帝便趁机暗喻崔群"使求自便"。结果白居易被授京兆府户曹参军，明升暗降，他只能发出长长的叹息：

> 巧者力苦劳，智者心苦忧。
> 爱君无巧智，终岁闲悠悠。
>
> 宦途似风水，君心如虚舟。
> 泛然而不有，进退得自由。

---

① 白居易：《与元九书》。

第一章 意 旨

> 顾我愚且昧，劳生殊未休。
> 一入金门直，星霜三四周。
> 主恩信难报，近地徒久留。
> 终当乞闲官，退与夫子游。①

《与元九书》中的几句话可视为对这首诗的最佳笺注：

> 大丈夫所守者道，所待者时。时之来也，为云龙，为风鹏，勃然突然，陈力以出。时之不来也，为雾豹，为冥鸿，寂兮寥兮，奉身而退。进退出处，何往而不自得哉？②

白居易所强调的"时"，即特定的政治境遇，说穿了无非是得到皇帝的信任和重用。在封建专制政体中，儒士被用则为"虎"，不被用则为"鼠"，白居易所言"进退出处，何往而不自得哉"只不过是"失时"后的故作旷达语，聊以自慰而已。

罗宗强先生曾精辟地指出，白居易提出诗歌要为君、为臣、为民、为物、为事而作，其立脚点"是建立在借讽喻以劝皇帝改革的希望上"，"一旦认识到皇帝不可能由于讽喻谏诤而有所改革的时候，希望就完全落空，这个立脚点也就自然而然地被抽掉，功利主义的诗歌主张也就立即失去了依归"。③ 令我们深思的是，中国古代诗歌经过初

---

① 白居易：《赠吴丹》。
② 白居易：《与元九书》。
③ 罗宗强：《隋唐五代文学思想史》，上海古籍出版社，1986，第303页。

唐、盛唐，已经达到完全成熟和繁荣，各种艺术技巧已十分完备。而紧接其后却出现了完全忽视诗歌艺术的功利主义诗歌主张，并且这种主张将古代功利主义诗歌观推向极端，尔后却在十来年后短命夭折。所有这一切，不都与理想的君臣关系模式有关吗？通行的研究论著大都忽视了封建君主政体的特点和唐初君臣关系、史学思想的影响，而单纯从儒家思想上为中唐讽喻诗歌观找理由，这无论如何也难以有力说明中唐讽喻诗歌观高峰突起而又迅速夭折的内在逻辑。

宋人洪迈论述唐代诗风时有段话十分值得我们深思：

> 唐人歌诗，其于先世及当时事，直辞咏寄，略无避隐。至宫禁嬖昵，非外间所应知者，皆反复极言，而上之人亦不以为罪。如白乐天《长恨歌》讽谏诸章，元微之《连昌宫词》，始末皆为明皇而发。杜子美尤多，如《兵车行》《出塞》《新安吏》《潼关吏》《石壕吏》《新婚别》《垂老别》《无家别》《哀王孙》《悲陈陶》《哀江头》《丽人行》《悲青坂》《公孙舞剑器行》，终篇皆是。……此下如张祜赋《连昌宫》……等三十篇，大抵咏开元、天宝间事。……今之诗人不敢尔也。①

"不敢"二字最为沉重。"敢"与"不敢"，取决于言之者是否获罪。即使以"从谏如流"而名垂青史的李世民，也曾因逆鳞之愤而要大开杀戒。贞观六年（632），一天罢朝后，李世民怒气冲冲地说："会须杀此田舍翁。"长孙皇后忙问所指是谁，他回答："魏征每廷辱我。"长孙皇后连忙换上朝服，李世民问她要干什么，她说："妾闻主明臣

---

① 洪迈：《唐诗无讳避》。

直。今魏征直，由陛下之明故也。妾敢不贺！"这一具有戏剧性的后宫之谏，避免了李世民对魏征的一场杀机。李世民后来"不悦人谏，虽黾勉听受，而终有难色"，甚至"渐恶直言""谓忠说者为诽谤"①。千古英主尚且如此，何况他人！更多的帝王则像隋炀帝。隋炀帝骄矜自负而讳亡憎谏，曾扬言"有谏我者，当时不杀，后必杀之"。他还对虞世南说："我性不欲人谏。若位望通显而来谏我，以求当世之名者，弥所不耐。至于卑贱之士，虽少宽假，然卒不置之于地。汝其知之！"② 因此当我们读白居易《与元九书》中"故闻'元首明，股肱良'之歌，则知虞道昌矣"时，千万不要轻松读过，可以毫不夸张地说，"元首明，股肱良"这样的君臣模式是封建时代的最高理想，只有在这种模式下才能达到"言者无罪，闻者足戒"。否则的话，像白居易那样"志未就而悔已生，言未闻而谤已成"的事情便要发生，更倒霉的便可能因言丧命。这就是我们所理解的"歌诗合为事而作"这一诗歌思想的特定文化背景。

单纯从诗歌理论上来看，继汉代的"缘事而发"说之后出现了晋代的"诗缘情"说，明确将诗歌本体从客观之事转移为主观之情，使中国古代诗歌走向了繁荣昌盛的坦途。不过又要看到，中国古代的政治体制没有根本变化，即使在魏晋时代诗歌政教论仍然存在。中唐白居易的诗歌主张便是这一诗学观念在特定的历史情境中的极端膨胀，是对"缘事而发"的复归与发展。从诗歌史的角度看，两汉乐府民歌叙事诗和中唐叙事诗又恰是中国古代叙事诗的两个高峰，诗歌理论与诗歌实践的合流大概不会是偶然的。当我们考察明清之际吴伟业的叙

---

① 参见胡如雷《李世民传》，中华书局，1984，第145—146页。
② 《隋书》卷二十二《五行志》。

事诗思想时，我们会更明确地看到诗歌理论的指导意义。

四、诗史——史外传心之史

中国既是一个诗的国度，又是一个史的王国。无论是历史著作的数量还是历史在社会生活中受到的尊崇，中国古代史学都是举世无匹的。如果要给中国古代历史哲学作出一个最为简明的概括，"以古为鉴，彰善瘅恶"八字或许可以当之。这一点从上文的有关论述中已可略见一斑。

诗与史之间的联系，最早是通过政治教化这一相同的社会功用来建立的。《礼记·经解》开篇曰：

> 孔子曰：入其国，其教可知也。其为人也温柔敦厚，《诗》教也；疏通知远，《书》教也；广博易良，《乐》教也；洁静精微，《易》教也；恭俭庄敬，《礼》教也；属辞比事，《春秋》教也。①

孔颖达对这几句话疏云："孔子曰入其国其教可知也，言人君以六经之道，各随其民教之；民从上教，各从六经之性。观民风俗则知其教，故云其教可知也。"②

《诗经》《尚书》这样的古代典籍虽有诗、史之不同，但教化民众、

---

① 《礼记·经解》，载阮元校刻《十三经注疏》，中华书局，1980，第1069页。
② 《礼记·经解》，载阮元校刻《十三经注疏》，中华书局，1980，第1069页。

改善民风的社会政治功用是一致的。中国古代是一个极度尊崇经典、经学十分发达的社会,这种观念可谓根深蒂固,影响巨大而深远。上文所论及的《毛诗序》中"国史明乎得失之迹,伤人伦之废,哀刑政之苛,吟咏情性,以风其上,达于事变,而怀其旧俗者也"的说法,白居易《赠樊著作》中"编为一家言,以备史阙文"的观点,都可视为这种观念的流露。

最为简明地将诗、史联系在一起的是中国诗学批评史上的理论术语"诗史"。

"诗史"一语最早出现在唐代孟棨《本事诗》。在"高逸第三"一节中,孟棨主要叙述了李白的行迹与诗风,末尾处有这样几句话:

> 杜所赠二十韵,备叙其事。读其文,尽得其故迹。杜逢禄山之难,流离陇蜀,毕陈于诗,推见至隐,殆无遗事,故当时号为"诗史"。①

孟棨并非专论杜诗,而是在论述李白的时候附带提及。他认为杜甫给李白的赠诗对李白的事迹叙述十分详备,读了这首诗后可以尽知李白的行迹,颇有可与自己所述相互参证之意。接着这一话头他谈及杜诗的特点,认为杜甫作品的特征是可以"推见至隐,殆无遗事",即对杜甫在战乱中的经历叙述得十分详尽,所以被称为"诗史"。因此我们可以说,"诗史"的最初用法大概是个比喻,其含义是杜诗像史传那样记载着作者本人的人生行迹。

---

① 丁福保辑:《历代诗话续编》,中华书局,1983,第15页。

随着杜诗在宋代地位的日益提高,"诗史"一语也被宋人广泛采用,但又赋予其不尽相同的涵义。与孟棨本意较为接近的是陈岩肖《庚溪诗话》:

> 杜少陵子美诗,多纪当时事,皆有据依,古号"诗史"。①

陈岩肖还根据杜甫《送重表侄王砅》诗订正王珪之母为"杜氏"而非"卢氏",称赞杜诗"详谛"而批评"史谬误之甚"。②

有人将"诗史"与"史笔"联系起来。黄彻《䂬溪诗话》云:

> 子美世号"诗史",观《北征》诗云:"皇帝二载秋,闰八月初吉。"《送李校书》云:"乾元元年春,万姓始安宅。"又《戏友》二诗:"元年建巳月,郎有焦校书。""元年建巳月,官有王司直。"史笔森严,未易及也。③

古代史书如《春秋》多有开篇纪年的习惯。黄彻将杜诗中这些开篇纪年的句子搜集出来,称其"史笔森严",是将"诗"与"史"作了表面的类比,以此说明"诗史"之意并不符合原意。

与孟棨本意相去最远的是魏泰的说法,其《临汉隐居诗话》曰:

> 李光弼代郭子仪,入其军,号令不更而旌旗改色。及其亡也,杜甫哀之曰:"三军晦光彩,烈士痛稠叠。"前人谓杜

---

① 丁福保辑:《历代诗话续编》,中华书局,1983,第 167 页。
② 丁福保辑:《历代诗话续编》,中华书局,1983,第 167 页。
③ 丁福保辑:《历代诗话续编》,中华书局,1983,第 348—349 页。

第一章 意 旨

甫句为"诗史",盖谓是也,非但叙尘迹、撼故实而已。①

杜甫《八哀诗》之一的《故司徒李公光弼》哀名将之失,表达了十分痛切的忧国之情。魏泰将这种哀痛之情作为"诗史"的内涵,明确反对把"叙尘迹、撼故实"作为"诗史"之意。这是对"诗史"本意的最大改变。至于还有的人根据杜诗"早来相就饮一斗,恰有三百青铜钱"来证明唐代酒价为一升三十钱,以此认为"甫之诗自可为一时之史"云云,这里就不再罗列了。

尽管"诗史"一语存在着歧义,明清两代还有人反对这一说法(如杨慎、王夫之),但这一批评概念仍被广泛地使用着。吴伟业就采用了"诗史"的说法,并对之进行了一定的发展。毫不夸张地说,吴伟业之所以能在叙事诗上取得那么高的成就,成为中国诗史上继两汉、唐代叙事诗之后的第三个叙事诗高峰,关键在于他有明确的理论指导,即他的"诗史"思想。

明代士子的学业大都被朱注四书所笼罩,读书应仕成为士子的一般人生途径。吴伟业对这种学风颇为不满。他曾介绍过自己的"平日读书之道":

> 初吾与志衍少而同学,于经术无所师授,特厌苦俗儒之所为,而辄取古人之书,据撼其近似者,隐括之为时文,年壮志得,不规规于进取,乃益骋其无涯之词,以极其意之所至。……盖天下之士,止知制义之可贵,而不思古学之当复,

---

① 魏泰:《临汉隐居诗话》,载何文焕辑《历代诗话》,中华书局,1981,第318页。

其为日也久矣。①

《德藻稿序》

"时文"即八股文,又称"制义",是明代科举考试的官方文体。吴伟业自幼"喜读三史",后来参加科举考试也颇为成功,但内心深处仍然不满"时文"。他曾在《孙孝若稿序》中说:"余初以制艺起家,常缺然自以为不足,好从诸先达考求故实,以增益其所闻见。"② 这是一种不从流俗的治学取向。他将自己的书斋命名为"旧学庵","庵成,而图史之所藏,讲论之所集,朝夕宴处,宾游往来,皆于是乎在"。③他解释"旧学"之意道:

> 夫古所谓旧学者,经术深厚,行清而能高,为天子顾问之臣,足以辅道德、长教化,如是庶乎其可也。若予者,向以庸虚早忝朝列,曾不以此时有所论建,裨益万分;今编蓬穷巷之中,伏匿穷麓,退与后生小儒掇拾旧闻。④

《旧学庵记》

---

① 吴伟业著,李学颖集评标校:《吴梅村全集》(全三册),上海古籍出版社,1990,第746页。
② 吴伟业著,李学颖集评标校:《吴梅村全集》(全三册),上海古籍出版社,1990,第744页。
③ 吴伟业著,李学颖集评标校:《吴梅村全集》(全三册),上海古籍出版社,1990,第826页。
④ 吴伟业著,李学颖集评标校:《吴梅村全集》(全三册),上海古籍出版社,1990,第826页。

第一章 意 旨

旧学庵筑成于1648年，即明亡后的第五年。吴伟业隐居于故乡，开始搜罗前朝掌故。他从自己的仕官经历出发，提及崇祯朝中"上或问掌故，则左右愕视，涕唾流沫，叩头不起"①，即无人能答。中国古代处理政务的依据主要是前朝的惯例，即"故事"，不熟习历史掌故，则不可能具备处理政务的经验，等于失去了为官的机会。吴伟业有感于此，"发愤谢病，将闭户不出，读书十年"②，不过没过几年明朝便灭亡了。他将自己的书斋以"旧学"为名，即是从熟悉前朝历史掌故出发的；同时，还兼有搜罗有明一代掌故之意。他说：

> 君子之为学也，于国家礼乐所由生，刑政所自出，苟涉其条流而探其损益，虽穷岩之贱，吾得而论著之，况其所躬遇者乎？虽百世之远，吾得而绎之，况其所亲见者乎？今以余之坎壈侘傺，休息乎此庵也，每发书陈箧，伏而读之。其于朝庙典章之盛，未尝不思周旋进反畴昔肃恭而将事也；其于君臣诫励之语，未尝不思咨诹出纳畴昔艰难而训告也。若夫盛衰兴废，天道人事之间，则又辍卷废书，太息而流涕。凡吾之惓惓于此者，非苟强记博诵，为当世取悦云尔，庶几发扬先朝之盛德，用少裨具官之所不称。如是，虽以谓之旧学可也。③
>
> 《旧学庵记》

---

① 吴伟业著，李学颖集评标校：《吴梅村全集》（全三册），上海古籍出版社，1990，第827页。
② 吴伟业著，李学颖集评标校：《吴梅村全集》（全三册），上海古籍出版社，1990，第827页。
③ 吴伟业著，李学颖集评标校：《吴梅村全集》（全三册），上海古籍出版社，1990，第827页。

从中国古代封建政治的行政特点看,"国家礼乐所由生,刑政所自出"等,是官僚们所必须熟悉的;"盛衰兴废,天道人事之间"也是他们所必须思考的。熟悉历史掌故、盛衰兴废在中国古代是一种政治需要,吴伟业正是从自己仕官的切身经历来谈论旧学的。不过今天看来,"旧学"正是历史。因此,吴伟业对"旧学"的看法,正是他历史意识的流露。

吴伟业的著述中经常流露出这样的历史意识,其《彭燕又五十寿序》曰:

> 士之能立言者,必需之岁月,以自验其学问之所至。若夫遭遇乱离,而独以其身超然于尘埃之表,则笔之于书者,将为天下后世所考正,其平生之学尤可重焉。

> 今燕又之诗文,其在天下者,经世代迁改,卷帙尘蠹,后生之徒睹其姓氏,且以为古之贤人,而不知其年尚五十。若今杜门绝迹,不与世通,著书三十年,书成而所纪皆易世之事,日月阔远,见闻绵邈,得无有疑其甲子,不知何代人耶?自古遭兵火而磨灭,如卧子(陈子龙)、志衍(吴继善)者不少,而遗民佚叟为造物所留以当文献者,亦往往见焉。①

《彭燕又五十寿序》

---

① 吴伟业著,李学颖集评标校:《吴梅村全集》(全三册),上海古籍出版社,1990,第766—767页。

第一章　意　旨

名画家王时敏七十大寿时,他在贺文中写道:

> 唐、宋宰执世家,于言行微显,子孙昭穆,必备著之,用裨兰台石室之采。

> 先朝之史未立,则有虞山公(钱谦益)之文大书特书,而余言亦堪登稗官而入家乘,于以见奉常(王时敏)搜扬祖烈之意,小大皆不可以无识也。虞山既以史笔纪斯宴,侑之以《文王大雅》"本支百世"之诗,余不敢上引,请为歌《楚茨》……《传》曰:"歌诗必类。"奉常通于古,窃取《诗》与《春秋》之旨,随长者之末,再拜以为献焉。①

(《王奉常烟客七十序》)

"史笔纪斯宴"云云,也是着眼于钱文的历史文献价值。

吴伟业既有这样明确的历史意识,又自信"熟于近代之史"②,所以他谈论诗歌的时候,往往将历史、诗歌并列在一起,如在《吴六益诗序》叙述自己仕清三年的京师生活:

> 四方之士以诗文相质问者无虑以十数。其间得二人焉:于史则谈孺木,于诗则吾家六益而已。孺木之于史也,考据

---

① 吴伟业著,李学颖集评标校:《吴梅村全集》(全三册),上海古籍出版社,1990,第781—782页。
② 吴伟业著,李学颖集评标校:《吴梅村全集》(全三册),上海古籍出版社,1990,第823页。

异同，搜扬隐赜，年经月纬，条分而钩贯之。

六益之于诗也，自汉、魏以下及三唐诸作，各穷其正变，约其指归，取材宏博，选词丰腴，沈郁顿挫，铿鎗镗鞳，居然自成一家。①

(《吴六益诗序》)

最后写道：

今春孺木别我以归，未几月，六益又将行矣。余尝念身名颓落，惟读书一事未敢少懈，思得乞身还山，偕孺木键户读史；俟稍有所得，则又携六益入天台，访禹穴，极山川之高深，烟霞之变幻，以助吾诗之所未备，而惜乎尚有所待也。

今二子之才，毕其苦心，咸诣有专，而余顾欲兼之。余懒且病，见闻散佚，不克有所论著；即兴会所属，形诸篇咏，才退力拙，亦辍而弗为。②

(《吴六益诗序》)

吴伟业说自己的志趣在于史、诗兼顾，并把读史所得的学问视为

---

① 吴伟业著，李学颖集评标校：《吴梅村全集》（全三册），上海古籍出版社，1990，第698—699页。
② 吴伟业著，李学颖集评标校：《吴梅村全集》（全三册），上海古籍出版社，1990，第699页。

第一章 意 旨

根柢；一旦有所得之后，则沉浸于大自然的万千变幻中以期"感兴"。这样看来，史与诗不再是互不相涉的两个领域，而是紧密联系在一起的。

作为史官兼诗人，吴伟业对历史与诗歌的联系有着切身体会，他对史、诗关系有着独特的看法。《且朴斋诗稿序》一文开篇写道：

> 古者诗与史通，故天子采诗，其有关于世运升降、时政得失者，虽野夫游女之诗，必宣付史馆，不必其为士大夫之诗也；太史陈诗，其有关于世运升降、时政得失者，虽野夫游女之诗，必入贡天子，不必其为朝廷邦国之史也。①
>
> 《且朴斋诗稿序》

《礼记·王制》载："天子五年一巡守。岁二月，东巡守，至于岱宗。柴而望祀山川，觐诸侯，问百年者就见之。命大师陈诗，以观民风。"② 班固沿用了这一说法。吴伟业继承了古代的"采诗说"，认为诗歌关乎社会风俗与朝政得失，与史相通。

有意味的是紧接其后的一段话：

> 忆余曩与映薇年兄同游师门，映薇虽不官史，而一时称能诗者必首映薇；余虽不能诗而官于史，映薇称知诗者必及余。余两人深相得，而于诗相得尤深。中间虽或中或外，或迁谪投闲，或循资待罪，宦迹时离，诗筒时合。

---

① 吴伟业著，李学颖集评标校：《吴梅村全集》（全三册），上海古籍出版社，1990，第 1205 页。
② 《礼记·王制》，载阮元校刻《十三经注疏》，中华书局，1980，第 1327—1328 页。

厥后而时事难言矣。映薇急流疾退，一遁而入于野夫游女之群，相与一唱三叹，人之视之与其自视，皆不复知为士大夫也。然而气运关心，不堪悽恻，乃教翠鬟十二，遂空红粉三千。一老子韵脚初收，众女郎踏歌齐应。笔摇五岳，知《竹枝》《白苎》非豪；舞罢《六幺》，笑《霓裳羽衣》未韵。人谓是映薇涵情结绮、缠绵燕婉时，余谓是映薇絮语连昌、唏吁慷忾时也。观其遗余诗曰："菰芦十载卧蘧蘧，风雨为君叹索居。"出处相商，兄弟之情，宛焉如昨。又曰："山中已着还初服，阙下犹悬次九书。"则又谅余前此浮沉史局，掌故之责，未能脱然。嗟乎！以此类推之，映薇之诗，可以史矣！可以谓之史外传心之史矣！①

《且朴斋诗稿序》

这段话不是理论阐述，而是在叙述吴伟业与徐懋曙（映薇）交游的基础上对徐诗的评论。吴伟业将"官史"与"能诗"联系起来，是对"古者诗与史通"之论的引申。两人"于诗相得尤深"大概是指两人对史、诗关系的看法十分契合。所谓"宦迹时离，诗筒时合"大概是指从诗歌作品可以见出两人的生平浮沉。"时事难言"指甲申国变，明清易代。徐懋曙"急流疾退"，隐居山野，泯迹于野夫游女之间，但"气运关心，不堪悽恻"，亡国之痛无法忘怀。虽则依红偎翠，貌似纵

---

① 吴伟业著，李学颖集评标校：《吴梅村全集》（全三册），上海古籍出版社，1990，第1206页。

情声色，但吴伟业认为他这期间的作品是"絮语连昌、唏吁慷忾"之作。元稹《连昌宫词》借老翁之口叙一代盛衰之史，徐、吴唱和之诗历现二人交游经历，并从二人交游经历中见出时事的巨大变迁，因此吴称徐诗"可以史矣"；又因为徐诗重在表现气运升降中的"不堪悽侧"之情，故吴伟业称之为"史外传心之史"。该文最后特别指出：

> 映薇汇次全稿，谋诸梓人，而驰书征余序其端，余故书此以告天下，当以读古人史法读吾映薇诗也。①
>
> （《且朴斋诗稿序》）

所谓"以读史法读诗"，不就是将诗等同于史了吗？

总结上文我们可以看到，具有史学修养的吴伟业看到了诗歌中反映历史变迁的"史"的一面，同时，作为诗人的吴伟业又看到了历史中"传心"的一面。"传事"——叙述历史变迁与"传心"——表现作者情思的有机统一，是吴伟业对历史与诗歌的看法，史、诗在这里的确难以区分。

理解了"传事"与"传心"的有机统一，我们就能更好地理解吴伟业的"诗史"思想。吴伟业在《梅村诗话》"杨廷麟"一节论及自己所作《临江参军》一诗曰：

> 余与机部（杨廷麟）相知最深，于其为参军周旋最久，

---

① 吴伟业著，李学颖集评标校：《吴梅村全集》（全三册），上海古籍出版社，1990，第 1206—1207 页。

故于诗最真,论其事最当,即谓之诗史,可勿愧。①

《临江参军》一诗真实、详细地叙述了杨廷麟参加卢象升抗军的经过,记述了卢象升在河北贾庄抗击清军战死的过程,具有很高的史料价值。该诗是在杨廷麟事后口述的基础上加工而成的,其真实性是毋庸置疑的,故吴伟业自许为"诗史"。

吴伟业重视史为诗之根柢、以诗传史,这与他的实学思想密切相联。明末清初,以"崇实黜虚"为特征的实学思潮达到鼎盛。吴伟业是以"兴复古学,务为有用"为宗旨的复社的重要成员,平生深受复社领袖、实学家张溥的影响。从"务为有用"这一宗旨出发,吴伟业颇不满当时的空疏之学,以及造成学风空疏的"时文"。吴伟业指出:

> 余尝惟国家当神宗皇帝时,天下平治,而士大夫风习不能比隆往古者,良繇朝廷以科目限天下士,士亦敝敝焉束缚于所为应世之时文。以吾耳目所闻见,如吴中邵茂齐、徐汝廉、郑闲孟三君子,皆号为通人儒者,而白首一经,穿穴书传,于朝政得失,贤奸进退之故,则不闻有所论述,故其不遇以死也,姓氏将泯灭而勿传。②

(《何季穆文集序》)

---

① 吴伟业著,李学颖集评标校:《吴梅村全集》(全三册),上海古籍出版社,1990,第 1138 页。
② 吴伟业著,李学颖集评标校:《吴梅村全集》(全三册),上海古籍出版社,1990,第 654 页。

第一章 意 旨

这种看法可谓切中时弊。正是有感于皓首穷经之士于"朝政得失,贤奸进退之故"毫无所知,吴伟业慨叹"古学"之亡,倡言"实学""古学",提倡"因事立言,明体适用"之文。他所言的"古学"即"先王之道",与流俗的"曲学诡行"相对立:

> 当先皇帝初年,海内方向古学,一二通人儒者,将以表章六经,修明先王之道为务;乃曲学诡行则又起而乘之,依光扬声,互相题拂,剽取一切坚僻之辞,以欺当时而误流俗。①
>
> (《黄陶庵文集序》)

这是在明朝灭亡的第六年(1649)吴伟业对崇祯年间学风的评析,也是他对亡国原因的思考。

有时候吴伟业又将"古学"称为"实学",如他称赞白胤谦(号东谷)"攻实学,修笃行,不役役于富贵,不陨获于流俗"②。他认为:

> 夫文者,古人以陈谟矢训、作命敷告、教世化俗者之所为,非仅以言辞为工者也。……故因事立言,取其明体适用,浮词剿说不得而入也。③
>
> (《陈百史文集序》)

---

① 吴伟业著,李学颖集评标校:《吴梅村全集》(全三册),上海古籍出版社,1990,第653页。
② 吴伟业著,李学颖集评标校:《吴梅村全集》(全三册),上海古籍出版社,1990,第657页。
③ 吴伟业著,李学颖集评标校:《吴梅村全集》(全三册),上海古籍出版社,1990,第655页。

"因事立言，明体适用"正是"实学"在文章写作中的具体体现。从"实学"观出发，吴伟业进一步指出了学风空疏对"诗道"的危害：

> 嗟乎！自举世相率为制举义，而诗道湮灭无闻。十余年来，学官之子弟稍有习其事者，无过修干谒、希进取，不离时艺者近是，纵语以挽近之作者，迷瞀不解，况于先王比兴之义，有得而闻之乎？

> 昔者先王以诗教天下，自祭祀、聘飨、乡饮、大射，无不用诗为登歌，故以立之学官，肄习子弟。汉遂置博士等官，而唐因之设科取士，虽先王温柔敦厚之旨渐已散亡，于其教亦可谓之盛矣。①

（《毛卓人诗序》）

宋以后改为制举之文章，本意在黜浮华，尚经术，但后人沿袭苟且，躐取世资，守其固陋空疏，尽弃诸儒百家之言于不讲。总之，近代以文取士，"其言总无当于用"。因此，吴伟业希望："国家一朝更科举之法，搜扬风雅，以厉学官，求宿儒大材通四始者主其事。"②

由此可见，吴伟业总结了古代诗教的演变情况，严厉批评了明末空疏学风对诗教的危害，但求诗歌要有比兴之义，要有益于天下。这与白居易"风雅比兴外，未尝著空文"有相似之处。特别是在国家危

---

① 吴伟业著，李学颖集评标校：《吴梅村全集》（全三册），上海古籍出版社，1990，第662—663页。
② 吴伟业著，李学颖集评标校：《吴梅村全集》（全三册），上海古籍出版社，1990，第662—663页。

第一章 意 旨

亡关头更应如此：

> 方海寓多事，士不能为铙歌、鼓吹诸曲，铺扬武功，而徒咏牛渚之月，问莫愁之湖，张讥清谭，岂能效萧郎破贼、麈尾蝇拂，可烧却耳！①
>
> （《扶轮集序》）

这已不是一般的谈诗论艺，而是对清谈误国者的痛斥！

纵观有明一代，复古思想几乎一直未曾中断，尽管各个时期复古的原因和目的不同。明初宋濂等人的复古思想，与朱元璋登基后试图清除元蒙贵族入主中原所带来的影响有关。朱元璋悉命复衣冠如唐制，士民皆束发于顶，改变了百年的胡俗。前后七子倡导的文学复古运动，与反对当时弥漫成风、粉饰太平的"台阁体"有关，其根本目的在于全面振兴封建正统文学，以文学干预现实政治。晚明时期，既是政治社团又是文学团体的复社和几社，承前后七子余波，力倡复古。抗清名士陈子龙的复古理论尤为鲜明。这时期的复古论除为了清除公安、竟陵末流的俚俗纤巧外，主要是针对内忧外患、空疏学风而发的，含有兴复古学，挽大厦于将倾的入世精神。吴伟业在诗歌思想上批公安，斥竟陵，倡古学，宗盛唐，与当时的社会思潮血脉相通。他重视诗的根柢，重视历史文献，提出"诗与史通"，认为诗歌是"史外传心之史"，是明清实学思潮的艺术折光。他的"诗史"观较之前代又包含了新的内涵。

---

① 吴伟业著，李学颖集评标校：《吴梅村全集》（全三册），上海古籍出版社，1990，第1204—1205页。

有不少论者曾指出吴诗取材之巧为其诗歌获取成功的法门。赵翼《瓯北诗话》卷九曰：

> 梅村身阅鼎革，其所咏多有关于时事之大者，如《临江参军》《南厢园叟》《永和宫词》《洛阳行》《殿上行》《萧史青门曲》《松山哀》《雁门尚书行》《临淮老妓行》《楚两生行》《圆圆曲》《思陵长公主挽词》等作，皆极有关系。事本易传，则诗亦易传。梅村一眼觑定，遂用全力结撰此数十篇，为不朽计，此诗人慧眼，善于取题处。白香山《长恨歌》、元微之《连昌宫词》、韩昌黎《元和圣德诗》，同此意也。①

朱庭珍《筱园诗话》卷三发挥了赵翼的说法：

> 吴梅村诗，善于叙事，尤善言闺房儿女之情；熟于运典，尤熟于汉、晋、南、北史诸书。身际鼎革，所见闻者，大半关系兴衰之故，遂挟全力，择有关存亡、可资观感之事，制题数十，赖以不朽。此诗人取巧处也。
>
> 倘不身际沧桑，不过冬郎《香奁》之嗣音，曷能独步一时？
>
> 赵云崧题其集云："国家不幸诗家幸，赋到沧桑句便工。"亦实语也。②

---

① 赵翼著，霍松林、胡主佑校点：《瓯北诗话》，人民文学出版社，1963，第131页。
② 朱庭珍：《筱园诗话》卷三，载郭绍虞编选、富寿荪校点《清诗话续编》，上海古籍出版社，1983，第2389页。

第一章 意　旨

事实的确如此，受明末社会风气的影响，吴伟业早年的诗词有着颇浓的脂粉气。国家的变故改变了他的诗风，明清易代之际的许多重大历史事件都在他的诗歌中得到了反映。如果我们按吴诗所反映的历史事件的时间顺序作一排列，几乎可以清晰地看到明朝灭亡的历史过程（括号中为反映该事件的吴诗）：

万历十五年（1587）至万历四十二年（1614），围绕建储、福王之藩展开的激烈党争。（《洛阳行》）

崇祯十一年（1638），清军大举攻入内地，宣大总督卢象升在河北贾庄阵亡。（《临江参军》）

崇祯十四年（1641）正月，李自成农民军攻破洛阳，杀福王朱常洵。（《洛阳行》）

崇祯十四年（1641）二月，张献忠农民军攻破襄阳，杀襄王朱翊铭。（《襄阳乐》）

崇祯十五年（1642）二月，清军攻克围困半年之久的松山，洪承畴被俘降清。（《松山哀》）

崇祯十五年（1642）十月，孙传庭在"柿园之役"中大败农民军；崇祯十六年（1643）十月，李自成攻破潼关，孙传庭战死。（《雁门尚书行》）

崇祯十七年（顺治元年，1644）三月，李自成攻陷北京，崇祯帝自缢（《永和宫词》）；该年四月，吴三桂引清兵入关，占领北京（《圆圆曲》）；该年五月，福王朱由崧在南京即帝位，改年号为弘光（《永和宫词》）。

弘光元年（顺治二年，1645）三月，左良玉以"清君侧"为名率兵东下，马士英、阮大铖调兵抵御，左良玉病死后其子左梦庚率部降清(《楚两生行》);该年四月,清兵下泗州,刘泽清降于淮安(《临淮老妓行》);该年五月,清军攻占南京,弘光帝出逃,弘光政权灭亡(《听女道士卞玉京弹琴歌》)。

从以上简单的罗列可以看出,吴伟业诗歌在题材上所表现出的特点几乎是千古独步的。结合他生平的治学取向,他的"诗与史通"说,我们有理由肯定吴伟业是有意识地以诗写史,他的叙事诗可以理解为"诗体历史"——一种真正意义上的"诗史"。

吴伟业还自觉地运用史家笔法来写诗,集中表现在《雁门尚书行》一诗中。诗前有一小序,简括了孙传庭一生的主要经历,重点叙述了他在潼关战役阵亡的经过。诗歌的内容就是对小序的敷演。笔者曾就中华书局版《明史·孙传庭传》对该诗作过笺注,发现二者内容几乎完全一致。可以毫不夸张地说,《雁门尚书行》就是孙传庭的诗体传记。邓汉仪在《诗观》中评之曰:"详略开阖,擒纵起束,俱以龙门手法行之。其叙战事始末,则系一代兴亡之实迹,非雕虫家所可拟也。"① 司马迁在《太史公自序》中自称"生于龙门",故后人用"龙门手法""龙门之笔"来指代"史笔""史法"。靳荣潘《吴诗集览》引陆云士之语曰:"《雁门尚书》篇,以龙门之笔行之韵语,洵诗史也。……末句补出参军,大传中藏一小传,真一语千钧矣。"② 该诗在叙述孙传庭战死后,在诗歌末尾处写道:"尚书养士三十载,一时同死何无人?至今唯说乔参军!"概言与传庭同时战死的参佐乔元柱,如同

---

① 吴伟业著,李学颖集评标校:《吴梅村全集》(全三册),上海古籍出版社,1990,第295页。
② 吴伟业著,李学颖集评标校:《吴梅村全集》(全三册),上海古籍出版社,1990,第295页。

史书在大传之后附一小传，故有此评。

事有凑巧，被誉为"诗史"的杜甫《潼关吏》也写一场潼关之战，但《潼关吏》根本没有正面涉及战争，而只把战争作为一般背景。这也是杜诗的总体特点：所涉及的历史事件，几乎无一不是作为"感兴"的媒介出现的，是"感事"而非"叙事"，即不是正面详细的叙述。

后人多以"诗史"一语来评吴诗，乃至比于杜诗。程穆衡《箧悦卮谈》指出：

> 明末诗人，钱、吴并称，然钱有迥不及吴处。吴之独绝者，征词传事，篇无虚咏，诗史之目，殆曰庶几。夫安、史煽凶，明、肃播越，非少陵一老，则唐代纪事称缺陷矣。况大盗移国，天王死社，勇将收京，真人拨正，以是为诗，题孰大焉！咏此不能，何用公为？此弇州四部大稿，所以独推子美为千古之豪，而自订其乐府变别为一集者也。知此而梅村集之所系大矣，谓少陵后一人也，谁曰不宜！①

程穆衡指出了杜、吴相似的特点，但没有说明吴诗高出杜诗的地方。吴伟业以明确的史家意识取材入诗，以明显的史家笔法叙事赋诗，这是他的叙事诗取得成功的基础。也正是在这些地方，我们看到了中国古代叙事诗的发展。

吴伟业之后，"诗史"观念仍然强大地延续着，直至当代。我们不

---

① 吴伟业著，李学颖集评标校：《吴梅村全集》（全三册），上海古籍出版社，1990，第1505—1506页。

妨稍加罗列。

鲁一同主张文学要写实，以为"凡文章之道，贵于外闳而中实。中实出于积理。理充而纬以实事，则光采日新；文无实事，斯为徒作，穷工极丽，犹虚车也"①。在这种思想指导下，鲁一同的诗作如《荒年谣》五首，缘事而发，事皆征实；《三公篇》叙写鸦片战争中为国殉难的两江总督裕谦、大学士王鼎、浙江巡抚刘韵珂，运用史笔，叙事详细。李慈铭谓鲁一同诗"传之将来，足当诗史"②。今人钱仲联先生评曰："鸦片战时，所为哀时感事之作，尤苍凉悲壮，足当诗史。"③

樊增祥写有长篇叙事诗前后《彩云曲》，通过叙述名妓傅彩云的故事反映庚子事变前后的史实，时人曾比之为白居易的《长恨歌》和吴伟业的《圆圆曲》。《后彩云曲》对帝国主义的侵略罪行有颇为细致的揭露。诗歌最后写道："北门学士最关渠，西幸丛谈亦及汝。古人诗贵达事情，事有阙遗须拾补。"庚子事变后，慈禧逃往西安，枢府秉笔无人，经荣禄推荐，樊增祥任起草诏敕之职，故以"北门学士"自称；"西幸丛谈"即对庚子事变史实的记述，"汝"指妓女彩云。"事有阙遗须拾补"云云，明确地说明该诗之作是为了"以诗补史阙"。

杨圻的诗如《檀青引》颇关时事，钱基博先生论之曰：

诗酒倜傥，每有作，争相传写，称曰"诗史"。

所作七古皆长庆体，自《檀青引》以外，如《金谷园曲》

---

① 参见郭延礼《中国近代文学发展史》，第一卷，山东教育出版社，1990，第219页。
② 参见郭延礼《中国近代文学发展史》，第一卷，山东教育出版社，1990，第223页。
③ 参见郭延礼《中国近代文学发展史》，第一卷，山东教育出版社，1990，第219页。

《天山曲》《长平公主曲》，缘情绮靡，直欲突过梅村。

> 特是弹冠新朝，猥托攀髯之痛；委身强藩，特多阿谀之辞；进退失据，殊有足为诗史玷者焉。①

杨圻在民国时期做了吴佩孚秘书，"委身强藩"两句指此。钱基博先生认为杨圻的品行有玷"诗史"之称，足见"诗史"在钱基博先生心目中的分量。今人钱仲联先生论及杨圻曰：

> 《天山曲》洋洋千言，为长庆体第一首长篇，即论藻采，亦已突过《秦妇吟》矣。弱冠时所作《檀青引》，借檀青遭遇，写文宗荒政，音节哀怨。易顺鼎评为"煌煌巨制，包罗一代掌故，可作咸丰外传读。《长恨歌》《永和宫词》，并此鼎足而三。称之诗史，洵无愧色"。②

从以上的简单罗列可见，"诗史"之评不仅是对诗歌内容特点的评论，而且也是对诗人的褒扬，其内涵已大大超出了"善陈时事""以韵语纪时事"。

五、中国诗学的两大传统及其融合

从以上的论述可以看出，中国古代有着诗、史一体的传统观念，

---

① 钱基博：《现代中国文学史》，岳麓书社，1986，第234—235页。
② 钱仲联：《论近代诗四十家》，载《梦苕庵论集》，中华书局，1993，第353页。

一些历史学家如章学诚还明确地说过诗歌与史"相终始","文集者,一人之史也;家史、国史与一代之史,亦将取以证焉"。① 一些诗人也明确地以诗传史,如白居易的《七德舞》《卖炭翁》等诗,都"一一采之国史","本之实录","诚足以当诗史,比之少陵诸作,殊无愧色"。② 吴伟业更是具有明确的历史意识,上文已详论。可以这样说,中国古代叙事诗的总体意图是以诗存史,是趋向史学的,而不是追求文学艺术的。

得出这样的结论后,有一个问题是不能回避的:中国古代叙事诗注重以诗传史的时候,其"诗味"或曰"诗性"是怎样产生的?又该如何评价吴伟业的"史外传心"说?进而我们还可以问:中国古代叙事诗的意图与中国诗学的总体价值取向是背离还是相合的?

要回答这些问题,还可以从分析"诗史"这一术语入手。古代激烈批评这一术语的是杨慎。杨慎《升庵诗话》卷十一"诗史"条曰:

> 宋人以杜子美能以韵语纪时事,谓之"诗史"。鄙哉宋人之见,不足以论诗也。夫六经各有体,《易》以道阴阳,《书》以道政事,《诗》以道性情,《春秋》以道名分。后世之所谓"史"者,左记言,右记事,古之《尚书》《春秋》也。若诗者,其体其旨,与《易》《书》《春秋》判然矣。《三百篇》皆约情合性而归之道德也,然未尝有道德字也,未尝有道德性情句也。"二南"者,修身齐家其旨也,然其言琴瑟钟鼓,荇

---

① 章学诚:《与甄秀才论文选义例书(一)》与《韩柳二先生年谱书后》。
② 陈寅恪:《元白诗笺证稿》,上海古籍出版社,1978,第141、250页。

第一章 意 旨

菜苯苢,夭桃秾李,雀角鼠牙,何尝有修身齐家字耶?皆意在言外,使人自悟。至于变风变雅,尤其含蓄,言之者无罪,闻之者足以戒。……杜诗之含蓄蕴藉者,盖亦多矣,宋人不能学之;至于直陈时事,类于攻讦,乃其下乘末脚,而宋人拾以为己宝,又撰出"诗史"二字以误后人。如诗可兼史,则《尚书》《春秋》可以并省。又如今俗卦气歌、纳甲歌,兼阴阳而道之,谓之"诗易"可乎?①

大约是受崇唐抑宋的社会风尚影响,杨慎将"诗史"术语的创造权由唐人孟棨转嫁给宋人。杨慎不谈古代诗歌与历史在社会功用上的相通之处,而是将诗歌本体限定为"《诗》以道性情",诗风只应以含蓄蕴藉为上。这种看法自有其深刻之处,但也有片面的地方,正如他的同代人、著名文学家王世贞所批评的:"其言甚辩而核,然不知向所称皆兴比耳。《诗》固有赋,以述情切事为快,不尽含蓄也。"②

清人朱庭珍发挥王世贞的说法并对杨慎批评得更为深入细致,其《筱园诗话》卷三曰:

宋人谓杜少陵为"诗史",以其多用韵语纪时事也。杨升庵驳之曰:"……"(杨慎原话,略)升庵此言甚辩,其识亦卓,然未免一偏之见也。诗道大而体裁各别,古人谓诗有六

---

① 杨慎:《升庵诗话》卷十一,载丁福保辑《历代诗话续编》,中华书局,1983,第868页。
② 王世贞:《艺苑卮言》卷四,载丁福保辑《历代诗话续编》,中华书局,1983,第1010页。

义,比、兴与赋,各自一体。升庵所引《毛诗》,皆微婉含蕴,义近于风,诗中之比兴体也。所引杜句,则直陈其事之赋体也。体格不同,言各有当,岂得以彼例此,以古非今,意为轩轾哉!宋人诗多为赋体,绝少比兴,古意浸失,升庵以此议论宋人则可。老杜无所不有,众体兼备,使仅摘此数语,轻议其后,则不可。……学者放开眼孔,上下千古,折衷于六义之旨,兼收其长,勿执一格,勿囿一偏,以期造广大精深之域。何必是丹非素,执方废圆,为通人所不取乎!①

赋、比、兴三术语是中国古代诗学中极为重要的概念,元人杨载称之为"诗学之正源,法度之准则"②。不过,三者之中古人更重"兴",而对"敷陈之称"(挚虞)、"直书其事,寓言写物"(钟嵘)的"赋"最为轻视。杨慎的言论已透露出了这一点。其深层原因在于"兴"更接近于形象思维,更符合中国古代艺术构思的民族特色。

通过以上的论争可见,中国古代诗学存在着两大传统,一是将诗歌的本体限定为"性情",其创作方法是"比兴",其艺术风格与效果是"意在言外"的"含蓄";二是将诗歌的本体限定为"事",其创作方式是"直书其事"的"赋",其风格特点是直露。前一个传统是我们常说的"抒情诗",而后一个传统正是本书的研究对象"叙事诗"。朱庭珍对杨慎的批评不能说不细致,但不免有强为杜甫辩解之意;而推崇与杜甫紧密相关的"诗史",将之奉为中国诗学的最高典范,某种程

---

① 朱庭珍:《筱园诗话》卷三,载郭绍虞编选《清诗话续编》,上海古籍出版社,1983,第2390—2391页。
② 杨载:《诗法家数》,载何文焕辑《历代诗话》,中华书局,1981,第727页。

第一章 意 旨

度上又掩盖了中国诗学的另一传统。

中国古代尚含蓄、空灵的诗学传统更能体现华夏文艺的民族特征，这一传统对叙事诗也有重大影响，这在一些叙事小诗上体现得十分明显。《史记·李将军列传》中曾这样叙述汉朝名将李广射石的故事：

> 广出猎，见草中石，以为虎而射之，中石没镞。视之，石也。①

唐人卢纶《塞下曲》用绝句的形式叙述这件事曰：

> 林暗草惊风，将军夜引弓。平明寻白羽，没在石棱中。

两相比较不难发现，卢诗比以善叙事著称的司马迁史文更生动、灵妙。诗歌开头向读者展现一个惊心动魄的场景：黑暗的树林中，怪风突起。这一场景交代了将军误射的原因：因为"林暗"，才辨物不清；正因为"虎从风"，而今"草惊风"，所以射者会误以为虎至。第二句紧跟着写飞将军的行动：他觑定前方的黑影，迅速拉满雕弓。这时候，诗歌没有按事件的自然进程平铺直叙，而是突然顿笔，省去射虎结果，留出极大的空白，让读者为将军的命运悬心。第三句抛开上文的话题，跃至第二天早晨，写天亮以后去树林中查看时，才发现那支箭深深地没在一块巨石里。这样，一段空白，一个转折，将一件小

---

① 司马迁：《史记》卷一○九《李将军列传》，载《前四史》，天津市古籍书店，1991，第 495 页。

事叙述得波澜陡生,一悬一解中令人动容、赞叹。

我们再来看王昌龄的《从军行·其五》诗:

> 大漠风尘日色昏,红旗半卷出辕门。
> 前军夜战洮河北,已报生擒吐谷浑。

第一句渲染战争背景:风沙阵阵,遮天蔽日,虽有日悬当空,天色却昏暗不清。这时候一支轻骑"半卷红旗"离开辕门出征了。由天气之恶劣可以判断:这是一次突袭。第三句果然写到"夜战"。按逻辑该写战争过程了,诗歌的第四句却天外来笔,直写捷报:已将敌酋吐谷浑擒获!战争过程往往最为惊心动魄,该诗省略了这一过程而直叙结果,虽无曲折紧张之冲突,却将我方将士的骁勇渲染得淋漓尽致。

刘熙载《艺概·文概》评论《左传》的叙事技法曰:"纷者整之,孤者辅之,板者活之,直者婉之,俗者雅之,枯者腴之。"套用这样的评论,我们可以说中国古代叙事诗在叙事时,也有着"实者空之,滞者灵之"的技法,于"空""灵"之中见出无穷情韵,令人回味无穷。有贾岛《访隐者不遇》小诗为证:

> 松下问童子,言师采药去。
> 只在此山中,云深不知处。

中国古代以史入诗的优秀叙事作品如《长恨歌》《圆圆曲》,则通过用典这一与比兴思维方式一致的手法,将历史事件虚化处理,从而获得含蓄、空灵之美。用典的叙事意义将在本书第四章重点论述,这

第一章 意 旨

里先讨论一下吴伟业是如何"史外传心"的。吴诗的突出特点是并非一味地"以韵语纪时事",而是有意将人物置于历史的广阔背景中,展示人物作为个体生命的命运,亦即在历史与人生的交汇点上,发掘历史、命运、人生纵横交织的意义。以下举例来作说明。

吴伟业《永和宫词》前半部分极写田贵妃的豪奢与恩宠,还写了她如何的秀外慧中、超群绝伦。诗歌后半部分则叙述她因为父亲田弘遇的骄纵而受牵累,爱子死亡后她很快伤心病故。结尾部分,诗歌用大量笔墨对田贵妃之死进行映衬。首先从宫娥的角度写:"头白宫娥暗颦蹙,庸知朝露非为福。宫草明年战血腥,当时莫向西陵哭。"田贵妃死后,崇祯帝因宠爱而厚葬了她:"玉匣珠襦启便房,薤歌无异葬同昌。君王欲制哀蝉赋,谏笔词臣有谢庄。"她死后不久,李自成便攻陷北京,宫中一片血腥,袁贵妃被崇祯用剑斫杀,周皇后奉诏自缢,崇祯帝本人也吊死在煤山。田贵妃因死得"及时",才避免死于非命,这难道不是"早死之福"?其次从崇祯帝角度写:"穷泉相见痛仓黄,还向官家问永王。幸免玉环逢丧乱,不须铜雀怨兴亡。"崇祯自尽后得以与田贵妃在黄泉相见,田贵妃向他询问他们的爱子永王的下落;她庆幸自己死于北京陷落前,逃脱了一场丧乱,没有了兴亡之憾。之后,诗歌又点出周皇后、袁贵妃等人的结局,并对田贵妃之墓进行描绘:"碧殿凄凉新木拱,行人尚识昭仪冢。麦饭冬青问茂陵,斜阳蔓草埋残垅。昭丘松槚北风哀,南内春深拥夜来。"通过层层烘托,深刻凸显了人物的不幸命运:处于家国之变的危亡关头,个体生命显得那样脆弱和微不足道,以致贵为宠妃的田氏,也只能以早逝来作为相对幸运的前提条件,青春早逝竟成了人生的大幸!诗歌正是在这个有悖常理的历史关节处,将人生命运的悲惨、兴亡之慨的深沉充分而又浑融地体现了出来。

这种特色同样体现在吴伟业的其他作品中，如《圆圆曲》用饱蘸同情的笔墨叙述了陈圆圆的生平遭遇和与吴三桂重新团圆的经过，最后慨叹道，"换羽移宫万里愁，珠歌翠舞古梁州。为君别唱吴宫曲，汉水东南日夜流"，用历史上显赫一时的吴王夫差的下场，预示吴三桂也不会有什么好结果，点出"自古豪华如转毂"之意。吴伟业在《雁门尚书行》中，叙述完孙传庭战死后写道：

> 回首潼关废垒高，知公于此葬蓬蒿。
> 沙沉白骨魂应在，雨洗金疮恨未消。
> 渭水无情自东去，残鸦落日蓝田树。
> 青史谁人哭薛碑，赤眉铜马知何处。

这几句诗如同一首"咏史"或"怀古"之作，而不是一般的述史之作，令人感叹不尽，余味无穷。吴诗的成功大多在于这种特点上，从这里正可看到"尚空灵"与"尚史实"两大传统的交融，笔者将在第四章有关"叙事意象"和"用典的叙事意义"的论述中更充分地说明这一点。

浔阳江头夜送客
枫叶荻花秋瑟瑟
主人下马客在船
举酒欲饮无管弦

第二章
视角与结构

第二章　视角与结构

从宽泛的意义上来说，视角是主体观察、理解世界的角度；具体到叙事文学作品而言，视角又通称为视点，是叙述故事或事件所采用的表现方式或观点，读者由此得知构成一部作品的人物、行动、情境和事件。从18世纪起，西方文学批评著作里就出现了对视角的零星论述；19世纪末人们已十分重视对叙述角度的研究，很快就使其成为叙述理论中最热门的话题；20世纪，谈论叙事技巧特别是小说的艺术技巧，已不能离开对视角的研究。理论界在总结拉勃克、托多洛夫、热奈特（又译日奈特）等人理论的基础上，形成了如下关于叙述角度的基本描述：

1. **全知视角。**叙述者无所不在，无所不知，知道并能说出作品中任何一个人物都不可能知道的秘密，对事件的前因后果了如指掌。

2. **有限视角。**叙述者和作品中的人物知道得一样多，把自己局限于故事里某个人物的经历、思想和情绪中。叙述者可以是一个人物，也可以由几个人物轮流担任。

结构是指故事或事件的组织原则，最常见的叙事作品结构是以人物为中心或以事件为中心。本章首先依据视角将中国古代叙事诗划分为全知视角、有限视角两类，然后再进一步依据结构划分。我们对具体作品的论述顺序主要参照历史事实的先后，即诗歌史的发展轨迹。

一、全知视角以人物为中心的结构

研究中国古代叙事诗,首先接触到的是《诗经·大雅》中追述周人先祖、先君的历史诗歌,它们是:《生民》《公刘》《绵》《皇矣》《大明》。这五首诗都采用了全知视角并以人物为中心的诗歌结构。

《生民》是周人歌颂其始祖后稷的作品。马瑞辰《毛诗传笺通释》说:

> 殷周之视唐虞,犹秦汉之视周初。盖周祖后稷以上,更无可推。惟知后稷母为姜嫄,相传为无夫履大人迹而生,又因后稷名弃,遂作诗以神其事耳。

虽是传说,但在史料极为缺乏的情况下,仍有史家据该诗著述,如《史记·周本纪》的记载基本上是对该诗主要内容的复述:

> 周后稷,名弃,其母有邰氏女,曰姜原。姜原为帝喾元妃。姜原出野,见巨人迹,心忻然悦,欲践之。践之而身动,如孕者。居期而生子。以为不祥,弃之隘巷,马牛过者,皆辟不践。徙置之林中,适会山林多人,迁之而弃渠中冰上,飞鸟以其翼覆荐之。姜原以为神,遂收养之。初欲弃之,因名曰弃。弃为儿时,屹如巨人之志。其游戏,好种树麻、菽,麻、菽美。及为成人,遂好农耕,相地之宜,宜谷者稼穑焉,

民皆法则之。帝尧闻之,举弃为农师,天下得其利。①

《史记》以善于叙事而著称,不过有关后稷的这段叙述却不如原诗生动而富有感染力。《生民》第三章以神话传说描写后稷降生后被救的灵异:

> 诞寘之隘巷,牛羊腓字之;诞寘之平林,会伐平林;诞寘之寒冰,鸟覆翼之。鸟乃去矣,后稷呱矣。实覃实订,厥声载路。

这一段前六句以排比的方式,突出了后稷的奇异;"后稷呱矣"以下三句叙述后稷呱呱啼哭,哭声漫长洪亮,满溢道路,十分真切生动。这显然是全知的叙述者大胆想象的结果。

公刘为后稷三世孙,《公刘》一诗叙述了他的开国殊勋。第二章叙述公刘各处审察地利、第四章写公刘燕劳臣工等,都相当具体、真切,如"于时处处,于时庐旅,于时言言,于时语语"几句,仿佛让人听到了周人乐业安居时的融融笑语。

周人自公刘定居于豳,又传九世至古公亶父。因受薰鬻戎狄的逼迫,古公亶父率领周人迁居到岐山之南的周原。定居于此后,古公亶父领导周人营建宫室房舍,使周人从"陶复陶穴,未有家室"的穴居时代,进入到"皋门有伉""应门将将"的室居时代。《绵》叙述周人

---

① 司马迁:《史记》卷四《周本纪第四》,载《前四史》,天津市古籍书店,1991,第31页。

修建宫室的劳动场景时说：

> 捄之陾陾，度之薨薨，
> 筑之登登，削屡冯冯。
> 百堵皆兴，鼛鼓弗胜。

将这几句诗译为现代汉语就是：

> 铲土噌噌扔进筐，倒土轰轰声响亮。
> 捣土一片噔噔声，括刀乒乒削平墙。
> 百堵土墙齐动工，声势压倒大鼓响。①

诗歌接连用了"陾陾"（réng réng）、"薨薨"（hōng hōng）、"登登"、"冯冯"（píng píng）四个叠韵象声词，并用大鼓声响来作比喻，使人如临其境、如闻其声。

以上三诗追叙周人远祖，《皇矣》《大明》则主要叙述周人"开国元勋"文王、武王的功业。《皇矣》首先推原文王之祖太王、其伯太伯、其父王季之德加以讴歌，然后重点叙述文王伐密、伐崇之武功。值得注意的是本诗的神话色彩。诗歌一开头就说文王是上帝的属意者，上帝帮助他巩固威信；然后上帝又对文王赐言，令他不要听任密国之人的跋扈自专，觊觎贪婪；于是，"王赫斯怒，爰整其旅"，出兵讨伐

---

① 程俊英译注：《诗经译注》，上海古籍出版社，1985，第498页。

了密人。出兵伐崇仍是上帝的主意：

> 帝谓文王，询尔仇方，同尔弟兄。
> 以尔钩援，与尔临冲，以伐崇墉。

上帝在教训文王"顺帝之则"的同时，还亲自给文王伐崇出谋划策，指导得十分具体。伐崇之役因此进行得十分顺利：

> 临冲闲闲，崇墉言言。
> 执讯连连，攸馘安安。

这几句译为现代汉语便是："临车冲车声势壮，崇国城墙高又长。捉来俘虏连成串，割下敌耳装进筐。"① "攸馘安安"四字可见战争之残酷。诗中的"帝"不仅是位爱德者，而且是位善于攻伐的军事家。

《大明》一诗中的上帝又扮演了"月老"的角色。文王刚到成婚的年龄，上帝便给他物色对象，所谓"天作之合"。这位新娘是大国的女子，"俔天之妹"，好像天仙一样。文王十分满意，"文定厥祥，亲迎于渭"，占卜确定吉日良辰，亲自到渭水旁迎亲。"造舟为梁，不显其光"，联结木船当桥梁，婚礼搞得显赫辉煌。

总的看来，周人在追叙他们先祖时，最为重视先祖们泽被后世的功业和品德。周人的这些颂歌，主要功用在于"言古以训今"，即为后世的周王提供榜样和借鉴；神奇地受命于天、功德完美无瑕的先祖形象，正是诗歌所着力塑造的。因此，全知的视角、以人物为中心的结

---

① 程俊英译注：《诗经译注》，上海古籍出版社，1985，第512页。

构就显得十分必要。另一方面，全知视角且以人物为中心的结构，也十分便利于将人物塑造得活灵活现。汉乐府民歌《陌上桑》和北朝民歌《木兰辞》的成功均得力于此。

《陌上桑》语言浅明，情节简单，但有一个关键问题不容易解释：罗敷的确切身份是什么？按照诗歌开头的交代，她是一个采桑女。但罗敷采桑的用具非同一般："青丝为笼系，桂枝为笼钩。"罗敷的服饰也非寻常农家女："头上倭堕髻，耳中明月珠。缃绮为下裙，紫绮为上襦。"特别是罗敷夸夫的一段话表明她是一位太守夫人，太守夫人又何故"喜蚕桑""采桑东南隅"呢？回答这些问题不能按照一般的形式逻辑。据现有的考证研究，《陌上桑》的故事从《秋胡行》演化而来。汉乐府中有《秋胡行》一题而古辞已佚，今存西晋人傅玄的《秋胡行》拟作与西汉刘向《列女传》所载秋胡对妻的故事大体相同。因此，"采桑女"拒太守调戏的故事大概广泛流传于两汉乃至以后的时期。这就表明了《陌上桑》故事的民间性。

民间故事往往是在口耳相传的形式下长期演化而成，它们有着一套自己的故事逻辑。如民间故事中的公主、王子之类的人物，一般都不是实际生活中所能产生的；老百姓明知其假而依旧津津乐道，是因为他们在自己所塑造的人物身上寄托了切身的心愿和理想，一句话，故事中的人物往往是理想的化身。既然是理想就免不了虚构与夸张；既然西周人在追述理想先祖和君王的时候可以运用神话，《陌上桑》在塑造下层民众理想女性时自然可以打破现实生活的一般逻辑。因此，罗敷作为农家采桑女，却可以拥有精美华贵的器具与装饰；当遇到强暴力量时，她可以创造出一个神奇的故事来保卫自己。我们在阅读这样的民间作品时，一般不会觉得它不符合生活逻辑，反而会被它奇异的故事逻辑所吸引、所打动。完全可以说，有没有奇异的故事逻辑是决定民间文学有无特色及其成就高下的关键原因，《陌上桑》的艺术魅力正在于此。

诗歌的叙述者在诗中出现了一次，即"照我秦氏楼"一句中的"我"。这一叙述方式鲜明地表现了叙述者与诗中人物罗敷的关系：罗敷是"他"倾心热爱的理想。接下来叙述者充分发挥了自己全知全能的特长，紧紧围绕罗敷展开叙述：她的用具与装饰，各色人等对罗敷的痴迷，太守的轻佻，罗敷的忠贞与机智。诗中三次运用赋法——铺张隆重的描述，一是对罗敷用具、装束的描绘，二是对各色旁观者的描绘，三是罗敷对自己夫婿的夸耀。这样，一个勤劳、美丽、忠贞、机智的民众理想女性秦罗敷便仿佛出现在读者面前了。

理解了民间故事特有的逻辑，北朝民歌《木兰辞》的奇异便不足为怪。过去人们在研究《木兰辞》时，多从北朝尚武的社会风俗为木兰女扮男装、替父从军找论据。这固然是《木兰辞》产生的文化背景之一。但是，如果从民歌艺术的角度看，有没有尚武的社会文化背景并不是最重要的；木兰的形象之所以被广泛传颂，至今仍为人们所喜爱，关键在于木兰故事之奇。艺术之"奇"远远超过了生活之"真"。我们不必去探究木兰在十二年的战斗生活中是如何隐瞒自己女性身份的，并去猜测这种隐瞒是否有可能，原因即在于此。木兰是中国古代民众又一种理想的化身。

诗歌的全知叙事者为了制造悬念，使用了"瞒天过海"的手法，即对木兰的同伴、天子等人隐瞒了木兰的女性身份。诗歌一开头从木兰的心事写起，未见其人，先闻其"唧唧复唧唧"的叹息声。然后叙事者用设问的方式，"问女何所思，问女何所忆"，让木兰在回答"所思"时交代出故事的背景和缘由：可汗点兵，父亲应该赴敌。但"阿爷无大儿，木兰无长兄"，木兰自己"愿为市鞍马，从此替爷征"。"东市""西市""南市""北市"的铺排句法，活化出木兰出征前的昂扬斗志；"旦辞爷娘去，暮宿黄河边。不闻爷娘唤女声，但闻黄河流水鸣溅溅"。晓行夜宿的征途中，离开闺阁远赴沙场的木兰岂能不思念爷娘！然而黄河激流的溅溅鸣声，代替了父母平日的亲昵呼唤。"不闻……""但闻……"二句又以声写人，刻画初离家门的木兰的女儿情。接下来的"不闻爷娘唤女声，但闻燕山胡骑鸣啾啾"这一相同的句式，表明木兰从军已至敌前，木兰对父母的思念之情已为对敌情的思虑所替代。

"万里赴戎机，关山度若飞。朔气传金柝，寒光照铁衣。将军百战死，壮士十年归"，十二年的无数征战尽括于这六句当中。叙述者没有详尽展示木兰的战斗经历，而是用了"赴""度""飞"这样动感极强的词语，渲染木兰的骁勇善战；又用"朔气传金柝，寒光照铁衣"这样的典型细节，刻画木兰在艰苦战争生活中的顽强气概。简短的六句写尽木兰从军生涯，笔墨异常精练。

"归来见天子，天子坐明堂。策勋十二转，赏赐百千强。"天子即可汗，策勋即记功，勋位分作若干等，每升一等是一转，"十二转"极言连升之速；"百千强"指赏赐之物很多，成百上千。可汗无论如何也没有想到战功卓著的木兰是位女郎，赏赐物品之余，还准备赐官木兰。"可汗问所欲，木兰不用尚书郎，愿驰千里足，送儿还故乡。"可汗大概很奇怪木兰为什么不愿受官，他哪里知道木兰的心思！木兰女扮男装替父从军已是万不得已，这些年为掩盖事实说不定已费尽心思，又怎愿意继续伪装下去受封为官呢！可见辞官一节，仍是紧扣木兰作为一个女性来写的，高明的叙事者将可汗也蒙在了鼓里。

最后一段以浓墨重彩极力铺排木兰还家：

> 爷娘闻女来，出郭相扶将；
> 阿姊闻妹来，当户理红妆；
> 小弟闻姊来，磨刀霍霍向猪羊。

一气铺陈六句将全家欢迎木兰归来的喜庆欢腾推向高潮。全家之所以这样欢悦，除了骨肉重新团圆这一人之常情外，更多的是一种惊喜，是一种长久忧虑之后涣然冰释的喜悦。不难设想，木兰父母让女儿从军，实在是万不得已的忍痛之举，他们时时在担忧着女儿暴露性别的后果；更为重要的是战争的残酷性——"古来征战几人回"。男儿横尸沙场的十有八九，何况一个女儿家。没有想到木兰挺过了十二年，竟然还立了大功，受了重赐！全家的欢欣之情岂能同乎寻常？而木兰呢，久经沙场之后回到亲人身边，一下子变得轻松无比：

> 开我东阁门，坐我西阁床，
> 脱我战时袍，着我旧时裳。
> 当窗理云鬓，对镜贴花黄。

一气又是四个排比句，两个对偶句。木兰东屋瞧瞧，西屋看看；十二年未着的女儿服，未饰的女儿妆，今日里一齐恢复。我们可以想见木兰当窗理云鬓时偷窥窗外同伴的窃笑，又可以想象她"对镜贴花黄"时对自己的仔细端详、打量，其间的轻松、欢快、骄傲等各样神态无不栩栩如生。十二年的征战没有泯灭木兰女儿家的调皮，为了给

同伴一个惊奇,她装扮之后出了闺房:

> 出门看火伴,火伴皆惊惶。
> 同行十二年,不知木兰是女郎!

古代兵制十人为一火,"火伴"即同火之士兵。"火伴"们怎能不惊惶?谁能料到十二年来一同出生入死的木兰,原来竟是眼前这位光彩照人的女郎!全诗悬念至此解开,在高潮中结束。

通览全诗,叙事者设置了一个悬念,即木兰女扮男装替父从军这一举动,诗歌紧扣木兰作为一个姑娘的特性展开叙述,堪称千古奇作。

上面我们论述的这些作品有一个共同之处,即人物都很"奇"。他们都难以用一般的生活逻辑去裁量。但"奇"又有质的差异,《生民》五篇中特别是后稷之"奇",是一种神话思维的产物;而罗敷、木兰之奇,则是民间故事特有逻辑的创造。它们都是艺术品的根据在于:神话思维和民间故事逻辑在打破一般生活逻辑这一点上与艺术思维极为接近。艺术创作的真谛在于平中见奇,并将所见之奇高度集中化、独特化。

杜甫的《饮中八仙歌》典型地体现了这一法则。《饮中八仙歌》是一首极富特色的"肖像诗"。诗中所写八人是同时代的八个知名人物,在嗜酒、狂放这两点上彼此相似。杜诗以速写的笔法极为简洁地勾勒出了每个人的同中之异。

八仙的第一仙是贺知章。李白在《对酒忆贺监序》诗中曾写他"解金龟换酒为乐"。杜诗则是这样为他造像的:

> 知章骑马似乘船,眼花落井水底眠。

相传"阮咸尝醉,骑马倾欹,人曰:'个老子如乘船游波浪中'"①。杜甫化用这一典故,将贺知章与魏晋名士阮咸相比;而贺知章超过阮咸的地方在于"眼花落井水底眠",醉酒后跌在井里竟全然不知,酣睡于井底,可谓奇绝。

第二仙是汝阳王李琎。他是唐玄宗之侄,宠极一时,因此他恃宠狂放,"三斗始朝天",狂饮三斗之后再去朝见天子。他在路上看到酒车就忍不住流口水,恨不得要把自己的封地迁到酒泉:

道逢曲车口流涎,恨不移封向酒泉。

酒泉在今天的甘肃,相传那里"城下有金泉,泉味如酒,故名酒泉"。八仙之中只有李琎有资格袭领封地,诗人就抓住了这一特点来着笔。

诗歌用"饮如长鲸吸百川"写左丞相李适之,用"举觞白眼望青天,皎如玉树临风前"写"潇洒美少年"崔宗之,用"长斋绣佛前,醉中往往爱逃禅"写苏晋。五仙之后,诗歌又出现了一个高潮:

李白一斗诗百篇,长安市上酒家眠。
天子呼来不上船,自称臣是酒中仙。

继陶渊明之后,李白是与酒结缘的又一著名诗人。李白自己说过,"百年三万六千日,一日须倾三百杯",可见其对酒之嗜,"兴酣落笔摇

---

① 王嗣奭:《杜臆》卷一。参见萧涤非等著《唐诗鉴赏辞典》,上海辞书出版社,1983,第433—435页。《饮中八仙歌》的鉴赏之文,本节论述及引文均参考此文。

五岳，诗成笑傲凌沧州"，他的诗兴往往又与酒兴连在一起。杜诗正抓住了李白的酒才和诗才。"一斗诗百篇"五字足以使李白独步千古。杜诗没有仅限于评论，而是提取李白嗜酒的典型举动来进一步刻画他，如"长安市上酒家眠"，阮籍曾醉酒之后和衣躺在当垆酒妇旁边。李白不仅如此，最能显示出李白豪气纵横、狂放不羁的是"天子呼来不上船，自称臣是酒中仙"这一举动。杜甫是李白的好友，深知李白性情中桀骜不驯、傲视王侯的一面，故借酒将这一面夸张放大，将李白的形象推向极致，令人极易想见李白的神采。毫不夸张地说，古今研究李白的浩繁文献中，应以杜诗这四句对李白的刻画、把握最为精到。

第七仙张旭同样令人倾倒：

张旭三杯草圣传，
脱帽露顶王公前，
挥毫落纸如云烟。

张旭是中国古代著名书法家，时称"草圣"。他"善草书，好酒，每醉后，号呼狂走，索笔挥洒，变化无穷，若有神助"。杜诗抓住了这一特点，"三杯"即可使他以"草圣"传名，更何况三斗、五斗！张旭的"三杯草圣传"与李白的"一斗诗百篇"均将酒和艺术联系在一起，隐约透露出醉酒的迷狂与艺术的沉醉有极为相似的地方，它们都是相对于一般生活的"非常态"。正因为这样的"非常态"，方有超出一般生活的"奇"迹出现。这正是文人的艺术思维与神话思维、民间故事思维的相通之处。张旭的神采同样表现在他异乎寻常的举动上："脱帽露顶王公前"，这与李白的傲视一世何其相似！

八仙的最后一仙是焦遂，他是一位布衣，是酒把他与七仙连在了一起。他饮酒"五斗方卓然，高谈雄辩惊四筵"。五斗酒后，他的雄辩才思方被激发，滔滔不绝的高论使四座惊服。总的看来，八仙各具神情，各有特征；相比之下，贺知章、李白、张旭三仙更为生动、鲜明，因为他们都有大大异乎寻常的典型举动；他们三人最为历代所喜爱，因为他们是有别于圣君明主、妙妇豪女的另一种理想化身。

《饮中八仙歌》的成功不仅在于塑造人物形象方面，诗歌的体制也极为独特。在音韵上，一韵到底，一气呵成，俨然一首完整的歌行；在结构上，每一仙各成一节，八节各成一体，构成一个多样统一的整体，像一组神情各异的雕像。

杜甫之后从体制到刻画人物方式都借鉴《饮中八仙歌》的是吴伟业的《画中九友歌》。《画中九友歌》叙写了明清之际画坛九人，其中董其昌、王时敏均为中国绘画史上的名家。《明史·文苑传》载："董其昌，字元宰，松江华亭人……天启五年，拜南京礼部尚书……其画集宋元诸家之长，行以己意，潇洒生动，非人力所及也。"吴诗曰：

华亭尚书天人流，墨花五色风云浮。
至尊含笑黄金投，残膏剩馥鸡林求。

杜诗中有"至尊含笑催赐金"的句子，吴诗化而用之。通过这一细节表明董画之妙。"鸡林"为古国新罗，此指董画流播广远。

吴诗写王时敏曰：

太常妙迹兼银钩，乐郊拥卷高堂秋。

真宰欲诉穷雕镂，解衣盘礴堪忘忧。

王时敏曾官至太常寺少卿，《清史稿》说他"于黄公望墨法尤有深契，暮年益臻化境"。"真宰""解衣盘礴"均典出《庄子》，是一种完全沉醉于艺术状态时的"非常态"。

第三位画家王鉴深谙文物考证，"真赝立辨"。吴诗写他道：

谁其匹者王廉州，
神姿玉树三山头，
摆落万象烟霞收。
尊彝斑剥探商周，
得意换却千金裘。

李白《将进酒》有"五花马，千金裘，呼儿将出换美酒"之句，吴诗化用，意在刻画王鉴对文物的痴情。

吴诗刻画李流芳道，"平生书画置两舟，湖山胜处供淹留"。叙写杨文骢则重其英雄豪气，《明史·杨文骢传》载文骢"监军京口"，"及大清兵临江，文骢驻金山，扼大江而守"，后被清军俘获杀害，是位抗清英雄。吴诗重在写他别具一格的英雄画家气概：

阿龙北固持双矛，披图赤壁思曹刘。
酒醉洒墨横江楼，蒜山月落空悠悠。

文骢字龙友，故吴诗称其为"阿龙"。诗中将他比作横槊赋诗的曹操。

张学曾由中书仕吴郡太守，自幼好书画。吴诗结合这两方面的特点，选择了两个反差极大的举动，展示他的"画痴"风采：

> 姑苏太守今僧繇，问事不省张两眸。
> 振笔忽起风飕飕，连纸十丈神明逍。

"问事不省张两眸"大概是写张不以官务萦心，好像有些痴；"振笔忽起风飕飕"则写其作为画家的另一面，使人明白他的"痴"是"痴于画"。

吴诗用"一犁黄海鸣春鸠，长笛倒骑乌牸牛"写第七位画家程嘉燧的潇洒，用"晚年笔力凌沧州，幅巾鹤发轻王侯"写第八位卞文瑜的傲世。第九位画家邵弥是吴伟业的朋友，吴伟业对他的脾性及生活琐事知之甚详，在《邵山人僧弥墓志铭》中说邵喜爱搜集古玩，"性舒缓，有洁癖，整拂巾屐，经营几砚，皆人世所不急，而君为之烦数纤悉，僮仆患苦，妻子窃骂，终其身不为改。宾客到门，謦咳雅步，移时始出。与人饮，不半升，颓然就睡，虽坐有重客弗顾"①。吴诗写这位画家曰：

> 风流已矣吾瓜畴，
> 一生迂癖为人尤，

---

① 吴伟业著，李学颖集评标校：《吴梅村全集》（全三册），上海古籍出版社，1990，第952页。

僮仆窃骂妻孥愁。

瘦如黄鹄闲如鸥，

烟驱墨染何曾休！

靳荣藩曾将《画中九友歌》与《饮中八仙歌》作过一个对比：

> 饮中八仙，各形容到极奇处，方于仙字为合。《九友歌》则以平生交游者言之，故不必务为奇峭，如"至尊含笑黄金投"不必如"天子呼来不上船"之奇也，"幅巾鹤发轻王侯"，不必如"脱帽露顶王公前"之奇也。然和平写去，奇情自在，而各为九友传神写照，是梅村（吴伟业号）之画矣。①

唐人之奇如李白、张旭乃是盛唐文化的产物，明清人根本无法相比。靳荣藩所言"不必"，实为"不能"。然靳氏指出吴诗"和平写去，奇情自在"却是十分有见地的，能从平中见奇，传神写照，正是吴诗的成功之处。吴诗不如杜诗广为传颂，除艺术上略微不及外，根本原因在于明清的文化精神已失去了盛唐那种令人神往的风采。

如果单从采用全知视角、以人物为中心来展开叙事的话，吴伟业的叙事诗成就实际颇在杜甫之上。吴诗中这一类的名篇有《楚两生行》《圆圆曲》《王郎曲》《雁门尚书行》等。

《楚两生行》和《王郎曲》有一个共同之处，即都借鉴了《陌上桑》中烘云托月的侧写手法。《陌上桑》描绘完罗敷的服饰后笔锋转

---

① 靳荣藩：《吴诗集览》卷六下，四部备要本。

写:"行者见罗敷,下担捋髭须。少年见罗敷,脱帽著帩头。耕者忘其犁,锄者忘其锄。来归相怨怒,但坐观罗敷。"《楚两生行》正面叙写苏昆生的演唱技艺后,又从侧面来写他的技艺:

> 忆昔将军正全盛,江楼高会夸名胜。
> 生来索酒便长歌,中天明月军声静。

苏昆生是昆剧兴盛时卓越的昆曲清唱艺术家,时人推为"南曲第一"。崇祯末年(1644),他投奔左良玉(即诗中的"将军")后,常在军中宴会上度曲,以供笑乐。"中天明月军声静"从侧面着笔,将苏昆生"一丝萦曳珠盘转,半黍分明玉尺量"的高超技艺更进一步传达出来。

《王郎曲》写明清之际的名伶王紫稼。尤侗《艮斋杂说》载:"予幼所见王紫稼,妖艳绝世,举国趋之若狂。年已三十,游于长安,诸贵人犹惑之。"吴伟业于崇祯十年(1637)左右见到"髫而晳,明慧善歌"[①] 的王紫稼,紫稼时年十五。顺治十一年(1654),吴伟业在京师又遇到了王,感而作《王郎曲》,颇寓沧桑之慨和对自己身世的感叹。诗歌首先叙写十五少年王紫稼:

> 王郎十五吴趋坊,覆额青丝白皙长。
> 孝穆园亭常置酒,风流前辈醉人狂。
> 同伴李生柘枝鼓,结束新翻善财舞。

---

① 吴伟业著,李学颖集评标校:《吴梅村全集》(全三册),上海古籍出版社,1990,第284页。

>锁骨观音变现身，反腰贴地莲花吐。
>莲花婀娜不禁风，一斛珠倾宛转中。
>此际可怜明月夜，此时脆管出帘栊。

在概括王郎倾倒时人后，诗歌没有直接描绘王郎，而是调转笔锋，转写王郎的同伴李生。在"同伴李生"一番绝妙的舞蹈后，脆管奏鸣，王郎歌喉方展，舞姿方现：

>王郎水调歌缓缓，新莺嘹呖化枝暖。
>惯抛斜袖卸长肩，眼看欲化愁应懒。
>摧藏掩抑未分明，拍数移来发曼声。
>最是转喉偷入破，殢人肠断脸波横。

王郎载歌载舞，神态活现，加之李生舞姿作铺垫，已将王郎写得令人倾绝。王郎十五岁时正值妙龄，又处于"升平"时期；经历巨大历史沧桑变故，年已三十的王郎，其歌舞尚能如此否？"十年芳草长洲绿，主人池馆惟乔木"隐写明清易代之变，"王郎三十长安城，老大伤心故园曲。谁知颜色更美好，瞳神翦水清如玉"。王郎比当年更加吸引人。与上段的正面描绘不同，写三十岁的王郎运用了烘云托月法：

>五陵侠少豪华子，甘心欲为王郎死。
>宁失尚书期，恐见王郎迟。
>宁犯金吾夜，难得王郎暇。
>坐中莫禁狂呼客，王郎一声声顿息。

> 移床欹坐看王郎，都似与郎不相识。
> 往昔京师推小宋，外戚田家旧供奉。
> 只今重听王郎歌，不须再把昭文痛。

时人痴迷王郎到了置生死富贵于度外的程度；嘈杂嚣乱的呼叫因王郎一声而鸦雀无声；观看到忘情处，人们不由自主地往前移动，都好像从未见过王郎，都是第一次观看他的演出；如今听了王郎的歌唱，顿觉以前所闻著名艺者的技艺都不足挂齿了。这一段的叙写颇有超过《陌上桑》之势。

《圆圆曲》是吴伟业诗歌中最为人熟悉的作品，全诗围绕中心人物陈圆圆进行叙述。"恸哭六军俱缟素，冲冠一怒为红颜"二句将"红颜"陈圆圆推到了一个极为显要的位置，制造了一个悬念：陈圆圆何许人也，为什么引起吴三桂"破敌收京下玉关"的"冲冠一怒"呢？叙事者让吴三桂做了"红颜流落非吾恋"的无聊辩解后，层层倒叙陈、吴二人的恋情历程：

> 相见初经田窦家，侯门歌舞出如花。
> 许将戚里箜篌伎，等取将军油壁车。

"田窦"指外戚田弘遇。吴三桂在田弘遇家遇见陈圆圆便一眼看中，田为拉拢吴便将圆圆相送。陈圆圆登场后，诗歌又进行第二层倒叙，介绍陈圆圆的身世：

> 家本姑苏浣花里，圆圆小字娇罗绮。

> 梦向夫差苑里游,宫娥拥入君王起。
> 前身合是采莲人,门前一片横塘水。
> 横塘双桨去如飞,何处豪家强载归。
> 此际岂知非薄命,此时只有泪沾衣。

陈圆圆原籍苏州,是姑苏名妓。她曾做一梦,梦见自己被一班宫娥拥进吴王夫差的宫苑,好色的夫差禁不住起身迎接。这一奇梦实际上是叙事手法,以梦暗示陈圆圆的未来要嫁吴。陈圆圆本热恋着当时名士冒襄,冒襄也即将前来迎娶她,不料田贵妃之父田弘遇强夺了她,这时的陈圆圆只好自叹命薄。

> 熏天意气连宫掖,明眸皓齿无人惜。
> 夺归永巷闭良家,教就新声倾坐客。

田弘遇为了讨好崇祯,把陈圆圆进献了上去,崇祯不感兴趣,田弘遇就娶她回家,自己霸占起来。被陈圆圆美妙歌声所倾倒的"座客"当中,终于出现了镇关大将吴三桂,两人一见钟情:

> 坐客飞觞红日暮,一曲哀弦向谁诉?
> 白皙通侯最少年,拣取花枝屡回顾。

这位"白皙通侯少年"便是吴三桂。他在妓女群中一下子看中了陈圆圆。这是陈、吴二人相见的始末。诗歌下文叙述二人相约后分离、

第二章　视角与结构

陈圆圆被农民军将领刘宗敏夺得：

> 早携娇鸟出樊笼，待得银河几时渡。
> 恨杀军书底死催，苦留后约将人误。
> 相约恩深相见难，一朝蚁贼满长安。
> 可怜思妇楼头柳，认作天边粉絮看。
> 遍索绿珠围内第，强呼绛树出雕栏。

陈圆圆希望吴三桂将她带出"樊笼"，岂奈军情紧急，身为边关大将的吴三桂不得已将陈留在北京，匆匆返回前线。李自成军攻占北京后，大将刘宗敏占据田宅，将陈据为己有。

诗歌至此，方最终结束了倒叙，将开篇四句所引起的悬念作了全部回答。以下省略了吴三桂率兵夺回圆圆的过程，直接叙述陈、吴相见：

> 若非壮士全师胜，争得蛾眉匹马还。
> 蛾眉马上传呼进，云鬟不整惊魂定。
> 蜡炬迎来在战场，啼妆满面残红印。

吴三桂本来已接受李自成的招抚，率兵向北京进发。行至半途，忽闻自己的父亲在北京遭农民军严刑并索财，陈圆圆也被掠夺，顿觉李自成的招抚是一场骗局，便回军驻扎山海关。李自成亲率大军前往平叛，吴三桂不敌后向清军乞援，大败农民军；后又作为前部对农民军紧追不舍，在战场上夺回了陈圆圆。二人终履前约，在战场上举行了颇为盛大的结婚典礼。此后陈圆圆随军征伐，"斜谷云深起画楼，散关月落开妆镜"，过上了豪奢的生活。

有关《圆圆曲》的主题存在着两种矛盾的看法。通常认为该诗意在讽刺吴三桂降清"引狼入室"。但我们通过以上分析可以看到，全诗的主体结构是以陈圆圆为中心的，诗作叙述她的生平经历及不幸遭遇时倾注着同情，我们不应无视作品的主要内容而将《圆圆曲》理解为讥讽吴三桂的"三桂曲"。另一种意见完全否定该诗对吴三桂的讥讽意味，认为全诗歌颂了吴三桂捍卫爱情的勇敢行为。但这种说法无力解释开头一句"冲冠一怒为红颜"的意味，更无法说明诗歌结尾一段的议论和感慨。本诗的倒叙结构有助于我们将两种意见统一起来：诗歌结构主体叙写的是陈圆圆，对陈有着深切同情；但引起倒叙结构的"冲冠一怒为红颜"一句又包含着对吴三桂为一个女子而罔顾君亲大义之举的讥讽。两种意味是矛盾统一的。导致这种矛盾的根源在于吴伟业对吴三桂前后态度的改变，对吴、陈二人历史功过反思时的复杂心理。① 总之，诗歌的倒叙结构是我们理解全诗的钥匙。

中国古代史学十分发达，纪传体是一种通行的撰史方式。这种方式大都采用全知视角而以人物为中心组织史料。纵观中国诗史，受纪传体撰史方式影响较明显的有两首诗，一首为史学家班固的《咏史》，另一首为吴伟业的《雁门尚书行》。

班固是史家之巨擘，作诗并非其长。不过他的《咏史》诗是文人五言诗的少数早期作品之一，在中国诗史上占有一定地位。这首诗叙述西汉初期一位小姑娘淳于缇萦上书救父的故事。由于她伏阙上书，不仅救了父亲，而且还感动汉文帝下诏废除了肉刑。故事开篇第一、二两句追述肉刑的历史："三王德弥薄，惟后用肉刑。"接下来诗歌进

---

① 笔者曾对这一问题进行过专门讨论，见拙文《〈圆圆曲〉的主题和意旨》，《文史知识》1996 年第 3 期。

第二章　视角与结构

入正题：

> 太仓令有罪，就递长安城。
> 自恨身无子，困急独茕茕。

"太仓令"即汉初名医淳于意，他曾担任太仓（官仓）的小吏。文帝四年（前176），有人告发他触犯刑律，被逮往长安。淳于意的五个女儿急得直哭，他大骂说生女不如生男，生女在危急时无人相助。最小的女儿缇萦听了父亲的话异常伤悲，决定随父进京，上书汉文帝，"愿人身为官婢，以赎父刑罪，使得改行自新"①。诗歌叙述曰：

> 小女痛父言，死者不可生。
> 上书诣阙下，思古歌鸡鸣。
> 忧心摧折裂，晨风扬激声。

据刘向《列女传》载，缇萦伏阙上书时，曾歌《鸡鸣》《晨风》之诗。班诗用"忧心摧折裂，晨风扬激声"刻画缇萦忧急肠断、歌号阙下的情景。正是这种至情打动了汉文帝：

> 圣汉孝文帝，恻然感至情。

汉文帝终于赦免了她父亲，并作出废除肉刑的重大决策。

---

① 参见吴小如等撰《汉魏六朝诗鉴赏辞典》，上海辞书出版社，1992，第29—31页。

钟嵘《诗品》曾用"质木无文"一语评论班固的《咏史》诗。如果单从叙事艺术角度而言，这样的评价不能算错，因为该诗的确有些平实。我们不能因为它产生得早，在诗歌史上有一席之地便拔高其艺术水平。同样，以史见长的吴伟业的史名固然无法与班固相比，但吴诗更为成功地将史法融于诗作，在叙事诗技巧上大大超过了班固。

我们且看吴诗《雁门尚书行》。该诗的主人公孙传庭是崇祯末年最能征战的大将之一，与卢象升、洪承畴均为明廷栋梁。《明史·孙传庭传》有言："传庭死，关以内无坚城矣"，"传庭死而明亡矣"。吴与孙同朝为臣，又极其注意搜集明末史料，故对孙的事迹十分了解。《雁门尚书行》诗前有序，对孙的事迹记述颇详，文繁不录；诗歌便是对序文的敷演。我们主要依据《明史·孙传庭传》对该诗作一剖析，未注者皆出自此传。①

　　　　雁门尚书受专征，登坛顾盼三军惊。

诗的开头这二句容易被人忽视，实际上"受专征"三字包含着极为丰富的历史内容。孙传庭自父以上，四世举于乡，"仪表颀硕，沈毅多筹略"，是万历四十七年（1619）进士，崇祯九年（1636）三月任陕西巡抚。他在任上擒杀闯王高迎祥，降服多股农民军，并厘定军籍，实施军屯。后因与兵部尚书杨嗣昌军事意见不合，不胜郁郁而致耳聋，杨嗣昌又将之诬陷下狱。孙传庭在狱三年，杨嗣昌等人相继败亡，此时崇祯帝才又想到孙传庭，于崇祯十五年（1642）正月起之为兵部右

---

① 张廷玉等撰：《明史》，中华书局，1974，第6785—6794页。

侍郎,令往代陕督汪乔年。这就是孙传庭总督三边军务、"受专征"的经过。只要稍稍联想到崇祯十四年(1641)农民军陷中原的攻势,清军围困锦州、松山之急,就会明白孙传庭的"受专征"是受命于危难之际。此时的他已年届半百、双耳失聪。然而孙传庭未失本色,到陕西后大集诸将于关中,缚杀贻误战机、遇敌先溃的援剿总兵贺人龙,"诸将莫不洒然动色者"。这就是"登坛顾盼三军惊"的所指。

在两句简括之后,诗歌对孙传庭作了细致的描述:

> 身长八尺左右射,坐上叱咤风云生。
> 家居绝塞爱死士,一日费尽千黄金。
> 读书致身取将相,关西鼠子方纵横。
> 长安城头挥羽扇,卧甲韬弓不忘战。
> 持重能收壮士心,沉几好待凶徒变。

这些叙写表明孙传庭文武双全,深得人心。"沉几好待凶徒变"不仅刻画了孙的谋略,而且也为下文埋下伏笔:正因为迫于外界强大压力,不能做到"沉几待变",才不得已而出战:

> 忽传使者上都来,夜半星驰马流汗。
> 覆辙宁堪似往年,催军还用松山箭。

"覆辙"句隐括"柿园之役"。孙传庭杀贺人龙后,"日夜治军为平贼计",威震三边。崇祯催孙传庭出关作战,追击转向开封之农民军。孙传庭上言新募之兵不堪急用,主张固守潼关。崇祯不允,孙传庭不得已出师。这时李自成久攻开封不下、放黄河水灌城之后西走,与进兵南阳的孙军相遇。李自成军弃甲仗军资于道,秦兵趋利,尽来抢夺,被李自成大败,是役大雨连旬,孙传庭军粮绝无食,士卒采青柿充饥,豫人称之为"柿园之役"。

《明史·孙传庭传》载:"传庭既已败归陕西,计守潼关,扼京师上游。且我军新集,不利速战,乃益募勇士,开屯田,缮器,积粟,三家出壮丁一。"由于军备督工苛急,秦民不能堪;加上关中连年大旱,粮食奇缺,秦地士大夫多不乐孙传庭大军驻秦,相与造谣于朝。崇祯于是"趣战益急"。

"催军"句又概括了明军与清军战略决战的松山战役。清军于崇祯十三年(1640)进军锦州,次年明廷派洪承畴为蓟辽总督集军援锦。洪原本准备采取"步步为营,以守为战"的方略,但不了解军情的崇祯帝与兵部尚书陈新甲等,在北京屡下急令,严令火速进兵。洪不敢违命,分军进发驻于松山,于崇祯十五年(1642)二月被清军打败,明廷关外的宁锦防线完全被清军摧毁。可以说松山之败主要是因为明廷趋战太急。但距此败不过数月,像催松山之军一般的战令又至,深谙军机的孙传庭怎能不忧心如焚!

> 尚书得诏初沉吟,蹶起横刀忽长叹。
> 我今不死非英雄,古来得失谁由算?
> 椎牛誓众出潼关,墟落萧条转饷难。

史载孙传庭接到严令后,"顿足叹曰:'奈何乎!吾固知往而不返也。然大丈夫岂能再对狱吏乎!'顷之,不得已遂再议出师"。孙传庭明知战机不成熟,军粮又严重欠缺。经过长期战乱,村落皆成废墟,筹饷十分艰难；更要命的是天又降暴雨，"六月炎蒸驱万马，二崤风雨断千山"，风雨断路使筹饷更难，但仍得出战。

崇祯十五年（1642）八月孙传庭出师潼关，九月奇袭李自成军老营，大挫自成军心；转战至郏县时几乎追获李自成，李自成部将谋降。李自成劝其部将决一死战，不胜再降，"而大军时皆露宿与贼持，久雨道泞，粮车不能前。士饥，攻郏破之，获马骡啖之立尽。雨七日夜不止，后军哗于汝州"。李自成趁机大举进攻，孙传庭不得已还军迎粮。前军既移，后军大乱，孙传庭军日夜狂奔四百里，退守潼关。李自成乘胜破潼关，"传庭与监军副史乔迁高跃马大呼而殁于阵，广恩降贼。传庭尸竟不可得"。吴诗叙述这一经过道：

> 雄心慷慨宵飞檄，杀气凭陵老据鞍。
> 扫篲谋成频抚剑，量沙力尽为传餐。
> 尚书战败追兵急，退守岩关收溃卒。
> 此地乘高足万全，只今天险嗟何及！
> 蚁聚蜂屯已入城，持矛瞋目呼狂贼。
> 战马嘶鸣失主归，横尸撑距无能识。
> 乌鸢啄肉北风寒，寡鹄孤鸾不忍看。

诗歌用战场的凄惨景象来烘托孙传庭之死的悲壮，比史文更富感染力。在完成对孙传庭的描述后，调转笔锋叙写孙的家人，可视为描述孙的侧笔：

> 愿逐相公忠义死，一门恨血土花斑。

史载：

> 初，传庭之出师也，自分必死，顾语继妻张夫人曰："尔若何？"夫人曰："丈夫报国耳，毋忧我。"及西安破，张率二女三妾沉于井，挥其八岁儿世宁亟避贼去之。儿逾墙堕民舍中，一老翁收养之。长子世瑞闻之，重跸入秦，得夫人尸井中，面如生。翁归其弟世宁，相扶携还，道路见者，知与不知皆泣下。

吴诗则用 20 句叙述这一过程，内容与《明史》基本一致，但对传庭两子相遇的描述比史文更显得生动：

> 复壁藏儿定有无？破巢穷鸟问将雏。
> 时来作使千兵势，运去流离六尺孤。
> 旁人指点牵衣袂，相看一恸真吾弟。

孙传庭长子孙世瑞"别寻奇道访长安"的时候，实在拿不准能否找到弟弟孙世宁：弟弟于战乱中能否免祸？即使免了祸又流落何处？当别人告诉他说那就是孙尚书的小儿子，弟弟已认出他，拉住他的衣袖时，孙世瑞仔细地端详一阵，悲喜交集：真是自己的弟弟！"相看一恸真吾弟"一句将孙世瑞的疑、惊、喜等复杂心情都刻画了出来，比史文"相扶携还"这样的平铺直叙更富有艺术意味。

笔者在上文以史证诗的时候发现，吴诗在写人画情方面虽比史文生动，但不及史文详尽。这除了作者的有意取舍外，还与诗歌本身在叙事方面的局限性有关。为了突破诗歌语言对叙事的限制，也有人尝试着以文为诗，并取得了相应的成功，比如下文将要论述的金和所撰的《兰陵女儿行》。

金和在此诗中所写的内容，是清朝咸丰、同治年间一兰陵女子抗拒清军将领劫婚的故事，全诗充满传奇色彩，下面分段来叙述。

第一段从开头至"新年梅柳酣春意"共 20 句，写将军所备婚礼场面之盛，如"步障十重列纨绮，流苏百结垂珠玑。天吴紫凤贴地满，珊瑚玉树灯相辉"。这样的大肆铺排引人注目：所迎娶之人为何等女子，竟值得如此费心？将军如此豪奢，婚礼能否进行？因此，这一段里虽未写兰陵女儿其人，却也处处在写她，为她的出场蓄足了势。

第二段是全诗的重头戏，叙写兰陵女儿的拒婚壮举，共 165 句。正午时分，鼓乐响起，来报新人已到，"将军含笑下阶行，众客无声环堵侍"。"新人"终于亮相了：

> 结束雅素谢雕饰，神光绰约天人尊。若非瑶池陪辇之贵主，定是璇宫宵织之帝孙。顾身屹以立，玉貌惨不愉。

这位貌美无比的姑娘脸含愠怒。将军如此豪奢地迎娶她，她为何还不满意？作者让她自己说明了缘由：

> 敛袖向众客，来此堂者皆高轩，我亦非化外，从头听我分明言……

诗歌下文陈述的是将军的劫婚手段：以"金币"相诱，以"母许"相骗，以"露刃数十辈"相迫。兰陵姑娘想到"我如不偕来，尽室惊魂无死所",故"我今已偕来,要问将军此何语"。

读至此处,我们已能想见一位貌美超凡、不畏威势的姑娘形象,不过,大概很难想象这位女子下一步会怎么做;而诗歌紧接着叙述了兰陵女儿的出人意料之举:

> 女言缕缕中肠焚,突前一手揸将军,一手有剑欲出且未出,我言是真是假汝耳闻不闻?我惟捉汝姑苏去,中丞台下陈诉所云云。请为庶人上达尧舜君,古来多少名将钟鼎留奇芬,一切封侯食邑赐钱赐绢种种国恩外,是否听其劫掠良闺弱息为策勋?

兰陵女儿说话之间,忽然近前出手紧揪住将军,另一只手用利剑指着他,要捉这位将军去见巡抚评理。这真是千古奇绝之举!

突如其来的惊变把这位"平日叱咤雷车殷,两臂发石无虑千百斤"的将军吓呆了,他"此时面目灰死纹,赪如中酒颜熏熏"。帐下的爪牙投鼠忌器,一时间不知所措。

> 将军左右摇手挥其群,目视众客似乞片语通殷勤。众客惊甫定,前揖女公子。聆女公子言,怒发各上指……

将军的幕宾惊魂甫定,壮起胆子上前作揖为将军开脱,说劫婚并不是将军的过错,罪在使者的鲁莽,"如今无他言,仍送还乡里。将军亲造门,肉袒谢万死",说得天花乱坠。

> 女视众客笑且謽,诸君视我黄口侲。彼今大失望,野性讵

肯驯?山魈寻仇雏,蓄念愈不仁。慨从军兴来,处处兵杀民。

兰陵女儿鄙夷地嘲笑众客,警告不要把她当作小孩来欺骗,她知道将军野性难改,一定会反扑相害。因为将军自从驻兵于此以来,处处残杀百姓。她说自己家已有数口被杀,今天冒险来刺杀将军,是为了求个公道。

宁犹计瓦全,惜此区区身?诸君调停词,蔓甚我弗遵。

众幕客一看姑娘不上当,更加殷勤地上前作揖,夸奖将军本是个贤才,检讨劫婚之举"大不韪",表白"悔过方不遑,恨无障面巾",骂自己"得罪名教尽,不复能为人";又说这位将军"四方战贼多苦辛",是朝廷的得力人才,请姑娘从朝廷角度考虑饶恕了他吧!"他日之事愿以百口保,某也官府,某也乡缙绅",即言都保证不让将军日后报复,"我"是命官、他是缙绅,都不会戏言!最后乌压压跪下一大片:"翕然长跪代请命:'惟女公子为仙为佛为天神!'"可谓极尽求饶之能事。

兰陵姑娘见自己的目的基本达到了,就缓和下语气,向众客借"日行千里犹徐徐"的好马"白鱼",说自己离家已四日,"老母痛苦常倚闾,两兄中庭握手空唏嘘。若乘此马归到家,可及今日日落初"。并说自今以后,她全家要迁到一个像桃花源一样的隐居之处,三五天后在秣陵蒋尉祠归还此马。将军巴不得姑娘赶快放了自己离去,"急呼从者牵马前,四足霏霜耳披絮",果真是好马。兰陵姑娘呢?

女一顾此马,眉宇色差豫。撒手始释将军衣,身未及腾鞍已据。一声长谢破空行，电掣星流不知处。

转瞬间已不见姑娘踪影，这是第三段。兰陵姑娘的大智大勇令人惊叹。

第四段写兰陵姑娘去后数日，将军的惊魂已经归体，又开始"振旅胆气豪"，"钟山之旁营周遭，宾僚迎拜将军劳。斗酒劝醨新蒲桃，钲笳杂奏声欢呶"，好像将前日的羞辱、怯懦抛出云外，又开始酒乐欢嬉。这时候"白鱼"马从天而降，"背上有物臃肿拳曲纵横束缚三尺高，乃是材官当日将去之聘礼，封还不失分厘毫"。令人叫绝的是最后几句：

聘礼脱尽处，菹叶多一刀，刀光摇摇其锋能吹毛。将军坐此几日夜睡睡不牢。

聘礼之外，又多出一把菹叶利刀。将军见了这把吹毛断发的利刀，接连几天都从噩梦中惊醒。

全诗的叙述手法是比较高明的。开头和结尾两段虽不直接写兰陵女儿，但她的形象又无处不在。第二、三段主要通过剑指将军、飞马脱身两个举动以及对话来展开情节，使故事情节扣人心弦。这种激烈的矛盾冲突在中国古代叙事诗中是罕见的。全诗共214句，堪称鸿篇巨制。从语言上来说，全诗以七言为主，间以杂言，最长的句子可达15字，这在古代也是少有的。

纵观中国古代叙事诗，以人物为中心的诗歌作品数量不太多；这些叙事诗在塑造人物形象的时候，往往采取中国绘画中"传神写照"的手法，即抓住人物最主要的特征着笔，将人物最富于个性色彩的典型特征点染出来，而不太注重将人物置于激烈的矛盾冲突中来加以刻画。因此，木兰从军12年中最富于情节性的战争故事全部被省略了，

《饮中八仙歌》与《画中九友歌》中的人物除了一些典型举动之外，几乎无事可言，因而不太像叙事诗。《兰陵女儿行》在某种程度上突破了这一传统，在矛盾冲突的最剧烈处表现人物，这在中国古代实属难得；但该诗以文为诗的痕迹过浓，致使全诗不够顺畅，诗味不足，造成这种状况的深层原因我们将在"人物"一章中详析。

二、全知视角以事件为中心的结构

在开始论述之前，有必要进行一点理论说明，即事件、故事、情节三者的区别与联系。

"事件"可用英语的"event"来指代，其要素可用新闻理论中的"五W/H"来表示，即"When"（何时）、"Where"（何地）、"Who"（何人）、"Why"（何因）、"What"（什么）和"How"（怎样）。包含诸要素的全部或部分的人类行为通称事件。

我们常用英语的"story"来指代"故事"，实际上英语中"story"常指"新闻"，与上文所言"事件"基本无异，其差别仅在于"时效性"。没有时效性的"story"即"event"。我国文学理论中的"故事"一般指具有情节性的事件，与英语的"plot"（情节）经常混用。

"情节"在我国通称"故事情节"，它与"事件"的区别在于有没有戏剧性冲突。西方文学理论中的情节指叙事作品中行动的结构、框架，这个结构、框架使人物的行动依据作者的意图依次展示、呈现，以取得某种情感和艺术效果。如当代西方文学理论界有人认为，"国王死了，不久王后也死了"是两个并列的事件，如果突出这两个事件的因果关系而改言"国王死了，不久王后因伤心而死"，此便是情节，这是因为后一种表达方式重在表现"因伤心而死"这一情感逻辑。①

在具体的文学作品里,特别是具体到中国古代叙事诗,上述三者的区分往往不太明显。在标题中通称为"事件",是因为中国古代叙事诗的戏剧性冲突总体上比较平淡。在具体的论述中,我们将把那些戏剧冲突比较激烈的诗作称为"故事"或笼统称为"故事情节"。

先秦诗歌中采用全知视角而以事件为中心的作品,主要集中在《国风》的民歌中。《召南·野有死麕》写一位青年男猎手在郊外丛林里遇见一位姑娘,便以小鹿为赠,从而获得了姑娘的爱情。《郑风·女曰鸡鸣》写两口子早晨的一段恩爱之情:

女曰鸡鸣,士曰昧旦。
子兴视夜,明星有烂。
将翱将翔,弋凫与雁。

两口子早上醒来,女的说"鸡叫了",大概是催男的起床;男的还想赖一会,便说"天还暗哩"。女的说,"的确不早了,你起来看看,启明星已闪亮多时了"。男的不得已说,"好吧,我出去转一转,去射点野鸭和大雁"。第二章女的又说,"快去射吧,射回来我给你做菜吃";第三章男的说,"你的体贴和温顺我都知道,把杂佩赠给你一表衷肠"。全诗用对话的形式,叙述了一个生活片段,颇见情趣。

《郑风·溱洧》也有较大比重的对话:

溱与洧,方涣涣兮。士与女,方秉蕳兮。女曰"观乎?"

---

① 爱·摩·福斯特:《小说面面观》,苏炳文译,花城出版社,1984,第75页。

士曰"既且。""且往观乎！洧之外，洵訏且乐。"维士与女，伊其相谑，赠之以芍药。

郑国的三月上巳节，溱水流，洧水淌，冰融水畅。男男女女手拿祓除不祥的兰草前来游春。一位姑娘遇见了意中人，便提议"咱们到那边去看看"，男的好像不解，说已经去过一趟了。姑娘大胆地说"陪我再去一趟吧"。于是两人到了河岸旁，开起了玩笑，并赠送芍药花以表衷肠。

《齐风·鸡鸣》与《郑风·女曰鸡鸣》堪称异曲同工而更见谐趣：

鸡既鸣矣，朝既盈矣。
匪鸡则鸣，苍蝇之声。

妻子催丈夫起来上朝，说道："你听公鸡喔喔叫，人家都已去早朝"；丈夫想多赖会儿床的，便说："不是什么公鸡叫，那是苍蝇在喧闹！"①过了一会，妻子又催道："东方明矣，朝既昌矣。"男的还是不想起，说"匪东方则明，月出之光"，不是什么东方亮，那是一片明月光！

最后一章，男的终于吐露了不愿早朝的心理——"虫飞薨薨，甘与子同梦"，即言"虫声嗡嗡催人睡，不如一起入梦乡"。妻子忍不住生气了：

会且归矣，无庶予子憎。

---

① 程俊英译注：《诗经译注》，上海古籍出版社，1985，第167页。以下译文见本书第168页。

就是说,"朝会的人们快回啦,别招人厌说短长"。

这三首诗所叙之事尽管十分简单,但又都相当生动,语言运用得十分成功。用对话进行叙事的方式在汉乐府民歌中也有出色的体现,如《东门行》《妇病行》等。

《东门行》写一个贫苦民众为饥寒所迫而决定铤而走险。诗的前六句写他冒险的原因:

> 出东门,不顾归。来入门,怅欲悲。盎中无斗米储,还视架上无悬衣。

这人本来已走出家门,不准备回归,但毕竟又顾及家中妻儿,犹豫后又转了回来。但一入家门便更加悲从中来:盎中无米,架上无衣。饥寒交迫,实难度日,于是最后下定决心——"拔剑东门去"。这时妻子拦住了他:

> 舍中儿母牵衣啼:他家但愿富贵,贱妾与君共铺糜。上用仓浪天故,下当用此黄口小儿。今非!

妻子牵住丈夫的衣服,苦苦哀求,劝丈夫忍受贫困,看在老天和孺子的份上,千万不要去拼命。丈夫呢?他经过反复犹豫最终认定了:与其在家与妻儿一块儿等死,不如自己去拼一次命,或许能给全家带来一线生机,于是他断然喝道:

> 咄!行!吾去为迟!白发时下难久居!

他呵斥妻子不要再阻拦他,如果他早行动了,家境说不定就不至于这样没法活了。"白发"句大概是汉代俗语,"谁知道还能活几天"的意思。

《妇病行》所叙之事比《东门行》更惨:

> 妇病连年累岁,传呼丈人前一言。

穷人家最怕生病,更害怕久病不愈。这位病妇在多年患病之后挨到了尽头,最后叫丈夫来说几句话。是多年拖累家庭的愧疚?是久病体弱的无力?还是撒手人寰之前的绝望?病妇"当言未及得言,不知泪下一何翩翩"。她把丈夫叫来了,却一句话也说不出来,而是泪流满面。不过她还有事放不下,必须对丈夫说,好半天才挤出几句话来:

> 属累君两三孤子,莫我儿饥且寒。
> 有过慎莫笪笞,行当折摇,思复念之!

"属累"即拖累,"笪笞"即捶打,"行当"即将要,"折摇"即夭折。寥寥五句,病妇对丈夫的愧疚,对孤儿的难舍,尽在其中。平平叙来,凄然欲绝。两个"莫"字既是恳求,又是命令,语气强烈而专注;"思复念之",叮嘱再三,殷切之情溢于言表。一个人临终时,最难舍弃的大概是自己年幼的孩子。病妇的托孤之辞情真语直,字字含泪,令人唏嘘感叹不已。

病妇死后,她的孩子能否免受饥寒?"行当折摇"的孩子能否熬过饥寒?诗歌的回答是:"抱时无衣,襦复无里。"做父亲的实在有负孩子母亲的嘱托，不得已"闭门塞牖，舍孤儿到市"，到市上去想些办法。"道逢亲交，泣坐不能起"，做父亲的对着亲友哭诉一番，伤痛欲绝，"从乞求与孤儿买饵"。他打算向亲友借两个钱给家中的孩子买点吃的。

这位亲友也贫困交加，爱莫能助，大概回绝了借钱一事。病妇的丈夫只得苦苦哀求："对交啼泣，泪不可止。"他向亲友说：

  我欲不伤悲，不能已。

你劝我别哭了，可是我伤心呀，孩子连病带饿都快要死了！穷亲友这才"探怀中钱，持授交"，在怀中摸了半天才摸出来，又紧紧地攥在手中。一个"持"字既表明钱少，又说明穷亲友舍不得。他这两个钱谁知道又是从哪转借来的？他来市上是买药还是买粮？把钱借给亲友后自己怎么办？如此等等，无不令人凄然。因此，"持授交"三字千万不能轻易读过。

病妇的丈夫借钱买食回到家中，心想孩子该有点笑脸了吧？谁知小孩对食物已不感兴趣，"啼索其母抱"，只是哭啼着找娘。不难想象，这孩子已经奄奄一息了。当父亲的"徘徊空舍中"，已经束手无策了，只好发出无奈的叹息：

  行复尔耳！弃置勿复道。

"行"，将也；"复"，又也；"尔"指"你"，即孩子他娘。这一句句意是：孩子他娘呀，这孩子快要找你去了，我真是再也无话可说了。

这首诗犹如一个情节起伏的短剧，虽然短小，却十分生动感人。能代表汉代民歌最高成就的还当首推长篇叙事诗《孔雀东南飞》。《孔

雀东南飞》原题为《古诗为焦仲卿妻作》,诗前小序云:

> 汉末建安中,庐江府小吏焦仲卿妻刘氏,为仲卿母所遣,自誓不嫁。其家逼之,乃投水而死。仲卿闻之,亦自缢于庭树。时人伤之,为诗云尔。

小序包含的要素有:

①**时间**:汉末建安中。建安为汉献帝年号,公元196—220年。

②**地点**:庐江府。闻一多在《乐府诗笺》中考证:"汉庐江郡初治在安徽庐江县西一百二十里,汉末徙治今安徽潜山县。"

③**人物**:焦仲卿妻刘氏、小吏焦仲卿、仲卿母、刘家人等。

④**原因**:仲卿妻为焦母所遣,"自誓不嫁,其家逼之"。

⑤**结果**:刘氏投水而死,仲卿自缢于庭树。

第①至第⑤项已将事件的"五W"包罗无遗,正文的要素也正是这些。那么我们要问:小序已将事件叙述得如此完整,诗歌正文的存在价值难道仅是将散文体改为五言韵文吗?显然不是这样。正文与序文相比,矛盾冲突激烈生动,人物形象丰满鲜明,特别是仲卿妻刘氏,由一个连姓名不需要点出的普遍意义上的妻子某某氏,转化成了一个情貌盎然、活灵活现的形象——刘兰芝。造成这一效果的正是情节——对事件由原因到结果的发展过程的详细展示,亦即对事件中潜含的"H"(How)这一因素的具体叙述。完全可以说,对"H"的艺术设计与叙述,赋予了《孔雀东南飞》存在的价值;对该诗叙事艺术的分析,也就是对展示"H"的具体方式的分析。

情节活力的来源,主要取决于悬念和意外两者的相互作用。随着事件的展开，观众或读者期待着故事的将来进程以及人物如何应对。对于将要发生的事，尤其是对那些人物命运所产生的一种焦虑或不确定感，叫作"悬念"。如果事件的发生出乎我们的预料之外，便叫"意外"。最有效的"意外"是我们在回顾中发现的、在先前发生事件的基础上建立起来的"意外"。《孔雀东南飞》展示情节的过程，便是不断设置悬念、造成意外的过程。

诗歌开篇"孔雀东南飞，五里一徘徊"到"便可白公姥，及时相遣归"共20句造成了这样一个悬念：这位"十三能织素，十四学裁衣，十五弹箜篌，十六诵诗书"的女子，嫁为人妻后"守节情不移"，"鸡鸣入机织"，"三日断五匹"，是一个从小有着良好教育、知书达礼、勤劳能干的媳妇，为什么落得"君家妇难为"而被要求"及时相遣归"呢？这个悬念同时隐含着一个出乎常情的意外。

仲卿去见其母试图说服老太婆，老太婆却说："此妇无礼节，举止自专由。吾意久怀忿，汝岂得自由！"这是将人物之间的矛盾冲突具体化。尽管兰芝认为自己无可挑剔，无奈婆婆横竖看其不顺眼。焦母的另几句话将诗歌引向另一个悬念："东家有贤女，自名秦罗敷。可怜体无比，阿母为汝求。便可速遣去，遣去慎莫留。"她对仲卿"今若遣此妇，终老不复娶"的跪告槌床大怒："小子无所畏，何敢助妇语！吾已失恩义，会不相从许！"东家之女如此可人，焦母又如此暴横，兰芝是否会被遣呢？

仲卿回房将见母的经过告诉兰芝，并作了些安慰。兰芝心中的希望彻底破灭，决然相辞，留下信物作为纪念，第二天一大早精心梳妆后辞别焦母和小姑，洒泪而去。这些内容回答了上文的悬念。兰芝与仲卿于大道口话别时，又造成了新的悬念。仲卿表示决不相负，不久将迎还;兰芝则忧心忡忡地说:"感君区区怀!君既若见录,不久望君来。君当作磐石,妾当作蒲苇。蒲苇纫如丝,磐石无转移。我有亲父兄,性行暴如雷。恐不任我意,逆以煎我怀。"此时兰芝、仲卿二人的压力是双重的:焦家一方的焦母既然已决意相遣,仲卿的哀求已无作用,焦母又怎样才能回心转意呢?刘家一方的刘兄性暴如雷,对兰芝的被遣,特别是对她将来的安排,又会如何呢?因此,磐石能否无转,蒲苇能否不折,构成了全诗的一个重要悬念。

这时候诗歌出现了一个舒缓的片段:"入门上家堂,进退无颜仪。阿母大拊掌:'不图子自归……'"一直到刘母拒媒所言"不堪吏人妇,岂合令郎君?幸可广问讯,不得便相许",叙述兰芝回到娘家,其母先是惊骇,后是悲伤,然而毕竟是亲生骨肉,没有对兰芝过于斥责。特别是"还家十余日,县令遣媒来"时,刘母也答应了兰芝"自可断来信,徐徐更谓之"的要求,辞绝了县令为其第三郎的求婚。兰芝辞婚的根本原因也就是她对刘母所说的"府吏见丁宁,结誓不别离;今日违情义,恐此事非奇",即信守与仲卿的誓约。至此,读者或许会松一口气,磐石、蒲苇之誓或许可以实现了。

然而,事情发生了变异:"媒人去数日,寻遣丞请还。……直说太守家,有此令郎君。既欲结大义,故遣来贵门。"继县令之后,太守又遣人来为其子向刘家求婚。刘母仍以兰芝有誓在先为由拒绝,刘兄这时候走上前来,大声斥责兰芝:"作计何不量!先嫁得府吏,后嫁得郎君。否泰如天地,足以荣汝身。不嫁义郎体,其往欲何云?"

这是对上文的悬念——兰芝、仲卿誓约造成重大影响的几句话,故事陡然向有违誓约的方向发展。兰芝迫于刘兄的压力,答应了太守家的求婚:"虽与府吏要,渠会永无缘。登即相许和,便可作婚姻。"

按常理，一个被遣的妇人先嫁府吏后嫁太守之子，实在是因祸而得福，兰芝的违约应该是预料之中的。果然，诗歌下文出现了选择吉日良辰、准备婚仪的热闹场景，并特别对太守家所备仪仗的豪奢作了大肆渲染：

　　交语速装束，骆驿如浮云。青雀白鹄舫，四角龙子幡，婀娜随风转，金车玉作轮，踯躅青骢马，流苏金镂鞍。赍钱三百万，皆用青丝穿。杂彩三百匹，交广市鲑珍。从人四五百，郁郁登郡门。

这时候刘母也开始对兰芝施加压力，劝她作准备：

　　阿母谓阿女：适得府君书，明日来迎汝。何不作衣裳？莫令事不举！阿女默无声，手巾掩口啼，泪落更如泻。移我琉璃榻，出置前窗下。左手持刀尺，右手执绫罗。朝成绣夹裙，晚成单罗衫。

尽管兰芝十分悲伤，但也开始为再婚作准备。读者此刻要问：磐石、蒲苇之约真的要被毁掉吗？
这时，故事发生了新的变异：

　　府吏闻此变，因求假暂归。未至二三里，摧藏马悲哀。新妇识马声，蹑履相逢迎。怅然遥相望，知是故人来。

兰芝见到仲卿后嗟叹不已,作了一些解释:

> 府吏谓新妇:贺卿得高迁!磐石方且厚,可以卒千年。蒲苇一时纫,便作旦夕间。卿当日胜贵,吾独向黄泉!新妇谓府吏:何意出此言!同是被逼迫,君尔妾亦然!黄泉下相见,勿违今日言!执手分道去,各各还家门。

今人多将刘兰芝的坚定过于拔高,实际上未必符合实情。仲卿迫于焦母的压力可将爱妻休遣回家,兰芝迫于刘兄的暴怒也可能转意改嫁,只是被仲卿的言辞所激方痛下死的决心。这样理解,人物内心的波澜便多了一层,诗歌也更具转折之妙。诗歌至此,是对磐石、蒲苇之约的照应,仍不是最后的回答:两人究竟能否赴约黄泉?

果然,诗歌紧接着出现了焦母对仲卿的感情攻势。当仲卿向其母辞别,声称要自尽时,焦母"零泪应声落",并劝仲卿说:

> 汝是大家子,仕宦于台阁。慎勿为妇死,贵贱情何薄!东家有贤女,窈窕艳城郭。阿母为汝求,便复在旦夕。

中间有感化、有劝慰、有诱惑,是对黄泉之约的挑战,悬念中含着悬念。

诗的倒数第二部分,是对所有悬念的回答,亦即故事的大结局:

> 其日牛马嘶,新妇入青庐。奄奄黄昏后,寂寂人定初。我命绝今日,魂去尸长留!揽裙脱丝履,举身赴清池。府吏

>闻此事，心知长别离。徘徊庭树下，自挂东南枝。

兰芝于太守家迎亲的那天投水自尽，仲卿听说后挂枝自缢。综观全诗，悬念不断，诗歌的内容都为设置悬念或为照应、回答悬念而安排。较之诗前小序中的事件，诗歌正文多出来的正是这些悬念。这些悬念的整体，便是诗歌的故事情节。

有的理论家将"情节"定义为"戏剧作品或叙述性作品中事件之间关系的理智公式"①。由于情节是由事件中各种人物关系的行为构成的，人物的关系又主要表现为冲突与对抗，因此没有冲突和对抗就不存在情节。对抗力量在一事件中达到顶点，即事件的转折点激变，往往也标志着最大的悬念。观《孔雀东南飞》可发现，两种对抗的力量分别由兰芝、仲卿一方与焦母、刘兄这一方构成。这一中心矛盾不断激化、上升，直到兰芝、仲卿二人相约共死而发展到顶点，而后很快便出现结局。

由此可见，情节是安排作品中人物行动的结构、框架，其外在形态是事件时间上的先后次序，内在逻辑却是人物性格造成的因果关系。通过对《孔雀东南飞》小序及正文的分析，我们对"事件"与"情节"的差异或许有了一个更为清晰的认识。弄清这一点对我们整体上理解中国古代叙事诗是有帮助的，因为中国古代诗歌史上具有完整故事情节的作品少之又少，大多叙事诗的"事"只是情节性的片段或事件。

清人沈德潜曾指出《孔雀东南飞》一诗"杂述十数人口中语，而

---

① 林骧华主编：《西方文学批评术语辞典》，上海社会科学院出版社，1989，第243页。

各肖其声口性情，真化工之笔也"①。优秀的叙事作品，人物语言不仅在刻画人物形象方面具有重要作用，而且人物之间的对话是推进事件进程、展示情节发展的重要手段。上论各诗的共同之处就在于都有人物对话，宋代有两首叙事诗颇得汉乐府民歌的神髓，其一为《牛酥行》，其二为《催租行》。

北宋江端友的《牛酥行》有一定的事实根据：宋徽宗时的受宠太监梁师成以善于逢迎得宠幸，常假造圣旨，权倾一时，纳贿鬻爵，时人视之为"隐相"。西京（今河南洛阳）留守邓某曾向梁师成进献过牛酥一百斤。《牛酥行》即讽刺邓某的谄佞丑行。

诗歌开篇令人生疑：

> 有客有客官长安，牛酥百斤亲自煎。

"长安"借指宋的西京洛阳。牛酥是从牛奶中提炼出来的珍贵食品，制作时需经反复熬炼，积至百斤绝非易事，何况还得这位陪都的最高行政长官亲自动手呢？接下来的两句初步回答了这一疑问："倍道奔驰少师府，望尘且欲迎归轩。""少师府"即指梁师成府第。"倍道"即日夜兼程。原来这位邓长官躬亲熬酥，是为了献给梁隐相，怪不得亲执贱役，又日夜兼程送往梁府。不巧得很，紧赶慢赶到了府前，主人却不在家，献媚者只好眼巴巴望着大道，只待尘土一起，便扑上去倒拜于前。西晋潘岳等人谄事权臣贾谧，经常守候贾谧出行，望其车尘则拜。"望尘"句用此典，刻画邓某的谄媚相。以上几句，既写了亲

---

① 沈德潜著，霍松林校注：《说诗晬语》，人民文学出版社，1979，第200页。

制,又写了亲送、亲呈,将邓某这位投献者的奴颜婢膝嘴脸活画了出来。

献媚者乘兴而来,热度正高,"守阍"以下八句则如一瓢又一瓢的冷水,向邓某兜头泼来:

> 守阍呼语:不必出,已有人居第一先。
> 其多乃复倍于此,台颜顾视初怡然。
> 昨朝所献虽第二,桶以纯漆丽且坚。
> 今君来迟数又少,青纸题封难胜前。

"守阍"即看门的。常言"宰相府里七品官",这位梁府守门人根本没把邓留守放在眼里,代其主子向久等在梁府门前的邓某断喝道:"是这点牛酥吗?不必拿出来了!已经有人赶在第一送过了!"这是第一瓢冷水。"其多乃复倍于此",比你这百把斤还多一倍呢!这是第二瓢冷水。梁大人的脸色呢?"初怡然",刚看到第一笔牛酥礼时还挺高兴的,可又收到第二笔牛酥礼时,就觉得平平常常了。邓某"亲自煎"好"倍道"送来,梁大人却不以为奇,这是第三瓢冷水。第四瓢冷水是包装。"昨朝所献虽第二",昨天献牛酥的人虽已落居第二,但人家"桶以纯漆丽且坚",牛酥平常但分量占优。"今君"邓某你送迟了——只排在第三,量少了——刚及他人一半,简陋了——不过是拿青纸包裹。你拿什么去胜过之前来的人呢?

这一段人物语言采鄙事庄说,妙不可言。邓某人好不容易刺探得梁隐相喜欢牛酥,于是赶制后兼程送来,谁知还是落了第三!那些消息还不如邓某灵通的,大概只能落个第四、第五了。邓某惭愧之下暗下决心：

> 持归空惭辽东豕，努力明年趁头市。

"辽东豕"典出《后汉书·朱浮传》：辽东有个人看见一白头小猪，感到很奇特，准备把白头猪进献给上官。他到了河东后一看那里的猪全是白头的，只好扫兴而归。邓某人精心准备的牛酥成了"白头豕"，于是痛定思痛，争取明年抢个"头市"。

南宋范成大的《催租行》也以人物语言称绝：

> 输租得钞官更催，踉跄里正敲门来。
> 手持文书杂嗔喜：我亦来营醉归尔！

农民交完租并拿到官府的收据，大概可以安生了吧！谁知"官更催"，走路踉踉跄跄的"里正"又来敲门！农民颤巍巍地拿出官府收据说明已经交清了，"里正"看过后随即另找了借口："我刚从那家喝了点酒，也想来你家喝两杯！交完了租总该庆贺一下子吧！"

这位农民明知催租者已喝了酒，来自己家不过是想讹钱，于是从床头拿出一个拳头大小的小钱罐，"扑破正有三百钱"，交给"里正"告饶道：

> 不堪与君成一醉，聊复偿君草鞋费！

这两个钱实在不够一顿酒，您大老远跑到我家，鞋都快磨坏了，这几个钱拿去买双草鞋穿吧！从中我们可以体会出农民的种种心情：害怕、气愤，进而体味诗中讥刺。

苏辙在《诗病五事》里说，"事不接，文不属，如连山断岭，虽相去绝远，而气象联络，观者知其脉理之通"，是"为文之高致"。所谓"事不接，文不属"，就是大幅度的跳跃。《催租行》所叙之事颇具戏剧性，戏剧性是通过跳跃来完成的。"里正"耍无赖要"营醉"，农夫心知其意便以钱堵其口。"要酒"与"讹钱"之间的联系在诗中并没有完全叙述出来，这就是"不接""不属"；读者根据社会经验将"事"连接起来之后，便会豁然明白诗歌的"气象联络"，从而将诗歌贯通为一，将"断岭""完形"为起伏连绵的群山。人物语言的跳跃是以社会生活的逻辑为基础的。只有从人物语言背后发掘出所隐含的社会生活，我们才能真切体会所叙之事的情味来。

人物语言是叙事诗的一个显著特征，对诗歌叙事具有重要作用，但这并不表明叙事诗必须有人物语言。中国古代叙事诗中的一些名篇没有人物语言，但其仍不失为成功之作。这样的作品前有汉乐府民歌《平陵东》，后有白居易的《长恨歌》等。

《平陵东》叙写一贫民被劫之事。"平陵"是汉昭帝之墓，在长安西北七十里，就在这森森皇陵之下，却发生了绑架贫民、敲诈钱财的强盗行径：

> 平陵东，松柏桐，
> 不知何人劫义公。

"不知"二字颇耐人寻味。从下文"心中恻"一语可以看出，叙事者是位能明了人物内心秘密的全知叙事者,这里却说"不知",实际上是为了营造讽刺效果。按常理,抢劫财物的人一般是为生活所迫而去抢劫富有者,而本诗中的故事恰恰相反。自称"不知"的叙事者在"劫义公,在高堂下"两句中透露出,绑架别人的人有"高堂"可居,显然不是贫民。绑架的目的是"交钱百万两走马",为了勒索钱财,而被绑架者是什么身份呢?

两走马,亦诚难,顾见追吏心中恻。
心中恻,血出漉,归告我家卖黄犊。

身居"高堂"的抢人者深知敲诈人的妙策,先把口张得大大的:一定要交钱百万和两匹好马方能活命!被劫者说:别说钱百万,就是两匹好马也很难办到。"亦诚难"中的"亦"字最值得注意,它提示我们去想象"高堂"中的敲诈场景。抢劫者好像发了善心,降低了条件,说实在不好办就饶了那百万钱吧,不过两匹好马一定要及时送来!被劫者还想苦苦哀求,但一看到"追吏"——"高堂"主人的一班打手的凶神恶煞相,强忍心痛答应了,答应是答应了,可怎么能弄到两匹好马呢?他想到了家中的小黄牛。从"血出漉"三字看,这头小黄牛大概是他家的命根子了,否则不会伤心沥血。故事的结果我们可以想象:被劫者忍痛卖了黄牛赎身,免去一场灾难;但被劫者今后的日子如何度过,只好由读者去联想了。读完全诗,我们才真正体会出叙事者自称"不知"的妙处来:身居高堂的贵人竟然逼迫贫民倾家荡产来赎身,真"不知"抢劫人者是不是人,所干的又是什么事!

白居易的《长恨歌》是千古传诵的名篇,有关本诗的主题可谓众说纷纭，总体上可概括为三种：政治讽喻、歌颂爱情以及讽喻加歌颂。笔者以为本诗的主题是复杂多重的，既有政治讽喻，又有对李、杨爱情的歌颂。这里我们尝试着从叙述学的角度，发掘一下该诗复杂主题产生的根源。

从总体上来说，《长恨歌》采用了全知视角、以事件为中心的结构。诗歌开篇"汉皇重色思倾国，御宇多年求不得"两句已将这一点表明。"汉皇"是叙事者对唐玄宗李隆基的代称，"思"是玄宗的内心秘密，叙事者能够知晓，表明他是全知的。"杨家有女初长成，养在深闺人未识"也表明叙事者的全知能力，一般人不能识而他却能识。全诗的主体结构便是"汉皇"与"杨家之女"之间的情事，一个"求不得"，一个"人未识"，两人之间虽未相见，但联系已经发生。诗歌下文便大肆渲染李、杨相见后的炽热感情：

  云鬓花颜金步摇，芙蓉帐暖度春宵。
  春宵苦短日高起，从此君王不早朝。
  承欢侍宴无闲暇，春从春游夜专夜。
  后宫佳丽三千人，三千宠爱在一身。
  金屋妆成娇侍夜，玉楼宴罢醉和春。
  姊妹弟兄皆列土，可怜光彩生门户。
  遂令天下父母心，不重生男重生女。
  骊宫高处入青云，仙乐风飘处处闻。
  缓歌慢舞凝丝竹，尽日君王看不足。

叙事者充分发挥了全知全能的便利性，对玄宗、玉环的宫闱之事知之甚详，叙之甚多，如李、杨二人的卧具"芙蓉帐"，二人如胶似漆感情的表征"春宵苦短""君王不早朝""君王尽日看不足"等。叙事者还明白"天下父母""不重生男重生女"的反常心理。诗歌所叙的内容主要是李、杨二人之间的缠绵柔情。这种全知视角、以故事为中心的结构一直延伸下去，直到"花钿委地无人收，翠翘金雀玉搔头"这两句之后，主角杨玉环因马嵬坡兵变被勒死后故事只剩下李隆基，接下来的叙述开始围绕李隆基这一人物展开，这就是说故事的结构由事件转化为人物；从视角来说，诗歌由全知不自觉地转向有限，即让李隆基充当视角人物，开始叙述李隆基眼中的世界。结构和视角的转化集中体现在这两句诗中：

> 君王掩面救不得，回看血泪相和流。

"君王"即玄宗，"回看"字面上是回头看到杨玉环的悲惨下场，从今天的叙述学意义上来理解，则是视角转换的标志。诗歌下文多写视觉意象，并多次出现"见""不见""相顾""对此"等表示视觉的字眼：

> 黄埃散漫风萧索，云栈萦纡登剑阁。
> 峨嵋山下少人行，旌旗无光日色薄。
> 蜀江水碧蜀山青，圣主朝朝暮暮情。
> 行宫见月伤心色，夜雨闻铃肠断声。
> 天旋地转回龙驭，到此踌躇不能去。
> 马嵬坡下泥土中，不见玉颜空死处。
> 君臣相顾尽沾衣，东望都门信马归。

> 归来池苑皆依旧，太液芙蓉未央柳。
> 芙蓉如面柳如眉，对此如何不泪垂。

如果说上文是写作为君王的李隆基的话，这一段的叙述则更像写一位失去爱人的普通人，因为帝王的豪奢只有李隆基才能拥有，而一般的丧亲之痛则更为普遍。诗歌采用全知视角，以李、杨之事为结构的时候，无疑包含着对两人奢侈生活、罔顾国家政事的批评，如"从此君王不早朝""姊妹弟兄皆列土"二句。"渔阳鼙鼓动地来，惊破霓裳羽衣曲"两句中用动地震天的渔阳鼙鼓与柔情似水的霓裳羽衣曲作对比，讽刺意味尤为明显。但诗歌在转换视角和结构后，转笔叙写李隆基眼中的悲惨景象以刻画其内心的痛苦，对人物倾注了深切的同情。诗歌又大肆渲染李对杨的无尽思念，不能不使人们感到李对杨的感情已摆脱了帝王对妃子的一般宠爱，而上升到了人类普遍的爱情：

> 春风桃李花开日，秋雨梧桐叶落时。
> 西宫南内多秋草，落叶满阶红不扫。
> 梨园弟子白发新，椒房阿监青娥老。
> 夕殿萤飞思悄然，孤灯挑尽未成眠。
> 迟迟钟鼓初长夜，耿耿星河欲曙天。
> 鸳鸯瓦冷霜华重，翡翠衾寒谁与共。
> 悠悠生死别经年，魂魄不曾来入梦。

这种相思之苦、之切，绝不是一般的宠爱与被宠的帝妃关系，而是有着灵魂上的沟通与契合。

第二章 视角与结构

在多方位地叙写玄宗的"辗转思"后,方士殷勤觅玉环的故事情节又转换为全知视角。值得注意的是,方士"上穷碧落下黄泉",最终在海上仙山找到杨玉环后,诗歌的视角和结构马上发生了变化。我们不妨来品味一下:

  含情凝睇谢君王,一别音容两渺茫。
  昭阳殿里恩爱绝,蓬莱宫中日月长。
  回头下望人寰处,不见长安见尘雾。

道士见到杨玉环后,诗歌对杨玉环的描述有六句诗:"云鬓半偏新睡觉,花冠不整下堂来。风吹仙袂飘飘举,犹似霓裳羽衣舞。玉容寂寞泪阑干,梨花一枝春带雨。"这可以看作通过道士的眼睛写杨玉环之容貌;而"含情凝睇谢君王"中的"谢君王"三字,则表明是杨玉环的举动,"一别"显然是指自己与玄宗相别,"两渺茫"是说自己与玄宗一样思念对方而不得相见。下面的四句大意是你在昭阳殿里忍受孤独,我在蓬莱宫中苦熬寂寞;我从山上回头向人间张望时,只能看见一片尘雾,连长安的影子也看不见,更不要说看到你了。这显然是对杨玉环心理活动的猜想。诗歌下文基本上都可以看作是杨玉环与道士告别时对道士的叮嘱:

  惟将旧物表深情,钿合金钗寄将去。
  钗留一股合一扇,钗擘黄金合分钿。
  但教心似金钿坚,天上人间会相见。
  临别殷勤重寄词,词中有誓两心知。

> 七月七日长生殿，夜半无人私语时。
> 在天愿作比翼鸟，在地愿为连理枝。

"临别殷勤重寄词"一句中的"重"字表明，上面六句是"寄词"，下面的内容也是"寄词"。令人感兴趣的是，诗歌在处理"寄词"时没有运用人物对话的形式，而是运用了转述的方式，即将"对话语言"转化为"转述语言"。转述之后造成的效果便是语言的心理活动化，即语言不再是对话，而是对人物心理活动的描述。

总之，《长恨歌》的视角和结构发生了四次转化：开头部分写李、杨炽情，运用全知视角以故事为中心的结构；马嵬坡兵变后则转换为有限视角以人物为中心的结构，通过描写李隆基眼中的世界来展现他内心对杨玉环的深切思念；"道士觅玉环"一节是全知视角以事件为中心的结构；道士找到玉环，让玉环重新亮相后马上又转为以玉环为视角的有限视角，叙写杨玉环的心理活动，表达她对李隆基的无限相思。

当代叙事学的研究表明，叙事作品中的视点人物常常是受到同情的，视点人物常常会不自觉地牵引读者的道德态度。华莱士·马丁在《当代叙事学》一书中指出，"一般说来，我们的同情是被那些我们了解其思想的人唤起的"①。视点人物是引导读者进入作品世界的向导，他们的思想在作品中首先被展示出来，并且比一般人物展示得详尽，故而最容易引起读者的注意。反观《长恨歌》我们就会发现，当诗歌运用全知视角写李、杨之事时，我们会对人物的行为抱一种比较客观的评判态度。因此，李隆基"从此不早朝"的贪恋，杨玉环"姊妹弟

---

① 转引自陶东风：《文体演变及其文化意味》，云南人民出版社，1994，第137页。

兄皆列土"的显赫，我们常常会理解为是对他们荒唐行为的讽刺，而不是对他们深情的赞颂；但是诗歌分别让李隆基和杨玉环充当视角人物后，我们不自觉地便走进了他们的心灵世界，不自觉地随其观而观，随其思而思，随其感而感，一句话，我们的阅读是在视角人物的牵引下进行的。这样一来，我们不自觉地便会放弃对人物的讽刺和批判，转而对他们寄予深切的同情。

由此可见，《长恨歌》复杂而矛盾的主题主要是由诗歌本身的视角和结构的不统一造成的。这表明白居易在创作这首诗作时，并没有单一而清晰的立场，他的心情是矛盾而复杂的。我们今天的不少文学史研究著作在进行作品分析时，自觉或不自觉地遵循着"通过……""反映……""表现了……"这一思路。这样的分析方式存在着一个假设：作家创作时的思想或态度一定是明晰的，今天的分析一定是能够准确概括的，有关作品主题的争执大都根源于这种研究方法和思维方式。文学史上不是没有这样的现象，突出的如白居易的讽喻诗，白居易明确地"首句标其目，卒章显其志"①，创作目的、意图、思想和态度都十分明确，因此这样的作品几乎从未出现过主题的歧义。然而这只是文学史上的一个极端的现象，大量的作品，特别是那些艺术成就高的作品，从来就没有如此单一、明确过。这或许是《长恨歌》带给我们的启示。

赵翼的《瓯北诗话》以史家的眼光考证《长恨歌》的事实，认为：

> 惟方士访至蓬莱，得妃密语、归报上皇一节，此盖时俗

---

① 白居易：《新乐府·序》。

讹传，本非实事。……特一时俚俗传闻，易于耸听，香山竟为诗以实之，遂成千古耳。①

赵氏的考证是有说服力的，不过他认为白居易作《长恨歌》"为诗以实之"，对方士访蓬莱的讹传负有历史责任，则非公允之词，暴露出中国古代"以史衡诗"的思维习惯。白氏此作的本意并非"以诗传史"。

既写帝妃之间的恋情，又有明确的"以诗传史"之目的，所叙历史事实又经得起严密考证的，是吴伟业的《永和宫词》与《清凉山赞佛诗四首》。

人尽皆知，恋爱如果只是一方对另一方的"两角"，问题就会简单得多；如果冒出个第三者成为"三角"，那么事情就会成倍复杂。《永和宫词》同样写帝妃之情，却比《长恨歌》多出了一个"第三者"——周皇后，使全诗的人物关系变成崇祯帝—田贵妃、崇祯帝—周皇后、田贵妃—周皇后这三对矛盾。诗歌的结构也有独特之处：前半部分基本上遵循田贵妃得宠、恃宠、失宠、重欢、病亡这一顺序展开，其外在形态表现为时间上的先后；在叙述田贵妃身后事件的时候，则打破了时间的逻辑，而表现为空间的并陈，具体表现为以下五件事并列：

①**崇祯之死**。通过与田贵妃"黄泉相见"来叙出："穷泉相见痛仓黄，还向官家问永王。"

②**田贵妃之父田弘遇之死**。通过与现存国戚和已死的田妃爱子的对比叙出："自古豪华如转毂，武安若在忧家族。爱子虽添北渚愁，外

---

① 赵翼著，霍松林、胡主佑校点：《瓯北诗话》，人民文学出版社，1963，第42—43页。

家已葬骊山足。""武安""外家"均指田弘遇,"忧家族"指北京陷落后皇亲国戚大受农民军的掳掠,"爱子"指田妃死亡的少子。

③**周皇后之死**。通过交代其他嫔妃一同叙出:"汉家伏后知同恨,止少当年一贵人。""汉家伏后"代指周皇后,"一贵人"指自缢而复苏的袁贵妃。

④**安葬崇祯帝之后**。通过景象描写来暗示:"碧殿凄凉新木拱,行人尚识昭仪家。麦饭冬青问茂陵,斜阳蔓草埋残垅。"

⑤**弘光政权的建立**。也通过景象描述来暗示:"昭丘松槚北风哀,南内春深拥夜来。""北风哀"指北京陷落,"南内春深"指南都(即南京)立新君。

《清凉山赞佛诗四首》写顺治帝、董鄂妃的恋情,由于诗写得颇为扑朔迷离,清初三大疑案之一——顺治帝是否出家,便经常以吴诗为立论的依据之一。实际上该诗并没有认定顺治帝出家。该诗在结构上的独特之处在于用组诗共叙一事。

中国古代用同题组诗来叙事的做法,最引人注意的大概是杜甫的《羌村三首》。该组诗与《北征》作于同时,内容上可以互相参证。第一首叙述还家时"妻孥怪我在,惊定还拭泪"的情景,邻居们也来看望他。第二首叙述"还家少欢趣",其中"娇儿不离膝,畏我复却去"这一细节颇为生动。第三首叙述父老四五人,携酒相访,概话"兵戈既未息,儿童尽东征"。三首诗所叙之事构成了一个完整的整体。不过该诗采用的是有限视角,视角人物是第一首中"归客千里至"句的"归客",实即作者本人。

吴伟业《避乱六首》也采用第一人称有限视角,从忧乱开始,依次叙述避乱的准备、经过,以及在避乱之所的见闻,首尾贯通,六首诗共叙一事。所叙内容与吴诗的五言长篇《矾清湖（并序）》一诗的前半部基本一致，正如《羌村三首》之于《北征》。

《清凉山赞佛诗四首》在采用组诗形式的同时，又运用了全知视角，这在该诗之前是少有的。第一首诗叙述顺治与董鄂妃的深情。史载顺治帝遇到董鄂妃后，尽改以前的荡习，情有独钟，爱笃情痴，堪称一奇迹。诗歌在叙述董鄂妃倍受顺治帝的宠爱后，由侧面烘托转入到两人的正面描写：

携手忽太息，乐极生微哀：
千秋终寂寞，此日谁追陪？

顺治帝在一次宴饮欢娱之时，走出宫门，面对新月、宫槐，忽然拉住董鄂妃的手发出长叹：今朝乐则乐矣，百年之后你还会再陪伴我吗？这个"微哀"表明顺治帝希望生生世世和董鄂妃长相厮守。董鄂妃答曰：

陛下寿万年，妾命如尘埃。
愿共南山椁，长奉西宫杯。

帝妃两人的宫外肺腑之言被侍臣们听到了。"侧听私惊猜"的"披香淖博士"先来安慰：

今日乐方乐，斯语胡为哉？

紧接着一位侍卫又上来说了一些滑稽诙谐之辞来劝慰,最后说:

> 熏炉拂黼帐,白露零苍苔。
> 吾王慎玉体,对酒毋伤怀。

诗歌在繁盛豪奢的铺陈之后突然叙写帝妃伤怀,是两人之情难以长久的不祥预兆。

诗歌第二首果然写到董鄂妃青春早逝,顺治帝不胜哀痛:

> 伤怀惊凉风,深宫鸣蟋蟀。
> 严霜被琼树,芙蓉凋素质。
> 可怜千里草,萎落无颜色。

董鄂妃原本病弱,加上爱子百日而殇,年仅22岁即逝。顺治帝悲痛欲绝,人们不得不昼夜看守他,以防其自杀。史载顺治帝对董鄂妃进行了极为隆重的祭葬。吴诗对祭葬之礼叙述甚详。"小臣助长号,赐衣或一袭。只愁许史辈,急泪难时得"几句十分传神。一些小臣、宫人未必真的悲伤,董妃生前的敌手说不定还暗自庆幸。但迫于皇上的压力,不得不放声大哭,以"助"震天之号,用力挤出的眼泪时断时续,断时还须赶忙再挤。

吴诗正面写到顺治帝的悲痛:

> 尚方列珍膳,天厨供玉粒。
> 官家未解菜,对案不能食。

他还令高僧茚溪森主持葬礼，在景山建立水陆道场；令茚溪森主持火化仪式，自己亲临寿椿殿为谥封为端敬皇后的董鄂氏收灵骨。"南望仓舒坟，掩面添凄恻"二句催人泪下。"仓舒"为幼时夭折的曹冲之字，此代指百日而夭的董妃爱子荣亲王。顺治帝于爱妃下葬之日自然肝胆欲裂，因爱妃又想到他们的儿子，南望爱子之坟，当然更加悲痛欲绝了。顺治帝再也难以忍受痛苦的折磨了，他"戒言秣我马"，决意"遨游凌八极"。

紧承第二首的第三首，便写顺治帝游五台山，凸现"清凉山赞佛"之事：

八极何茫茫，日往清凉山。

顺治帝因身体极坏而早有出家为僧之念，甚至还让茚溪森为他剃过发，后在高僧玉林琇的苦谏下断了此心，在董鄂氏死后不久也因身染天花而亡。孟森先生对此有过精详考证。吴诗叙述顺治到五台山之后遇一"天人"，该人"寄语汉皇帝，何苦留人间"。以下几句语意颇为含混，是神游还是亲往殊难断定，为后世疑案留下话柄。诗歌的第四首叙事中断，大讲佛理，倡言以佛境了却一切烦忧。

四首诗联系起来，所叙顺治帝与董鄂妃的爱情故事颇为完整。四首诗皆为44句，每首一韵，平仄互换，第一、二、三首还运用了蝉联之法，增强了各首之间的联系。

总的说来，中国古代的叙事诗大都为"叙述事件"的诗歌，情节完整、冲突激烈的作品为数不多。即使叙述战争，也很少专注于战场血腥的描述。正由此故，张维屏的《三元里》一诗就显得颇为突出。

第二章 视角与结构

1841年5月,英国侵略者攻占广州门户泥城和四方炮台,奕山请降。当英军骚扰掳掠经过广州城北的三元里村时,三元里附近103个乡的村民们高举"平英团"大旗,自发组织起来与英军战斗。村民们将敌人诱至牛栏冈一带,埋伏的村民们一齐杀出,痛打侵略者。诗歌首先描述村民们的阵势和声威:

> 三元里前声若雷,千众万众同时来。
> 因义生愤愤生勇,乡民合力强徒摧。
> 家室田庐须保卫,不待鼓声群作气。
> 妇女齐心亦健儿,犁锄在手皆兵器。
> 乡分远近旗斑斓,什队百队沿溪山。

诗歌先声夺人,以"声若雷"统领全篇;然后由声及人,叙述村民队伍的组成,连妇女也上了阵。他们手中并没有什么像样的武器,而是农耕用的犁锄。队伍漫山遍野,层层叠叠,声势浩大。这样的场面的确罕见。面对这种阵势,手持洋枪的侵略者被吓呆了,一场殊死搏斗开始了:

> 众夷相视忽变色,黑旗死仗难生还。
> 夷兵所恃惟枪炮,人心合处天心到。
> 晴空骤雨忽倾盆,凶夷无所施其暴。
> 岂特火器无所施,夷足不惯行滑泥。
> 下者田塍苦踟躅,高者冈阜愁颠挤。

三元里前，云旗相连。地上的人声唤来了天上的雷声，一时间天地轰鸣，狂风四起，暴雨倾盆。于是，敌人的枪炮哑了火，难以发挥效用。要跑？牛栏冈的烂泥紧紧地咬住他们粗笨的牛皮鞋，侵略者一下子难以抬腿，前仰后翻，于是弃炮扔枪，四处乱挤。这时诗歌还出现了一个特写镜头：

中有夷酋貌尤丑，象皮作甲裹身厚。
一戈已揕长狄喉，十日犹悬郫支首。

一个原本就十分丑陋的侵略者的面孔被吓得变了形后显得更加难看，他身上的厚皮甲也救不了他，一支长矛刺中他的咽喉，他的脑袋被割了下来。其他的敌人"纷然欲遁无双翅"，只能束手待毙了。

正当村民们乘胜追歼的时候，英军统率义律向奕山求救，奕山命广州知府余保纯用威吓、欺骗的手段驱散村民，放走了侵略者。诗歌用讥讽的笔法写道：

不解何由巨网开，枯鱼竟得攸然逝。
魏绛和戎且解忧，风人慷慨赋同仇。
如何全盛金瓯日，却类金缯岁币谋。

魏绛即春秋时晋大夫魏庄子，力主与戎族和好，认为和戎有五利，意见为晋悼公采纳，从而保证了晋国国势的强盛，事具《左传·襄公四年》。诗人这里反用其事，谓与英议和只顾眼前之忧，却无益于国事；一味地向敌人让步，无异于向外敌缴纳"金缯岁币"以求和的北宋。诗人以"风人"自居,以"修我戈矛,与子同仇"相励,反对让步求和。总的说来,《三元里》对战斗场面和经过的描述颇为详尽,叙述得生动形象,在中国古代叙事诗中可谓别具一格。

三、有限视角发生转换的叙事模式

有限视角就是将视角限制在作品中的某一人物身上,让该人物充当叙事者进行叙述。中国古代叙事诗中最常见的是第一人称有限视角,常常以第一人称的"我"作为叙事者。"我"有时候就是作者本人,有时候不是。我们这里不讨论有限视角的一般情况,而要研究古代叙事诗中一种相当普遍的叙述方式,又因为它的普遍性,故称为"叙述模式"。

简单说来,这种叙述模式一般先以"我"作为叙事者进行叙述,在适当的时候则让"我"所遇见的另一人作为视角人物展开叙述,而且转换之后的叙述者所叙的内容,构成全诗的内容主体。为了更清楚地说明这一模式,我们首先比较以下两首诗。

三国时王粲的《七哀诗》三首之一叙述"西京乱无象,豺虎方遘患"的大乱时节,作者初离长安前往荆州,"亲戚对我悲,朋友相追攀"。"我"与亲友告别上路后,"出门无所见,白骨蔽平原"。这时"我"遇见"路有饥妇人,抱子弃草间。顾闻号泣声,挥涕独不还"。妇人将孩子扔于路边草丛,不顾孩子的啼号挥泪而去,这一举动引得"我"上前盘问究竟。"未知身死处,何能两相完?"是妇人的回答,意为在战乱中实在顾不得孩子了:

驱马弃之去,不忍听此言。

> 南登霸陵岸，回首望长安。
> 悟彼下泉人，喟然伤心肝。

全诗自始至终以"我"作为叙事者。诗中"饥妇人"的两句话"未知身死处，何能两相完"是根据下文"不忍听此言"推测出来的，诗中省去了"我"问、"妇"答这样的叙述。这两句话的内容是"我"这位叙述者所叙之事中的一小部分，即全诗只有"我"遇"饥妇人"一件事。

阮瑀的《驾出北郭门行》与此不同。且看原诗：

> 驾出北郭门，马樊不肯驰。
> 下车步踟蹰，仰折枯杨枝。
> 顾闻丘林中，噭噭有悲啼。

诗歌没有点出叙事者，但很明显是第一人称"我"。"我"出了北郭门突然听到"丘林中"有噭噭悲啼之声，禁不住向前叩问：

> 借问啼者出：何为乃如斯？

此后，诗歌的下文主要由"啼者"的回答构成：

> 亲母舍我殁，后母憎孤儿。
> 饥寒无衣食，举动鞭捶施。
> 骨消肌肉尽，体若枯树皮。

> 藏我空室中，父还不能知。
> 上冢察故处，存亡永别离。
> 亲母何可见？泪下声正嘶。
> 弃我于此间，穷厄岂有赀？

"啼者"亲娘死后，饱受后母虐待，悲痛之余，跑到亲娘的坟上哭诉。从篇幅比重上来说，这部分占全诗的大半；从事件上来说，开篇几句只是个引子，孤儿在"我"的询问下哭诉原委才是诗的主体，这一段话的功能大不同于上论《七哀诗》中"饥妇人"的两句话。全诗的内容可以概括为"我"遇孤儿，听孤儿哭诉身世之苦。诗歌结尾"传告后代人，以此为明规"是"我"的议论。

总之，《驾出北郭门行》一诗先由"我"充当视角人物，但迅速转换为由"啼者"充当；"啼者"担任视角人物后的哭诉构成全诗的主要内容。这种"A遇B，听B诉说"的叙事结构在后代十分流行。

唐代杜甫有几首名篇都运用了这一结构。先看《石壕吏》。《石壕吏》开头从"暮投石壕村，有吏夜捉人"到"吏呼一何怒，妇啼一何苦"是"我"的所见所闻，"听妇前致词"一句在全诗的叙事结构中起着转折作用，以下至"犹得备晨炊"共13句是老妇对征兵吏的回话，以老妇为视角人物叙述了她一家在连年征战中的不幸遭遇。结尾处"天明登前途，独与老翁别"又是"我"的叙述。

《潼关吏》与此相似。"借问潼关吏"之前的4句是"我"的叙述，"要我下马行，为我指山隅"二句将视角转换到潼关吏身上，"连云列战格……"以下8句便是潼关吏的叙述。

《兵车行》更为突出。从"车辚辚"开始的6句是第一位叙述者的叙述，这位叙事者即第8句"道旁过者问行人"中的"道旁过者"，即杜甫本人。第9句"行人但云点行频"将视角转换为"行人"，即被征的兵士，以下全是第二位叙事者的叙述，共27句，涉及内容十分广泛，全面展示了"武皇开边意未已"造成的"千村万落生荆杞"的社会现实，以及唐王朝仍执迷不悟，继续催租、抓丁的穷兵黩武之举。

白居易的讽喻叙事诗也较多地运用了这种结构模式。《新乐府》50首的第7首《上阳白发人》前8句介绍"上阳白发人""入时十六今六十"的身世，然后让这位"残存者"详尽地诉说自己被选入宫的生平遭际。她先忆叙初入宫时的情况：

　　忆昔吞悲别亲族，扶入车中不教哭。
　　皆云入内便承恩，脸似芙蓉胸似玉。
　　未容君王得见面，已被杨妃遥侧目。
　　妒令潜配上阳宫，一生遂向空房宿。

这位16岁的妙龄姑娘因貌美被官家选中，她的家人还安慰她说是平步青云的福分。不料她连皇帝的面也没有见着，便被暗中发配到了上阳宫，于是开始了上阳宫的寂寞煎熬岁月：

　　宿空房，秋夜长，夜长无寐天不明。
　　耿耿残灯背壁影，萧萧暗雨打窗声。

在上阳宫中"春往秋来不记年"，只知道宫中明月"东西四五百回圆"。陈寅恪推论：上阳宫人入宫的45年当中，共约556望；除去阴雨暗夕，上阳宫人之获见月圆次数，亦不过四五百回。月生于东而没于西，诗中言"东西"者，"盖隐含上阳宫人自夕至旦通宵不寐之意也"。[①] 与这位宫人"同时采择百余人"，只有她自己"零落年深残此身"。绝大多数青春女子在寂寞幽禁中早逝了。"今日宫中年最老，大家遥赐尚书号。""大家"是自汉至唐宫中习称天子之语，唐代沿袭前代，宫中也有女尚书之号。这位老宫女身在洛阳的上阳宫，当时皇帝从长安授以此衔，故曰"遥赐"。在宫中饱受数十年幽闭之苦，垂暮之年博得这个虚名，真不知比那些早逝的宫女是幸运还是忍受了更多的不幸！由于在宫中时间太久，与世隔绝，外面的时尚早已大变了：

> 小头鞋履窄衣裳，青黛点眉眉细长。
> 外人不见见应笑，天宝末年时世妆。

天宝年间（742—756）妇人衿袖窄小，但贞元末年（805）妇人装尚宽大。白诗用这一细节突出上阳宫与世隔绝的非人生活。

诗歌的最后几句是诗人的慨叹："上阳人，苦最多。少亦苦，老亦苦，少苦老苦两如何？君不见，昔时吕向《美人赋》，又不见，今日上阳白发歌！"所谓"卒章显志"。

《上阳白发人》是白居易和李绅之作，白居易曾奏谏释放后宫宫人。《资治通鉴》卷二三七《唐纪·宪宗纪》载白居易言此事，并系之于元和四年（809）三月之末。李绅与白居易当然都无缘擅入宫禁之内，故无法听"上阳白发人"诉说。诗歌通过艺术手法——转换视角，

[①] 陈寅恪：《元白诗笺证稿》，上海古籍出版社，1978，第164—165页。

让老宫女亲诉经历,大大增强了事件的真实性和感人性。

白居易的《新丰折臂翁》将转换视角的叙述模式运用得更典型。诗歌开头云:

> 新丰老翁八十八,头鬓眉须皆似雪。
> 玄孙扶向店前行,左臂凭肩右臂折。

这是叙事者 A 对"新丰折臂翁"的描述。"右臂折"引人发问:

> 问翁臂折来几年?兼问致折何因缘?

"问翁"的主语即叙事者 A。以下近 40 句全是老翁的回答:

> 翁云贯属新丰县,生逢圣代无征战。
> 惯听梨园歌管声,不识旗枪与弓箭。
> 无何天宝大征兵,户有三丁点一丁。

> 皆云前后征蛮者,千万人行无一回。
> 是时翁年二十四,兵部牒中有名字。
> 夜深不敢使人知,偷将大石锤折臂。
> 张弓簸旗俱不堪,从兹始免征云南。

天宝年间,云南太守张虔陀因侮辱、勒索西南少数民族领袖而被杀,唐军前去攻打叛乱的少数民族而全军覆没。时相杨国忠隐瞒唐军失败的消息,反向玄宗报捷,并派御史分道捕捉壮丁,枷锁强行入伍。前后几次战役,唐军死亡近 20 万人。"新丰翁"为躲避战争而偷偷用大石槌将自己的右臂砸断。

> 骨碎筋伤非不苦,且图拣退归乡土。
> 此臂折来六十年,一肢虽废一身全。
> 至今风雨阴寒夜,直到天明痛不眠。
> 痛不眠,终不悔,且喜老身今独在。
> 不然当时泸水头,身死魂飞骨不收。
> 应作云南望乡鬼,万人冢上哭呦呦。

"新丰翁"自残右臂虽然躲过了战争,但 60 年来一遇风雨时节废臂便痛得彻夜难眠;虽然痛苦也不后悔,因为痛苦不仅换来了身全、身独在,更重要的是免做了死于异乡的望乡鬼,那万人冢上众鬼望乡而哭的痛苦,不比右臂伤残的痛苦要大得多吗?这一诉说对封建战争的残酷揭露多么深刻!

该诗题下小序是"戒边功也"。为了深化此意,叙事者 A 在听完叙事者 B 的诉说后发出了议论:

> 老人言,君听取,
> 君不闻,开元宰相宋开府,
> 不赏边功防黩武。
> 又不闻,天宝宰相杨国忠,
> 欲求恩幸立边功。
> 边功未立生人怨,请问新丰折臂翁。

陈寅恪评该诗为"乐天极工之作","其气势若常山之蛇,首尾回环救应,则尤非他篇所可及也"。① 陈先生还指出了该诗的影响:

> 后来微之作《连昌宫词》,恐亦依约摹仿此篇。盖《连昌宫词》假宫边老人之言,以抒写开元、天宝之治乱系于宰相之贤不肖及深戒用兵之意,实与此篇无不相同也。(此篇所写之折臂翁为新丰人。新丰即昭应县之本名,为华清宫之所在,是亦宫旁居民也)至《连昌宫词》以"连昌宫中满宫竹"起,以"努力庙谟休用兵"结,即合于乐天新乐府"首句标其目,卒章显其志"之体制,自更不待论矣。②

我们且看元稹《连昌宫词》的叙事结构。开篇 4 句为"余"之所见:

> 连昌宫中满宫竹,岁久无人森似束。
> 又有墙头千叶桃,风动落花红簌簌。

这是连昌宫的幽深衰败景象。第 5 句为全诗结构之关键:

> 宫边老翁为余泣:小年进食曾因入。
> 上皇正在望仙楼,太真同凭阑干立。

---

① 陈寅恪:《元白诗笺证稿》,上海古籍出版社,1978,第 175 页。
② 陈寅恪:《元白诗笺证稿》,上海古籍出版社,1978,第 175—176 页。

第二章　视角与结构

"余"见连昌宫之景象而发问,"宫边老翁"为"余"诉说连昌宫的昔盛今衰。以下从"小年进食曾因入"到"杨氏诸姨车斗风"共27句叙连昌宫昔日的繁华盛况;从"明年十月东都破"到"夜夜狐狸上门屋"共32句叙安禄山叛军攻破东都洛阳,连昌宫从此荒废;安史之乱后连昌宫长期关闭,玄宗之后的五位皇帝都不曾来此,直到元和十二年(817)使者奉皇帝之命来连昌宫砍竹子,在宫门开时老人跟进去看了一会儿。诗中多处运用昔盛今衰的对比。

叙述完连昌宫的昔盛今衰后,诗歌的结构做了一个小的波折:

> 我闻此语心骨悲,太平谁致乱者谁。

这一问句与全诗的主体结构是重合的,即A问B答。实际上不要这一问,诗歌照样可以继续叙述昔盛今衰的缘由,插入此问只不过是为了突出"太平谁致乱者谁"这一主题。

> 翁言野父何分别,耳闻眼见为君说。

以下共20句是对"太平谁致乱者谁"的回答。最后两句是叙事者A——"余"或"我"的议论:

> 老翁此意深望幸,努力庙谟休用兵。

元白讽喻诗中运用这一叙事模式的诗篇还有不少,白居易常采用设问的方式转换视角和叙事者,如《盐商妇》中"问尔因何得如此",《官牛》中的"朝载暮载将何用",《采地黄者》中的"采之将何用",等等,都发挥了这种功能。唐代叙事诗中运用这种叙事模式的名篇还有韦庄的《秦妇吟》。

《秦妇吟》较以上各诗,篇幅最长,结构也最复杂,但总体上仍运用了同样的叙事模式。诗歌开头写道:

> 中和癸卯春三月,洛阳城外花如雪。
> 东西南北路人绝,绿杨悄悄香尘灭。
> 路旁忽见如花人,独向绿杨阴下歌。

第5句"路旁忽见如花人"的主语即下文提到的"行人",即作者"我"。这几句是"我"的所见。见到"如花人"之后,视角马上进行了转换,转由"如花人"充当叙事者进行叙述。转换是这样完成的:

> 借问女郎何处来,含颦欲语声先咽。
> 回头敛袂谢行人,丧乱漂沦何堪说。
> 三年陷贼留秦地,依稀记得秦中事。
> 君能为妾解金鞍,妾亦与君停玉趾。
> 前年庚子腊月五,正闭金笼教鹦鹉。

"女郎"在"行人"的询问下,开始了对三年漂流沦落生活的叙述。广明元年(880)十二月,黄巢农民军攻占长安,"女郎"在战乱中饱受颠簸之苦,到中和癸卯(中和三年,883)春三月遇见"行人"。

这三年的经历十分曲折，见闻十分广泛。从"忽看门外起红尘，已见街中擂金鼓"起到"烟中大叫犹求救，梁上悬尸已作灰"共 64 句，叙述黄巢军占领长安后长安城的混乱情形，"家家流血如泉沸，处处冤声声动地"，并重点叙述了"东邻女""西邻女""南邻女""北邻少妇"各不同的悲惨结局，或被抓"学缝旗"，或被"斜袒半肩欲相耻"，或"女弟女兄同入井"，等等。"女郎"自己幸免一死，却落入"贼"手：

> 一从陷贼经三载，终日惊忧心胆碎。
> 夜卧千重剑戟围，朝飧一味人肝脍。

还有十几句对农民军将领的描绘，非亲历不能叙述得如此真切。"内库烧为锦绣灰，天街踏尽公卿骨"这二句是为人们所熟知的。

女郎逃出长安城后，看到"大道俱成棘子林"，"百万人家无一户"。值得注意的是，诗歌的视角又发生了变化：

> 路旁试问金天神，金天无语愁于人。

华岳神于先天元年（712）八月被唐玄宗封为金天王，故金天神指华山山神。诗中让金天神叙述他在战乱中的遭遇。如果我们把"行人"当作叙事者 A，"女郎"当作叙事者 B，"金天神"当作叙事者 C 的话，诗歌的结构已演化为：A 听 B 诉说，B 又听 C 诉说。金天神叙述战乱中庙里没有了"箫管"和"牺牲"，不得已只好派小鬼到各村里去"魔人"，以谋得些羹饭和香火度日。

"女郎"逃到河南后"如从地府到人间，顿觉时清天地闲"。这时候又出现了叙事者 D：

> 明朝又过新安东，路上乞浆逢一翁。
> 苍苍面带苔藓色，隐隐身藏蓬荻中。
> 问翁本是何乡曲，底事寒天霜露宿。
> 老翁暂起欲陈词，却坐支颐仰天哭。

以下从"乡园本贯东畿县，岁岁耕桑临近甸"开始到"朝饥山上寻蓬子，夜宿霜中卧荻花"共 20 句，是叙事者 D"老翁"的叙述，叙事结构转化为"B 听 D 诉说"。通过 D 之口，叙述出"自从洛下屯师旅"后当地农村所遭受的巨大破坏：因为"日夜巡兵入村坞"，到村庄后"入门下马若旋风，罄室倾囊如卷土"。老百姓家财被抢尽，骨肉分离，纷纷躲进深山以避兵祸。

从"妾闻此父伤心语，竟日阑干泪如雨"开始，诗歌的视角又转回到"女郎"。"仍闻汴路舟车绝，又道彭门自相杀"，通过女郎的耳闻，叙述徐州（又称彭城郡，故诗称"彭门"）一带藩镇间为了争权夺利，士兵自相残杀，以致"河津半是冤人血"。在诗歌结尾处，视角再次发生了转换：

> 适闻有客金陵至，见说江南风景异。
> 自从大寇犯中原，戎马不曾生四鄙。
> 诛锄窃盗若神功，惠爱生灵如赤子。
> 城壕固护教金汤，赋税如云送军垒。

第二章　视角与结构

诗歌这 8 句是"金陵客"——叙事者 E 的叙述,所叙内容是江南地区在战乱中的情形。诗歌最后 6 句又是"女郎"的慨叹,"愿君举棹东复东,咏此长歌献相公"点明该诗是为了投献镇海节度使同平章事衔的周宝。

总之,《秦妇吟》的主体结构是"A 遇 B,听 B 诉说";它的复杂处在于 B 的诉说中又包含了 B 听 C 诉说,B 听 D 诉说,B 听 E 诉说。诗歌正是通过视角的多次转换,在有限的篇幅中容纳了庞杂的内容。诗歌写了三年战乱中,长安城内、黄巢军中、洛阳城外、中原农村、江南地区的情形,涉及空间区域十分广泛。如果不使用视角转换的方法,要完成广大地区以至神世人间的畛域相接,大概是很难做到的。

行文至此我们不禁要问:转换视角的叙事模式何以会在唐代广泛运用?这种模式与表达意旨有何联系?陈寅恪先生论及《连昌宫词》一诗时曾说:

> 元微之《连昌宫词》实深受白乐天、陈鸿《长恨歌》及《传》之影响,合并融化唐代小说之史才、诗笔、议论为一体而成。[1]

这一见解十分精到。唐代有这样一种文学现象:当以元、白为首的新乐府诗人活跃诗坛时,也正是另一叙事文学样式唐传奇取得长足进展和辉煌成就的时期。元、白二人皆与唐传奇有不解之缘:《长恨歌》与陈鸿的《长恨歌传》紧密相联,陈寅恪先生曾指出"陈氏之《长恨歌传》与白氏之《长恨歌》非通常序文与本诗之关系,而为一不可

---

[1] 陈寅恪:《元白诗笺证稿》,上海古籍出版社,1978,第 61 页。

分离之共同机构"。元稹本人就是传奇作家，其《莺莺传》是传奇名篇。

与传奇的渊源史传不同，唐传奇在叙事结构上作出了重要发展。中国古代纪传体史籍在叙事上有三个特点：作者一般就是叙事者，通常采用全知视角，遵循事件发展的时间顺序。而唐传奇的新变则表现为：作者与叙事者分离，视角进行转换。下文以《长恨歌传》的作者陈鸿所作《东城老父传》为例来作一分析。

陈鸿是唐代文学家，长于史学，曾修《大统纪》三十卷，但《东城老父传》的叙述方式迥别于史书。《东城老父传》开头，叙事者以全知视角介绍"东城老父"贾昌：

老父，姓贾名昌，长安宣阳里人。开元元年癸丑生。元和庚寅岁，九十八年矣。视听不衰，言甚安徐，心力不耗，语太平事历历可听。

接下来按时间顺序，叙述贾昌以善于斗鸡而倍受皇帝恩宠，妻儿皆荣。安史之乱后，贾昌"变姓名，依于佛舍"；唐肃宗称帝后，贾昌遁息于长安佛寺。这一部分约占全文三分之二。

传奇的后半部分，视角发生了变化。变化是这样过渡的：

元和中，颍川陈鸿祖携友人出春明门，见竹柏森然，香烟闻于道，下马觐昌于塔下。听其言，忘日之暮。宿鸿祖于斋舍，话身之出处，皆有条贯。遂及王制。鸿祖问开元之理乱。昌曰："老人少时，以斗鸡求媚于上……"

以下至末尾是贾昌以"老人"的口吻对开元治乱的诉说，最后以"鸿祖默不敢应而去"一句结束全篇。这一结构与上论诸诗的结构是相似的。

值得注意的是开头部分对贾昌"视听不衰,言甚安徐,心力不耗,语太平事历历可听"的介绍;中间部分"听其言,忘日之暮。宿鸿祖于斋舍,话身之出处,皆有条贯"。这些叙述结合在一起表明,《东城老父传》前半部分三分之二的内容也出自贾昌之口。这从行文的语气也可以看出。如文中叙述贾昌举家皆显贵后说:

夫妇席宠四十年,恩泽不渝,岂不敏于伎,谨于心乎?
上生于乙酉鸡辰,使人朝服斗鸡,兆乱于太平矣。上心不悟。

这完全是贾昌的语气。因此,这部分也是贾昌的自述。该传奇之所以在中间插入一段"问开元之理乱"的话,犹如《连昌宫词》后半部分"我闻此语心骨悲,太平谁致乱者谁"的问语一样,旨在突出"理乱"的缘由。因此,无论从叙事结构上还是从作品主题上,《东城老父传》与《连昌宫词》都是完全一致的。

唐传奇中这种转换视角的叙事方式十分普遍。牛僧孺《玄怪录》中《张佐》一篇叙述者A只有开头一句话:"开元中,前进士张佐,尝为叔父言……"以下便是张佐——叙事者B的叙述。该传奇的复杂之处在于采用了视角层层递转的办法,不断由前一个叙述者转换为下一个叙述者。叙事者B张佐叙述他年少时曾在鄠杜郊行途中遇到一老父,他再三请求老父"赐言以广见闻",老父才勉强同意"以身所异者语子"。这位老父"姓申名宗",传奇以下便是申宗的叙述。叙述者C申宗叙述自己向长寿者请教长寿之术时,占梦者——叙述者D向申宗讲述了申宗的前生。这一部分所讲申宗前生的事迹约占全文的四分之三,是该传奇的重心。这样我们可将《张佐》的叙事结构概括为:A听B

叙述，B听C叙述，C听D叙述。这与《秦妇吟》的结构各尽其妙：《秦妇吟》的主体结构是A听B诉说，B听C、D、E诉说，为横向并陈；而《张佐》的叙事者则是由A到D纵向推进。两者在总体结构类似的情况下又各呈灵姿。

李复言《续玄怪录·杨敬真》的结构要简单得多。第一部分由叙事者A叙述杨敬真仙去及回归，从杨敬真回答县令"向何所去，今何所来"的问题开始，是杨敬真充当叙事者，对前文悬念进行一一回答。这一部分是全篇的重点。

唐传奇的这种转换视角的叙事结构，完全打破了时空界限。三百年、二百年间的事很容易联结在一起，仙界、冥府、人间畛域轻松地相接，事虽离奇万分，却又显得十分自然，因为光怪陆离的奇事全由当事人自己之口叙出，这些叙述者起到了见证人的作用：既然有确考时地、姓名的人亲自作证，文中所叙之事的真实性便不容怀疑。因此，唐传奇运用视角转换的方法的作用有两方面：一是增大容量，二是增强真实性。

增强真实性这一点对唐传奇尤为重要。长期充当子、史附庸的中国古代小说，其社会地位相当卑微。为了引人重视，唐传奇拼命地和一向备受尊崇的史学著作"套近乎"。许多传奇都模仿史传写法，比如传奇开头，要么像史传那样先点出人物的籍贯、姓名，如《南柯太守传》开篇曰"东平淳于棼，吴、楚游侠之士"；要么从确切的时间、地点讲起，如《枕中记》开头曰："开元七年，道士有吕翁者，得神仙术，行邯郸道中。"本来是荒诞离奇之事，这样煞有介事地介绍籍贯、时地乃至祖上，读者不由得不信之如同史书。传奇的结尾处也往往像史传那样加上赞论，以交代作文缘起或表明文必有据，事皆不诬。如

《谢小娥传》的作者李公佐论赞：

> 君子曰："誓志不舍，复父夫之仇，节也。佣保杂处，不知女人，贞也……"余备详前事，发明隐文，暗与冥会，符于人心。知善不录，非《春秋》之义也，故作传以旌美之。

这种方法在显示著文意图的同时，也表明所叙之事的真而不诬。

陈寅恪先生在《元白诗笺证稿》中曾论及中唐时期小说、散文、诗歌三种文体的交互影响，从以上所述叙事结构来看，中唐诗歌与传奇确有相通之处。包括杜诗在内，唐代叙事诗的主要意图都在于讽喻，讽喻诗必须做到"其事核而实"。因此，转换视角的叙事模式除与传奇交相影响之外，更重要的是服务于创作目的，即意旨。我们不妨以李商隐的《行次西郊作一百韵》为例再作一分析。

一提到李商隐，人们最容易想到的是他那些归趣难求的《无题》诗。《行次西郊作一百韵》这首叙事诗则不同，其结尾一段叙述意旨十分明确：

> 我听此言罢，冤愤如相焚。
> 昔闻举一会，群盗为之奔。
> 又闻理与乱，系人不系天。
> 我愿为此事，君前剖心肝。
> 叩头出鲜血，滂沱污紫宸。

所谓"君前剖心肝"云云，即希望在皇帝面前将所闻所见之事当面谏奏；既然是为了说明"理与乱"，所言之事的真实性是十分重要的。为了显示事件的"核而实"，李商隐开篇采用了史传的写法：

> 蛇年建丑月，我自梁还秦。
> 南下大散岭，北济渭之滨。

杜甫的叙事诗《北征》因开头几句是"皇帝二载秋，闰八月初吉。杜子将北征，苍茫问家室"而被论者称为"史笔森严"。① 杜诗中这种开篇纪年的诗篇还有不少，其写法远绍《春秋·隐公元年》："春，王正月。"意在表明诗中所写如同史书，非一般偶感即兴之作可比拟。李诗也采用了这种方式。"蛇年建丑月"即唐文宗开成二年（837）十二月，李商隐送令狐楚丧，从兴元赶回长安，途中目睹京西郊区经过天宝末年（756）"安史之乱"直到大和九年（835）"甘露之变"将近百年的历史变乱后社会的凋敝衰败，感而作此诗。

诗歌在开头交代时间、地点后，又描述了破败荒凉的景象，这都是"我"的叙述。然后视角发生了转换：

> 依依过村落，十室无一存。
> 存者背面啼，无衣可迎宾。
> 始若畏人问，及门还具陈。

这位"无衣可迎宾"的幸存农夫一开始还心存畏忌，经"我"的

---

① 黄彻：《䂬溪诗话》卷一。

再三询问后方才开口。诗歌的主体部分从此开始,全由这位无衣村民充当叙事者进行叙述:皇帝的荒淫昏聩,宦官的专横跋扈,王权的濒临解体,藩镇的割据叛乱,以及财政的困穷支绌,民众所受压迫的日趋残酷,如此等等。近百年间的历史过程、事变,均历历可见。当然,一个农夫不可能知道得这么丰富深刻,李商隐在诗中让农民诉说,实际上是自己对中唐以后百年历史的反思。最后以"愧客问本末,愿客无因循。郿坞抵陈仓,此地忌黄昏",结束叙事者 B 的叙述,该部分共 166 句。从"我听此言罢,冤愤如相焚"至结尾的 16 句点明主旨,是叙事者 A 的议论。

《行次西郊作一百韵》可谓唐代叙事诗模式的典型,开篇采用"史笔",末尾"卒章显志",主体结构采用视角转换的叙事方式。正因为这种叙事模式具有容量大、真实性强的特点,后世不断有人采用。

南宋尤袤的《淮民谣》仅用前 4 句便完成了视角的转换:

　　东府买舟船,西府买器械。
　　问侬欲何为,团结山水寨。

尤袤此诗作于泰兴知县任上。当时淮南地区官府强令民众扎结水寨抗击金兵。这种组织虽然起过一些抗击金兵的作用,但对民众也造成了许多骚扰和侵害。该诗所叙述的便是这种弊病。诗歌以最快的速度转换了视角,让一淮民充当叙事者叙述扎结水寨给他造成的灾难。首先,淮民叙述了官吏之酷:

　　寨长过我庐,意气甚雄粗。
　　青衫两承局,暮夜连勾呼。

> 勾呼且未已，椎剥到鸡豕。
> 供应稍不如，向前受笞棰。

"承局"即公差，"勾呼"就是传呼。他们对乡人吆喝不断，勒索乡人杀鸡宰猪供给酒食，稍不如意便用鞭子抽打。农夫本是庄稼汉，被迫当兵情形会如何呢？

> 驱东复驱西，弃却锄与犁。
> 无钱买刀剑，典尽浑家衣。

荒芜土地自不必说，还得典当妻子的衣服去买刀剑。既然淮南无法生存，那么又何不远走他乡呢？

> 去年江南荒，趁熟过江北。
> 江北不可住，江南归未得。

原来这位农民是逃荒从江南来到江北的。"趁熟"就是逃荒之意。谁知逃到江北后照样无法生活，被迫弃农从伍后甚至比以前更加难熬：

> 父母生我时，教我学耕桑。
> 不识官府严，安能事戎行。
> 执枪不解刺，执弓不能射。
> 团结我何为，徒劳定无益。

把一个世代务农的人强行编入军伍，从未触摸过枪、弓的农民能有什么战斗力？那些官吏、寨长应该是很清楚这一点的。他们仍然强迫农民组织水寨，除了欺蒙上司外，也为了趁机勒索。这就揭露了组织山水寨劳民有余、于事无补的事实。

> 流离重流离，忍冻复忍饥。
> 谁谓天地宽，一身无所依。

从江南逃荒到江北，灾荒没躲过又遇兵荒。天地之大竟无自己的立锥之地。这样的叹息多么深沉！

在听完淮民的叙述之后，作者发出了慨叹：

> 淮南丧乱后，安集亦未久。
> 死者积如麻，生者能几口。
> 荒村日西斜，破屋两三家，
> 抚摩力不给，将奈此扰何。

这种结尾方式一如唐代新乐府叙事诗。

南宋章甫的《田家苦》在运用转换视角的时候，让一位行商充当第一位叙事者，让一田家担任主要叙事者，诗歌结构十分简明：

> 何处行商因问路，歇肩听说田家苦。
> 今年麦熟胜去年，贱价还人如粪土。

诗歌从第三句到结尾，全部是"听田家说苦"。田家之苦在于丰年之时,奸商压价,使得农夫丰年不丰收。农民们为祈求及时雨,"家家灼火钻乌龟"占卜求雨,"忧雨忧风"忙一年,到头还是一场空。"农商苦乐原不同,淮南不熟贩江东"紧扣开头"行商"问路,说明农商苦乐不同,其主题在古代诗歌中颇为独特。

吴伟业叙事诗中有好几首运用了转换视角的叙事模式,并作出了一些发展。

1.《洛阳行》

该诗从"诏书早洗洛阳尘"开始至之后4句是叙述者A的叙述,介绍洛阳陷落后崇祯帝的反应;第5句"白头宫监锄荆棘"开始,诗歌让叙述者B——"白头宫监",这位"曾在华清内承值"的老宫人来叙述,"四十年来事堪忆"以下的24句叙述了福王朱常洵从出生、受宠、遭大臣参劾、与父母分别至封地洛阳到最后被农民军所杀的历史过程。"嗟乎龙种诚足怜"以下16句是叙述者B的感慨和议论,"今皇兴念穗帷哀"等10句叙述"今皇"崇祯帝对其叔父朱常洵的悼念并封其堂兄朱由崧袭福王位。该诗通过视角转换,在不长的篇幅中容纳了40年间的朝政大事。

2.《吴门遇刘雪舫》

顺治四年(1647),吴伟业在苏州遇见明皇亲刘文炤(号雪舫),文炤向他诉说了自己的生平以及明皇室在鼎革前后的境况,吴伟业甚为感伤,作诗以纪。该诗结构十分简明,前8句为叙述者A的叙述:

> 出门遇高会,杂坐皆良朋。
> 排阁一少年,其气为幽并。
> 羌裘虽裹膝,目乃无诸伧。

> 忽然笑语合，与我谈生平。

叙述者 A 即末句中的"我"，以下诗的主体部分共 92 句，全部是叙述者 B——"少年"刘文炤的叙述。

刘文炤是崇祯帝生母孝纯刘太后的侄儿，由于这种特殊的社会关系，文炤比一般人更熟悉明廷宫内之事。诗歌正是通过这一独特的视角，叙述了崇祯帝如何求得亡母的画像；甲申国变后，皇亲巩永固以身报国，而宁德公主和丈夫刘有福苟安偷活。刘文炤自己流落民间，"贫贱今依人"。他追忆"长安昔全盛"——明亡前的兴盛，慨叹明亡后"富贵一朝尽，落日浮寒云"。他在"僵石莓苔青"的孝纯刘太后墓碑前"下马向之拜"，见者疑其为王孙，"询是先后侄，感叹增伤心"。这一细节表现了巨变的沧桑之感。诗歌最后写道：

> 不图风雨夜，话旧同诸君。
> 已矣勿复言，涕下沾衣襟。

至此，全诗在无限感慨中结束。

3.《听女道士卞玉京弹琴歌》

卞玉京是秦淮歌妓，与吴伟业相识于明亡前，曾欲以身相许，吴伟业没有应允。顺治七年（1650），她东下到常熟虞山，次年（1651）初春与吴伟业晤面，这已在他们相别 10 年之后了。10 年间发生了天翻地覆的变化，卞玉京向吴伟业诉说了她在战乱中的见闻及其本人的遭遇，吴伟业作诗以纪之。诗歌开头是叙述者 A 的叙述：

> 驾鹅逢天风，北向惊飞鸣。
> 飞鸣入夜急，侧听弹琴声。
> 借问弹者谁？云是当年卞玉京。

这6句诗叙述了卞玉京的出场背景。从"小院青楼大道边，对门却是中山住"以下共60句，是叙述者B卞玉京的叙述。

卞玉京的叙述又可分为两部分，前一部分40句叙述中山王徐达之后代徐女的遭遇。这位公侯之女"清眸皓齿垂明珰"，"知音识曲弹清商"，正值妙龄，色艺俱佳。正因为如此出众，才使她遭受了不幸：弘光政权在南京刚建立，君臣上下便沉溺酒色享乐，弘光帝大选淑女，太监四处骚扰民间。这位徐姑娘就是这时被选中的。"尽道当前黄屋尊，谁知转盼红颜误。南内方看起桂宫，北兵早报临瓜步"，这些女子还未曾入宫，清军便已从瓜步渡江，弘光帝仓皇奔逃，"可怜俱未识君王，军府抄名被驱遣"，她们被作为清军的战利品劫掠而去。从此大明后妃的春梦烟消灰飞，南国佳丽将永远屈身于异乡。

从"我向花间拂素琴，一弹三叹为伤心"开始的20句为卞玉京自叙经历。她为了逃避官府指名征召女乐，"私更装束出江边"，换成道人装束东下。"十年同伴两三人，沙董朱颜尽黄土"二句又附带提及沙嫩、沙才姐妹及董年这些与卞玉京同时代的秦淮歌妓——"贵戚深闺陌上尘，吾辈飘零何足数"——既然贵戚大家的女子都已化为尘土，她们这些艺妓的经历又算得了什么！何况卞玉京至今仍健在人世呢！这一感慨可谓深沉。

这首诗可以让我们了解弘光政权覆灭前后的历史，史实由一位亲历者诉出，更具真实性。

4.《遇南厢园叟感赋八十韵》

顺治十年（1653）四月，吴伟业至南京面谒清廷两江总督马国柱，之后游历了明国子监故址，遇见原国子监南厢园叟，该诗即纪此事。

与前三首诗相比，该诗的结构复杂了一些，可概括为：A 遇 B，听 B 诉说；A 游历后又回去听 B 第二次诉说。其中 A 的游历占了很大篇幅。

诗歌开头 6 句介绍来南京的时节，"平生游宦地，踪迹都遗忘"，这二句在全诗中具有重要意义：明亡前吴伟业曾在南京国子监供职，故有下文的追寻故地；相隔十余年后故地重游，经历易朝换代后的故地已变得面目全非，所以需要老叟来指示，诉说原因：

> 道遇一园叟，问我来何方。
> 犹然认旧役，即事堪心伤。
> 开门延我坐，破壁低围墙。
> 却指灌莽中，此即为南厢。

这 8 句是叙述者 A 与 B 相遇的经过，并自然地将视点转移到 B 那里。接下去的 6 句是老叟——叙述者 B 诉说自己至今为什么还守着这片丘墟。至此，"A 遇 B 听 B 诉说"的叙事模式已全部呈现了出来。不过这一部分在全诗中仅占八分之一的比重。诗歌接下来再由 A 叙述：

> 我因访故基，步步添思量。

以下共计 80 句，是"我"对故地的一一游历，包括国学六馆、功臣庙、同泰寺、观象台、钟陵、孔庙,等等。"重来访遗迹,落日惟牛羊","万事今尽非,东逝如长江",是夹杂在其中的感慨。

老翁见话久,妇子私相商。人倦马亦疲,剪韭炊黄粱。
慎莫笑贫家,一一罗酒浆。从头诉兵火,眼见尤悲怆。

这8句诗是继叙述者A之后,又自然地让老叟——叙述者B这位"眼见"者"从头诉兵火",以下42句就是他诉说北京陷落前后,明军南迁,骚扰百姓;南明各部武装力量互相争斗,终致南明政权迅速垮台;江南初定时官吏的狠毒贪婪,清廷"新政"的仁厚,等等。从"薄暮难再留"至末尾8句叙述二人告别。

综观全诗,足见其涉及内容的广泛。叙述者B——老叟的第一次诉说,可视为叙述者A游历故地的前奏,A的游历过程大都通过追忆昔日繁盛与眼前的破败荒凉相对比,扩大了诗歌的容量;叙述者B的第二次叙述,补充交代了造成这种破败荒凉景象的原因,又与时下"新政"相对比,使得诗歌时间跨度变长。可见,诗歌打破了以往以听诉为主的写法,大大增加了叙述者A的目睹和联想,使诗歌内容横跨明、清两代;叙述者A的亲眼所见和所闻与叙述者B的"眼见"一道,强化了诗歌内容的历史真实性。

5.《临淮老妓行》

顺治十二年(1655),吴伟业与史学家谈迁谈及自己刚脱稿的《临淮老妓行》一诗说:

良乡伎冬儿,善南歌,入外戚田都督弘(又作宏)遇家。

弘遇卒，都督刘泽清购得之，为教诸姬四十余人，冬儿尤姝丽。甲申国变，泽清欲侦二王存否，冬儿请身往，易戎饰而北。至田氏，知二王不幸，还报泽清，因从镇淮安。泽清渔于色，书佐某之罪，杀之，收其妻。明年，泽清降燕，而摄政王赐侍女三人，皆经御者，泽清不避也。久居之，内一人告变。摄政王录问及故书佐之妻，泽清谓书佐罪当死，故妻明其非罪，且摘泽清私居冠角巾诸不法事。泽清诛，下冬儿刑部。时尚书汤□□尝饮刘氏，识之，以非刘氏家人，原平康也，得不坐，外嫁焉。

这段文字见于谈迁《北游录·纪邮下》，《临淮老妓行》的主要内容与此一致，只不过换了一个叙述角度，由一位史家的叙述转换为冬儿本人的自叙。且看诗中是如何完成这一转换的：

> 临淮将军擅开府，不斗身强斗歌舞。
> 白骨何如弃战场，青娥已自成灰土。
> 老大犹存一妓师，柘枝记得开元谱。
> 才转轻喉便泪流，尊前诉出漂零苦。
> 妾是刘家旧主讴，冬儿小字唱梁州。

"临淮将军"即刘泽清。前 8 句是叙述者 A 对刘泽清的生平略具一二，同时点出下文将要出场的叙述者 B——冬儿。诗歌以下共 59 句是全诗的主体部分，全是冬儿的流泪诉说。她叙述了自己"转入临淮第"的过程，临淮将军刘泽清"斗歌舞"的荒唐做法。身为明廷大将，在国家朝不保夕的时候却醉心于女乐歌舞,而且又搞得别出心裁,诸如"巧笑射棚分画的,浓妆毯仗簇花丛。纵为房老腰肢在,若论军容粉黛工……"真是可笑!

"忽闻京阙起黄尘,杀气奔腾满川陆"以下叙述冬儿自告奋勇,戎装只身去京城打探两王下落。"禄山裨将带弓刀,醉拥如花念奴曲"——是对农民军的描写;"熏天贵势倚椒房,不为君王收骨肉"——写田弘遇一家平日依仗田贵妃的受宠享尽荣华,但在京城陷落时不肯开门接纳前来避难的两位王子,致使两王下落不明;以下叙述打探消息后南返,"翻身归去遇南兵,退驻淮阴正拔营"——刘泽清闻国变后拔营南撤,根本不思援救;"男儿作健酾杯酒,女子无愁发曼声"便是这位临淮将军对亡国大难的反应。

"可怜西风怒,吹折山阳树,将军自撤沿淮戍",叙述刘泽清作为南明弘光政权江北四镇之一,身负守卫南京门户的重任,闻听清兵南下之风,却望风南窜,溃逃中仍然"不惜黄金购海师,西施一舸东南避",不忘女色之乐。之后 4 句叙述刘在无处可逃的情况下投降清军,"收者到门停奏伎,萧条西市叹南冠"二句言刘泽清被杀。这位大明将军直到人头落地,才停止声色之乐。

"老妇今年头总白,凄凉阅尽兴亡迹。已见秋槐陨故宫,又看春草生南陌"几句,是冬儿变成白头老妪之后对自己所阅兴亡经历的概括。"秋槐陨故宫"指北京陷落,"春草生南陌"隐指南明政权如春草一样,经秋即凋。最后两句"楚州月落清江冷,长笛声声欲断魂"是叙述者 A 的慨叹。

对照吴伟业向谈迁叙述的一段话,诗歌突出了刘泽清在明亡前后的一系列作为,他的灭亡从一个侧面再现了明朝灭亡的历史。冬儿通过自己的亲身经历，将这段历史叙述得颇为细致真实。我们可以在与《北游录·纪邮下》的对比中，体会出不同的视角和不同的叙述者对内容取舍所产生的影响。

6.《琵琶行》

这是一首与白居易《琵琶行》同名的叙事诗，诗前小序介绍了作诗缘起和诗歌的主要内容：

> 去梅村一里，为王太常烟客南园。今春梅花盛开，余偶步到此。忽闻琵琶声出于短垣丛竹间。循墙侧听，当其妙处，不觉拊掌。主人开门延客，问向谁弹，则通州白在湄子彧如。父子善琵琶，好为新声。须臾花下置酒，白生为余朗弹一曲，乃先帝十七年以来事。叙述乱离，豪嘈凄切。坐客有旧中常侍姚公，避地流落江南，因言先帝在玉熙宫中，梨园子弟奏水嬉、过锦诸戏，内才人于暖阁，赍镂金曲柄琵琶弹清商杂调。自河南寇乱，天颜常惨然不悦，无复有此乐矣！相与哽咽者久之。于是作长句纪其事，凡六百二言，仍命之曰《琵琶行》。

白居易《琵琶行》开头用"浔阳江头夜送客"直接交代事件开端，引出"犹抱琵琶半遮面"的沦落商人妇。吴诗则另辟蹊径，先从明代琵琶名家康海、王九思所善"北调"叙起：

> 琵琶急响多秦声，对山慷慨称入神。
> 同时渼陂亦第一，两人失志遭迁谪。
> 绝调王康并盛名，昆仑摩诘无颜色。

"对山"指明代文学家康海,"渼陂"指明代文学家王九思。两人均因列宦官刘瑾之党而去职。他们两人高超的演奏技艺,竟使得唐代"性闲音律,妙能琵琶"的高手康昆仑、王维(摩诘)也黯然失色。诗歌接下来不无遗憾地说到"北调"在"百余年来操南风,竹枝水调讴吴侬"过程中的演变,因有魏良辅、梁辰鱼等名流的改造,致使今天"北调犹存止弦索","谁知却唱江南乐"。叙述者 A 从明朝音乐发展的历史叙起,为下文将出场的人物作好了铺垫,才会有"今春偶步城南斜,王家池馆弹琵琶。悄听失声叫奇绝,主人招客同看花"的出乎意料的惊喜,使其他人物的出场多了一番曲折,下文:

  为问按歌人姓白,家住通州好寻觅。
  袴褶新更回鹘装,虬髯错认龟兹客。
  偶因同坐话先皇,手把檀槽泪数行。
  抱向人前诉遗事,其时月黑花茫茫。

这 8 句诗是叙述者 A 交代与叙述者 B——白生相遇的经过,并将叙述权交给 B,让他开始了对"先皇遗事"的诉说。以下 24 句描摹琵琶音乐的诗句,通过恰切的意象选择,叙述了"先帝十七年以来事",即崇祯帝以来的历史大事,诸如李自成攻陷中原,破大同,占北京;清军攻陷松山,南下江南,对江南民众大肆屠杀,等等。我们将在第四章"叙事意象"部分对此进行详尽的分析,此处不再多论。

"坐中有客泪如霰,先朝旧值乾清殿"两句,引出叙述者 C——旧中常侍姚公,以下便是这位"坐中客"的叙述:

第二章 视角与结构

> 穿宫近侍拜长秋，咬春燕九陪游燕。
> 先皇驾幸玉熙宫，凤纸佥名唤乐工。
> 苑内水嬉金傀儡，殿头过锦玉玲珑。
> 一自中原盛豺虎，暖阁才人撤歌舞。
> 插柳停挡素手筝，烧灯罢击花奴鼓。

姚常侍的这段叙述与白生所叙的动荡凄惨大为不同。这是崇祯帝剪除阉党、整治朝纲后颇具升平气象的岁月。每当立春之日或正月十九，姚公曾多次陪随崇祯生食萝卜，致酹祠下，领略"咬春""燕九"（二者皆为节名）的游宴之乐。当崇祯"驾幸玉熙宫"，兴致勃勃地"凤纸佥名唤乐工"，在池苑上表演装有机簧的木偶之戏；或者在御席前演出那"世间骗局俗态"的"过锦戏"时，宫中上下又曾有过多少欢声笑语！而这一切美好的情景都随着"中原盛豺虎"而变为梦境，再也难以重现。这段色彩缤纷的先朝盛事回忆，与叙述者 B 的叙述构成了鲜明的对比，表现出巨大的沧桑之变。

"我亦承明侍至尊，止闻鼓乐奏云门"至末尾共 24 句，是叙述者 A 接过 B、C 的叙述权所进行的叙述，"我"即作者本人，他用自己在宫廷的亲身经历，补充 B、C 的叙述：

> 段师沦落延年死，不见君王赐予恩。
> 一人劳悴深宫里，贼骑西来趋易水。
> 万岁山前鼙鼓鸣，九龙池畔悲笳起。
> 换羽移宫总断肠，江村花落听霓裳。

"段师"为唐玄宗时善弹琵琶的僧人，"延年"为汉武帝时著名音乐家，此处代指明廷乐师。"一人"指崇祯帝，他在内外交困的危急岁月里，忧心如焚，形容枯槁，但也无法化解农民军的攻势，城陷后吊死在万岁山。这几句诗重在叙述崇祯，详白生所未详，补姚公所未及，使明亡的历史更详尽、充实。诗歌余下的 14 句是叙述者 A 对上文的概括，在无尽伤感中结束了全诗。

综上所论，吴伟业的叙事诗继承了唐代的叙事模式，并在《遇南厢园叟感赋八十韵》和《琵琶行》两诗中作出了一定的发展。在前一首诗当中，"A 听 B 诉说"之后加进了大量的 A 的目睹与联想，之后第二次听 B 诉说；在后一首诗中，加进了第三者 C，使诗歌的主体结构变成"A 听 B 诉说，A 听 C 诉说"。这些叙述技巧的改变，使诗歌的对比更强烈、明显，展示出更为复杂的内容。从这里可以看出中国古代叙事诗在叙事技巧上的发展。

"A 遇 B，听 B 诉说"这种叙事模式，因为具有真实性强、容纳度大的优点一直被后代沿用，晚清诗人黄焕中的《苦农行》和杨圻的《檀青引》可为例证。

黄焕中为壮族人，《苦农行》通过一位壮族老农的诉说，真实地反映了壮族农民生活的苦难。诗歌前 8 句是这样的：

> 大雪满关山，北风撼茅屋。
> 天地皆昏冷，群鸟争巢宿。
> 一叟倚门叹，悲歌断复续。
> 问叟何所悲，欲言额先蹙。

前 4 句是环境描述，从中可以看出这是一个风雪交加的黄昏。这时候一位老叟的悲叹声吸引了叙事者 A，他"问叟何所悲"。从第 9 句开始以下共 32 句是叙述者 B——"倚门老叟"的诉说：

> 不幸为村农，一生多劳碌。
> 勤耕数十亩，衣食常不足。
> 今年稻正华，暴风吹草木。
> 十穗六不实，欲收大减缩。
> 一家只八口，充饥仅蔬荍。
> 昨日粮已尽，儿女相号哭。
> 借贷苦无门，今日犹枵腹。
> 田主恶如狼，剥啄催租谷。
> 未容一陈情，拉去耕田犊。
> 再耕已无田，有田更无犊。

故事追溯到夏季稻子扬花时节，一场大风使水稻大大减产。入冬以来，全家八口仅以蔬荍充饥，"昨日"为止连这些都没有了，孩子们饿得哇哇乱叫，借粮也借不来，"今日"还空着肚子。这还不算，田主仍来催租，不由分说将家中的耕牛拉走。家庭的苦难还不止这些：

> 妻媳嫁时裳，久当莫能赎。
> 大儿远征军，死生未可卜。
> 二儿斗官亲，被禁在牢狱。
> 三儿颇聪明，家贫无书读。
> 小女鬻为婢，一跃葬江腹。

纵不叹家贫，能无伤骨肉！

　　上节是"叹贫"，这一节是"伤骨肉"。通过这些诉说，老叟的贫困悲剧已历历在目。随后从"嗟彼大地主，坐享现成福"到结尾"吁嗟乎苍天，设心何太酷"共 14 句是叙述者 A 的议论和慨叹。较之杜甫的《石壕吏》等作，该诗多出了"叹贫"的内容，涉及面更广；开头的环境烘托和末尾议论之慷慨，都较《石壕吏》有所发展。

　　杨圻的《檀青引》诗前有作者所作的《蒋檀青传》，传中说自己：

　　年二十一，游广陵，宴客平山堂。江山春暮，花絮际天，乃命丝竹以佐诗酒。坐上遇檀青，知余之自京师来也，清歌一声，弹筝一曲，白发哀吭，泪随声下。问所哀，为余述宫中事甚悉……

　　时光绪乙未四月也。今岁秋，复见之青溪花舫，哀音怆怆，益老矣。尝读少陵《逢李龟年》诗，于流离之况，寄国家之感。余悲檀青之与龟年，同一流落也；乃为传而长歌之。丁酉冬十月，识于京师。①

　　这段话可视为《檀青引》的序文，将诗歌内容及作诗缘起、时地都交代了出来。我们下文将诗、传对照，介绍《檀青引》的内容，诗

---

① 转引自钱基博：《现代中国文学史》，岳麓书社，1986，第 230 页。以下出此传者不再注明。

第二章 视角与结构

歌开头是叙述者 A 的叙述：

> 江都三月看琼花，宝马香轮十万家。
> 一代兴亡天宝曲，几分春色玉钩斜。
> 玉钩斜畔春色去，满川烟草飞花絮。
> 都是寻常百姓家，欲问迷楼谁知处。

这 8 句在渲染自然风物的同时，颇寓兴亡之意。"江都"此处指代扬州。诗歌下文叙述 A 与 B 的相见，并自然地转移叙述视角：

> 高台置酒雨溟溟，贺老弹词不忍听。
> 二十五弦无限恨，白头犹见蒋檀青。
> 雕栏风暖凝丝竹，筵上惊闻朝元曲。
> 其时雨脚带春潮，江南江北千山绿。
> 朱弦断续怨沧桑，望帝春心暗断肠。
> 欲说先皇先坠泪，千言万语总心伤。
> 坐客相看共呜咽，金徽弹罢愁难绝。
> 同时伤春事不同，飘零身世何堪说！

这一段诗实际上是对《传》中"宴客平山堂"几句话的铺演。"朝元曲"应该注意，唐代诗人杜牧《华清宫》诗有句曰："行云不下朝元阁，一曲淋铃泪数行。"元代骆天骧《类编长安志》卷三载："朝元阁在华清宫南骊山上。《明皇杂录》云'天宝二载，起朝元阁。'"《杨太真外传》载："至斜谷口,属霖雨涉旬,于栈道雨中闻铃声,隔山相应。上既悼念贵妃,因采其声为《雨霖铃》曲,以寄恨焉。"综合起来可见,杨圻在诗中用"朝元曲"代指"筵上"所闻之曲,实际上是在说明蒋檀青所弹的是兴亡曲,与诗歌开头"一代兴亡天宝曲"相应。"欲说先皇先坠泪"以下 6 句将叙述权交给叙述者 B 蒋檀青,让他开始了诉说,其诉说又可分为几个部分,我们分别论述。

第一部分可称为"少年侍君"与"升平乐事":

> 家在京师海岱门,少年往事不堪论。
> 旗亭旧日多名士,北海当年侍至尊。
> 太行北尽仙园起,灵台缥缈五云里。
> 年年豹尾幸离宫,百官扈从六宫徙。
> 万户千门鱼钥开,柳烟深浅见蓬莱。
> 妆楼明镜云中落,别殿笙歌画里来。
> 祖宗旰食勤朝政,百年文物乾坤定。
> 万方钟鼓与民同,九重乐事怡天听。

据《蒋檀青传》载:蒋檀青,京师人,其先越产也。善弹筝吹笛,工南北曲。清文宗(爱新觉罗·奕𬣞,即咸丰帝)时,乐部推第一,长安名士宴宾客,非檀青在座则不欢。圆明园始建于康熙四十八年(1709),历经数帝至文宗时规模宏大,收藏文物极丰,诗中"仙园"即指此。

文宗时,梨园尤盛;设升平署以贮乐工,内务府掌之;

设南府，命乐工教内监之秀颖者习歌舞。当夫棠梨春晚，梧桐秋末，万几之暇，辄召两部奏新曲。檀青发喉，则天颜怿霁，赏赉过诸伶。

诗中所述内容与此相同。

第二部分可称为"建康杀气"与"先皇溺乐"。清文宗继位的第二年（1851）发生了洪秀全领导的金田起义，建号太平天国。1853年3月，太平军攻克南京，随即攻克镇江、扬州，声势大振，京师震动。诗歌叙述道：

建康杀气下江东，百二关河战火红。
猿鹤山中啼夜月，渔樵江上哭秋风。
军书旁午入青锁，从此先皇近醇酒。
花萼楼前春昼长，芙蓉帐里清宵久。

"建康"即今南京，"下江东"指太平军分兵取镇江、扬州。"旁午"指纷繁，"青锁"代指宫门。一封封军书传至咸丰面前，使他"抑郁不乐，稍近声色"，依诗中所述可谓沉溺声色。除上引几句外，诗歌还有16句描述咸丰借声色消愁解闷，诸如"临春结绮新承宠，玉骨轻盈珍珠重"，"太液春寒召管筵，官家小宴杏花天"，等等。

咸丰中叶，正当太平军与清军在长江中游与天京外围激烈争战的时候，英国和法国在沙俄与美国的支持下，于1856年10月联合发动了新的侵华战争，史称"第二次鸦片战争"。1860年9月21日，英法联军攻至北京附近的通州。9月22日,咸丰仓皇出奔热河,留下他的异母弟恭亲王奕䜣向侵略者议和。10月英法联军攻入安定门,控制了北京;12月25日,对北京西郊的圆明园大肆抢掠之后,纵火将其烧成败瓦颓垣,"火三日不息,诸美人不知所终"。诗歌叙述这部分内容道:

  当时海内勤王事,慨慷誓师有曾李。
  未见江头捷旗来,忽闻海畔夷歌起。
  避暑温殿夜气清,宫花露冷月华明。
  惊心一曲长生殿,直是渔阳鼙鼓声。
  延秋门外黄昏路,城阙生尘妃嫔去。
  穆王从此不重来,马上天颜频回顾。
  来朝胡骑绕宫墙,凝碧池头踞御床。
  昨夜采莲新制曲,月明多处舞衣凉。
  太白睒睒欃枪吐,云房水殿多凄楚。
  咸阳不见阿房宫,可怜一炬成焦土。
  和戎留守有贤王,八骏西幸入大荒。

咸丰逃出北京后,于第二年七月逝于避暑山庄行殿,爱新觉罗·载淳继位,即清穆宗同治帝。诗歌叙述道:

  金粟堆空啼杜宇,苍梧云冷泣英皇。
  居庸日落离宫暮,北望幽州空烟树。
  初闻哀诏在沙丘,已报新君归灵武。

第二章　视角与结构

《蒋檀青传》称：

> 恭亲王既议和于礼部；事定，檀青乃赴行在；明年七月，文宗皇帝崩于避暑山庄行殿；梓官奉安，返京师。尝于暮春入园，帝所居山高水长、朗吟阁、环碧亭、无边风月阁、听莺馆、无尽意轩、丽瞩轩、影湖楼及诸美人院，赭壁参差，不可指辨；惟福海潺潺，鸟啼花落而已！恸哭出，不忍再往。

诗歌中"鼎湖龙静使人愁，福海悠悠春水流"至"明年重过德功坊，梨花落尽柳如梦。小臣掩面过宫门，犬马难忘故主恩"共18句就是叙述《蒋檀青传》中的这些内容。

诗歌最后诉说蒋檀青"游江南""无所业""抱筝沿门卖曲为活"的30余年漂泊生活。这期间，太平天国革命失败，诗歌上文提及的"曾李"——曾国藩、李鸿章，都因镇压太平军有功而被授予了高官，"湘淮诸将尽封侯"即指此。"两宫日月扶双辇"指慈安、慈禧两太后先后垂帘听政于同治、光绪朝。蒋氏自己呢？

> 独有开元伶人老，漂泊秦淮鬓霜早。
> 夜梦帘间唱谢恩，玉阶叩首依宫草。
> 糊口江淮四十年，清明寒食飞花天。
> 春江酒店青山路，一曲霓裳卖一钱。
> 君问飘零感君意，含情弹出宫中事。
> 乱后相逢话太平，咸丰旧恨今犹记。

诗歌至此，结束了叙述者B蒋檀青对近半个世纪历史变迁的叙述。

然后，视角转换到叙述者 A，用 A 的 4 句慨叹结束全诗：

怜尔依稀事两朝，千秋万岁恨迢迢。
至今烟月千门锁，天上人间两寂寥！

四、有限视角的其他情况

上节所论有限视角发生转换的叙事模式，一般是由第一人称转换为第三人称。因为这种叙事模式在中国古代叙事诗中具有典型意义，笔者才将之作专门研究。

纵观中国古代叙事诗史，更为普遍的叙事方式是采用第一人称视角。这种叙事方式一般以一次经历为中心，其间穿插大量充满感情色彩的议论，通常的文学史研究论著常以"叙事、议论、抒情相结合"来评论它。正因为这样的叙事方式中存在着大量的"议论和抒情"，叙事成分显得比较单薄；若从叙事诗之"事"这一角度着眼，这一大类的叙事诗反不及前几类重要。

《诗经·卫风·氓》的开头是这样的：

氓之蚩蚩，抱布贸丝。
匪来贸丝，来即我谋。

一位小伙子笑嘻嘻地抱着布匹来向"我"换丝，用意却是向"我"求婚。"我"犹豫之后答应了：

送子涉淇，至于顿丘。

> 匪我愆期，子无良媒。
> 将子无怒，秋以为期。

这一章的叙事颇为详尽。第二章的叙事成分仍很重："我"登上高墙盼情郎，看不见时禁不住"泣涕涟涟"；看见时"载笑载言"。"我"让他赶快回去确定吉日来迎娶。

从第三章开始，叙事成分大为减少：

> 桑之未落，其叶沃若。
> 于嗟鸠兮！无食桑葚。
> 于嗟女兮！无与士耽。
> 士之耽兮，犹可说也。
> 女之耽兮，不可说也。

从诗意上可知，"我"被丈夫疏远了，心中十分后悔。但丈夫是怎样疏远"我"的，诗中并没有叙述出来。

在第四章中，"我"表白在丈夫家的三年里吃苦受寒，并无任何过错；第五章意同第四章；第六章回忆恋爱时节的快乐，决心离开男人家。这三章基本上是"我"受虐待、遭遗弃时的心理活动。因此，《氓》的叙事成分主要集中在第一、二章，之后四章在议论中叙述出了故事的进程，但叙事成分大不如前。《诗经》中另一首以弃妇为题材的诗《邶风·谷风》与《卫风·氓》大体相同。

汉末蔡琰的《悲愤诗》是我国诗史上第一首文人创作的自传体长篇叙事诗，全诗108句，所叙之事为作者本人在汉末大动乱中被匈奴俘虏，又被曹操赎回的经历。

第一部分叙述董卓之乱及"我"被"胡羌"俘虏。东汉末年，皇帝幼弱，董卓擅权，逼主迁都。各地豪杰纷纷起兵讨伐董卓。据史书记载，董卓"尝遣军到阳城，时适二月社，民各在其社下，悉就断其男子头，驾其牛车，载其妇女财物，以所断头系车辕轴，连轸而还洛，云攻贼大获，称万岁。入开阳城门，焚烧其头，以妇女与甲兵为婢妾"①。《悲愤诗》对此有真切的叙述：

> 卓众来东下，金甲耀日光。
> 平土人脆弱，来兵皆胡羌。
> 猎野围城邑，所向悉破亡。
> 斩截无孑遗，尸骸相撑拒。
> 马边悬男头，马后载妇女。
> 长驱西入关，迥路险且阻。
> 还顾邈冥冥，肝脾为烂腐。

董卓部下李傕、郭汜的部队中杂有羌胡兵，他们大肆掠劫妇女，蔡琰就是"所略有万计"中的一个。蔡诗对俘虏营的叙写十分具体：

> 所略有万计，不得令屯聚。
> 或有骨肉俱，欲言不敢语。
> 失意几微间，辄言毙降虏。

---

① 《三国志·魏志》卷六《董卓传》。

> 要当以亭刃，我曹不活汝！

乱兵不让所掠俘虏屯聚，被俘者即使一家人偶然碰在一起，也不敢说一句话，乱兵还不断吆喝威胁。"或便加棰杖，毒痛参并下"，可怜的民众"旦则号泣行，夜则悲吟坐。欲死不能得，欲生无一可"，只好呼天抢地。

第二部分从"边荒与华异，人俗少义理"开始以下共46句，叙述"我"在天涯思亲之苦及被赎回时与儿子相别的情景。据考证，蔡琰被掠所居之地在今内蒙古自治区鄂尔多斯市一带，其地风俗及气候皆与中原大异："处所多霜雪，胡风春夏起，翩翩吹我衣，肃肃入我耳。"在这种荒蛮之地，当然更加思念中原的父母："有客从外来，闻之常欢喜。迎问其消息，辄复非乡里。""我"天天都在盼望着"骨肉来迎己"。真的有一天，故乡的人来接自己回去了，终该如愿以偿了吧？然而，"己得自解免，当复弃儿子"，在胡地所生的骨肉却不能一同带走，并且自己也十分明确地知道这一分别，再"无会期"。真是"存亡永乖隔"，当娘的何忍与儿子永诀，生作死别？这时诗歌出现了一个典型场景：

> 儿前抱我颈，问母欲何之。
> 人言母当去，岂复有还时。
> 阿母常仁恻，今何更不慈。
> 我尚未成人，奈何不顾思。

儿子也知道与母亲这一别难再见，故紧抱母亲的脖子句句责问。

清人张玉榖评曰:"夫琰既失身,不忍别者,岂止于子。子则其可明言而尤情至者,故特反复详言之。己之不忍别子说不尽,妙介入子之不忍别己,对面写得沉痛,而己之不忍与别愈显矣,最为文章妙诀。"①

面对儿子的责问,"见此崩五内,恍惚生狂痴。号泣手抚摩,当发复回疑",将难分难舍之情叙写得相当感人。为了强化这一感情,诗歌又从侧面烘托:

> 兼有同时辈,相送告离别。
> 慕我独得归,哀叫声摧裂。
> 马为立踟蹰,车为不转辙。
> 观者皆歔欷,行路亦呜咽。

毫不夸张地说,古代诗歌中叙写离别之情,应以这一节的叙述最为详尽、生动。

"既至家人尽"以下22句为第三部分,叙述归故乡后所见之景的荒凉:"城郭为山林,庭宇生荆艾。白骨不知谁,纵横莫覆盖。"见此景象,"我""神魂忽飞逝",慨叹:"奄若寿命尽,旁人相宽大。为复强视息,虽生何聊赖!"这部分叙述故事发展的为以下4句:

> 托命于新人,竭心自勖厉。
> 流离成鄙贱,常恐复捐废。

---

① 张玉榖:《古诗赏析》卷六。

蔡琰归汉后改嫁董祀。诗歌这几句是在心理描写的方式中显露了这一事件，重在刻画人物的感情。最后以"人生几何时，怀忧终年岁"作结，点明诗题"悲愤"无时不在，至死难休。

今人论《悲愤诗》的"突出成就"之一方面说："诗人善于挖掘自己的感情，将叙事与抒情紧密地结合在一起。虽为叙事诗，但情系乎辞，情事相称，叙事不板不枯，不碎不乱。""叙事抒情，局阵恢张，波澜层叠。它的叙事，以时间先后为序，以自己的遭遇为主线，言情以悲愤为旨归。"① 所论十分深刻。不过这种立论方式是局限在"叙事""抒情"二分法的理论框架内的。如从叙事学的角度看，该诗的前两部分运用的是有限视角、以事件为中心的结构，遵循"战乱—被俘—别子"这样的事件进程。最后一部分隐含的事件是"还家"和"再嫁"，但诗歌没有展示事件的过程，而是在展示人物心理的时候"暗度金针"，将事件交代了出来，这一部分的结构是以人物心理为中心的。因此，全诗视角未变，但结构有所变化。上文论《诗经·卫风·氓》也是这样。今人所论的"抒情"云云，实际上是以人物心理为中心的叙述结构。《悲愤诗》前面近四分之三的篇幅是以事件为中心的结构，所以叙事成分比重大；而《氓》后面三分之二的篇幅是以人物心理为中心的叙述结构，故抒情成分较多。中国古代叙事诗中这种转换结构十分常见。

晋代石崇的《王明君辞》叙述王昭君远嫁匈奴之事。本诗是"代言体"，即采用了第一人称的视角，但诗中人物"我"是王昭君而非作

---

① 刘文忠对《悲愤诗》的赏析文章，参见吴小如等撰《汉魏六朝诗鉴赏辞典》，上海辞书出版社，1992，第57页。

者石崇。也就是说，不像《悲愤诗》的作者、叙事者、人物是合一的，《王明君辞》的叙事者与作者是分离的。该诗第一部分叙述远嫁，所用诗句叙事与抒情各半：

  我本汉家子，将适单于庭。
  辞诀未及终，前驱已抗旌。
  仆御涕流离，辕马为悲鸣。
  哀郁伤五内，泣泪沾朱缨。

诗句旨在刻画主人公远嫁时的心情，而不在于叙述事件本身。

后半部 22 句诗只有 6 句叙事，其他 18 句重在抒写昭君身处"殊类"，苟且偷生中"积思常愤盈"。叙事的 6 句是：

  行行日已远，遂造匈奴城。
  延我于穹庐，加我阏氏名。

  父子见凌辱，对之惭且惊。

严格说来，"对之惭且惊"一句还是昭君对按匈奴习俗先后嫁父子两代单于的愤恨。应该说，全诗所叙之事是比较完整的，但叙事比重甚小，所叙之事的经过并不具体。造成这种结果的原因，在于诗歌迅速将以事件为中心的结构转换成以人物心理为中心的结构。人物的心理世界比较丰富，但故事的情节性相应淡薄。

第二章　视角与结构

杜甫的《自京赴奉先县咏怀五百字》是这一类叙事诗的典型。从诗题上看，本诗所叙之事是"自京赴奉先县"。唐天宝十四年（755）十月至十一月间，杜甫在长安困守十年后只被任命为河西（今陕西合阳县）尉，他颇为不满，便告假探亲。诗歌的第一部分从"杜陵有布衣，老大意转拙"到"沈饮聊自遣，放歌破愁绝"共32句写离京时的心情。一方面，他自嘲"许身一何愚，窃比稷与契。居然成濩落，白首甘契阔"；另一方面，他又表示"穷年忧黎元，叹息肠内热"，"葵藿倾太阳，物性固难夺"。可见心情颇为复杂。这一部分全是议论，在议论中隐叙出自己的落魄与固执，是以人物心理为中心的结构。

第二部分从"岁暮百草零，疾风高冈裂"到"荣枯咫尺异，惆怅难再述"共38句，叙述回奉先之途，叙事成分出现：

> 岁暮百草零，疾风高冈裂。
> 天衢阴峥嵘，客子中夜发。
> 霜严衣带断，指直不得结。
> 凌晨过骊山，御榻在嵽嵲。
> 蚩尤塞寒空，蹴踏崖谷滑。
> 瑶池气郁律，羽林相摩戛。
> 君臣留欢娱，乐动殷胶葛。
> 赐浴皆长缨，与宴非短褐。

天宝十四年（755）十月，唐玄宗携杨贵妃住在骊山华清宫避寒。十一月，安禄山造反。杜甫途经骊山时，玄宗、贵妃等"乐动殷胶葛",沉醉在无限欢娱之中,殊不知叛军已锋指长安。诗中对天气的严寒、玄宗君臣的享乐叙述得都比较具体。紧接下来的 22 句叙事中断,全是议论,如"朱门酒肉臭,路有冻死骨"便是这部分中的名句。议论的内容主要是对朝政的批评,其间不隐含叙事。

从"北辕就泾渭,官渡又改辙"至末尾共 30 句是第三部分。"群水从西下"以下 8 句叙述路上情形,"老妻寄异县,十口隔风雪"叙述了家庭情况。正因为"寄异县""隔风雪",主人公不知道家中情况,心想家人大概还都没事吧。不料:

入门闻号咷,幼子饿已卒。
吾宁舍一哀,里巷亦呜咽。

"里巷亦呜咽"说明有邻人来看望刚到家的主人公。以下 12 句又是议论。总的来说,《自京赴奉先县咏怀五百字》中,叙述"自京赴奉先县"的共 32 句,刚过全诗三分之一,"咏怀"倒是重点。叙事和"咏怀"是通过结构的转换来完成的。如果我们只取叙事的部分,所叙之事仍然十分完整,是一首十足的叙事诗;加上大量议论后,叙事比重被降低了。从创作意图上来说,该诗重在"咏怀",批评时政;诗歌的叙事成分只是为"咏怀"提供结构框架和生发议论的基础。由此可见中国古代叙事诗的一大特点:重"咏怀"而轻叙事。以上所论诸诗无不如此。

杜甫的《北征》与《自京赴奉先县咏怀五百字》的情形大体相同,介绍一下该诗的创作背景或许对我们理解该诗的结构有所帮助。"安史之乱"爆发的第二年（756）六月，唐玄宗仓皇奔蜀，长安陷落。杜甫带家小由奉先往白水，又由白水再向陕北流亡。七月十三日，太子李亨在灵武即位，即唐肃宗，改元至德。已逃到鄜州的杜甫于八月得知这一消息后，便把家小安置在羌村，只身投奔灵武，中途为叛军俘获，被押解到长安。至德二年（757）四月，杜甫冒险从长安逃向凤翔肃宗"行在"，"麻鞋见天子，衣袖露两肘"①。五月，杜甫被任命为左拾遗，这是一个品阶很低但可向皇帝进言的谏官职位，所谓"近臣"者也。就任不久，杜甫上疏营救房琯，触怒了唐肃宗，幸得张镐相救，方免一死。这年闰八月，唐肃宗特许杜甫回鄜州探亲，实际上是已经厌弃他。《北征》所叙写的便是从凤翔回鄜州的历程。

按杜甫的秉性，唐肃宗特许他探亲的恩遇，实际上是对他的放逐与打击，杜甫的特定心境直接决定了《北征》所采用的叙事结构。倪其心指出《北征》是首"长篇叙事诗"，诗歌像是"诗歌体裁写的陈情表"，"实则是政治抒情诗"，"通过叙事来抒情达志"。② 我们且从结构上来剖析该诗是如何将叙事和陈情结合在一起的。

第一部分从"皇帝二载秋，闰八月初吉"开始到"乾坤含疮痍，忧虞何时毕"共 20 句。诗中叙事的是前 10 句：

皇帝二载秋，闰八月初吉。
杜子将北征，苍茫问家室。
维时遭艰虞，朝野少暇日。

---

① 杜甫：《述怀》。
② 萧涤非等著：《唐诗鉴赏辞典》，上海辞书出版社，2004，第 462—464 页。

> 顾惭恩私被，诏许归蓬荜。
> 拜辞诣阙下，怵惕久未出。

诗歌将时间写得十分确切：唐肃宗至德二年（757）闰八月月初。第七、第八两句自嘲的意味颇浓：在时事维艰、朝野少暇的情况下，皇上特许自己回家探亲，这种恩宠真让人惭愧！在这种心境下，杜诗叙述完"北征"的时间、缘由后，马上转向议论，诗歌的结构转为以人物心理为中心：

> 虽乏谏诤姿，恐君有遗失。
> 君诚中兴主，经纬固密勿。
> 东胡反未已，臣甫愤所切。
> 挥涕恋行在，道途犹恍惚。
> 乾坤含疮痍，忧虞何时毕！

"我"——"臣甫"，虽不是合格的谏诤之臣，但还是怕陛下有差失；陛下是中兴之主，经略周密；"我"只恨胡乱未平，所以陛下恩许"我"探亲时，"我"是多么不愿离开您啊！"我"只好含着泪蒙恩探亲，走在路上还恍恍惚惚。"我"忧国的心情何时才能了结啊！正是这种"葵藿倾太阳，物性固难夺"①的忠君忧国秉性，使得《北征》重在表白自己征途中的"恍惚"之情。

---

① 杜甫：《自京赴奉先县咏怀五百字》。

第二部分从"靡靡逾阡陌，人烟眇萧瑟"到"况我堕胡尘，及归尽华发"共 38 句，叙写"归途"。这一部分中叙述归程的实际上只有"所遇多被伤，呻吟更流血""前登寒山重，屡得饮马窟""我行已水滨，我仆犹木末""夜深经战场，寒月照白骨"8 句，其他大都是心理活动，如"青云动高兴""益叹身世拙"。当然有几句在议论中也隐叙出了一些事件，属于"因言论而见"的叙事方式，如"潼关百万师，往者散何卒"叙及至德元年（756）的唐军潼关大败；"况我堕胡尘"叙述杜甫自己为叛军所俘之事。

第三部分"至家"叙事成分最重：

> 经年至茅屋，妻子衣百结。
> 恸哭松声回，悲泉共幽咽。
> 平生所娇儿，颜色白胜雪。
> 见爷背面啼，垢腻脚不袜。
> 床前两小女，补绽才过膝。
> 海图坼波涛，旧绣移曲折。
> 天吴及紫凤，颠倒在裋褐。

这 14 句诗中最真切感人的有两方面：第一个方面是对妻女的破衣烂衫的刻画。妻子的衣服已经"百结"，两个小女儿刚及膝长的粗布短衣也补得乱七八糟，所用的补料既有虎身人面的水神，又有紫凤图案，只要能将破洞补上蔽体，哪里还顾什么颜色、什么花纹图案！这样的衣服大概很难明白原来是什么布料、什么颜色花纹的了，所能看到的只是补贴在破洞上的杂样布块。第二个方面是"娇儿"的举止。杜甫"平生"所珍爱的儿子"颜色白胜雪",到家之后大概首先要抱抱他。谁知小家伙与父亲相聚的时间很少,竟然视父亲为陌生人,"见爷背面啼",转过身去吓得哭了起来。杜甫爱怜不尽,从头到脚端详爱子,发现"垢腻脚不袜",儿子的光脚丫子上结满一层厚厚的污垢。这样的细节描写最富戏剧性。

被皇帝疏远,回到家后满目凄然,与家人团聚已没有多少欢乐可言:

老夫情怀恶,呕泄卧数日。
那无囊中帛,救汝寒凛栗。

诗歌下文又描述"痴女头自栉",还模仿母亲"晓妆随手抹","移时施朱铅,狼藉画眉阔"。面对孩子们的幼稚天真,杜甫"似欲忘饥渴""甘受杂乱聒","瘦妻面复光"好像"新妇"。天伦之乐毕竟是令人宽慰的。

然而,杜甫很快从天伦之乐中超脱出来,第四部分从"至尊尚蒙尘,几日休练卒"到"胡命其能久,皇纲未宜绝"共 28 句,分析国家形势,建议朝廷借回纥兵平叛;第五部分从"忆昨狼狈初,事与古先别"到结尾共 20 句,回顾朝廷自安禄山之乱以来的变化,期望唐肃宗继续"煌煌太宗业",实现大唐中兴。这两部分全是陈情献策,没有叙事。

全诗有一个整体结构:"辞帝"—"归途"—"至家"。但诗歌没有着力铺陈这一过程,而是大量地议论陈情,诗歌的结构不断由事件转化为心理:事件—心理—事件—心理,并且以心理为中心的诗句所占比重更大，约占全诗的三分之二。因此，《北征》作为叙事诗并不典型。

从意旨上来说，《北征》之作是杜甫履行左拾遗之职责向皇帝所呈的谏书，"虽乏谏诤姿，恐君有遗失"二句十分明确地说明了这一点。因此，从精神实质上来说，《北征》虽无"讽喻诗"之名，实际上与元、白的讽喻诗没有任何区别。元稹、白居易二人在阐述自己的讽喻理论时极力推崇杜诗中的"即事名篇"绝不是偶然的。罗宗强先生曾指出杜甫《宿花石戍》中"谁能扣君门，下令减征赋"这样的诗句是规讽之辞，并说："在一些诗里，虽然没有上引这种直接表示意见的近于讽谏的写法，但是在真实描写中也常常寓有讽谏之意，如《赴奉先县咏怀五百字》《北征》《兵车行》《丽人行》，等等。"①

正是从特定的创作意图出发，我们可以理解古代文人叙事诗为什么比较单薄。由于特定的意识形态限制，古代文人无不将"为君"看得高于一切，"为民"的最终目的还是"为君"，这样"为事"之作在"为君"目的的指令下，事件过程的设置、取舍便紧紧围绕着讽喻规谏而展开，事件本身反而退居十分次要的地位。当杜甫吟咏"葵藿倾太阳"的时候，他生活中的君主是高耀于天的红太阳，他自己只不过是一株"物性固难夺"、自觉自愿绕着太阳转的小小葵藿。即使君主疏远自己甚至要杀掉自己，即使君主是一个居心险恶的平庸之辈，自己仍然要不改"物性"高唱赞美诗，奉称君主为"中兴明君"，借机提出根本不可能为君主所喜爱、所接受的救国方略来。我们当然不能从一个政治家、军事家的角度去分析杜甫所提救国方略是否可行，但想到杜甫进谏的时候，多少是以政治家、军事家自居的，颇为自信自己方略

---

① 罗宗强：《隋唐五代文学思想史》，上海古籍出版社，1986，第131页。

的重要性。这是一种"不越位的越位"。说"不越位",是指作为朝臣的杜甫进谏是应该的;说"越位",是指"诗人"向"政治家""军事家"的越位,自己舍弃诗人的身份、不着意于诗歌本身而偏要去以诗为谏书。这或许是我们今天觉得《北征》这样的诗歌于叙事不足而于谏君有余的根本原因。

白居易《编集拙诗成一十五卷,因题卷末,戏赠元九、李二十》诗云:

> 一篇长恨有风情,十首秦吟近正声。

"长恨"指《长恨歌》,"秦吟"指《秦中吟》。白居易非常自信"身后文章合有名"。这不是自夸、自负之语。《长恨歌》和《秦中吟》至今仍为人熟知。不过若从诗艺角度而言,"有风情"的《长恨歌》要远在"近正声"的《秦中吟》之上。《秦中吟》后来被白居易归为讽喻诗,用意在于规讽时政,故称"近正声";而《长恨歌》却在于表达一种风情,摆脱了狭隘功利主义目的论的束缚。杜甫的诗也有这种情况。与《北征》内容相同、写作时间也相同的《羌村三首》,叙事艺术便超过了《北征》。

鄜州羌村即今陕西富县南的一个村庄。诗题为"羌村",表明该诗多少脱离了庙堂而专写农村人事。《羌村三首》的第一首写"归家":

> 峥嵘赤云西,日脚下平地。
> 柴门鸟雀噪,归客千里至。

诗歌没有写归家的原因及感触，而是在渲染了一幅乡村黄昏景象后，直叙"客"从千里之外到家后的情景：

> 妻孥怪我在，惊定还拭泪。
> 世乱遭飘荡，生还偶然遂。

在兵荒马乱的年月，人命危贱，朝不保夕，杜甫确曾一度落入叛军之手，险些丧命。所以久无音讯的杜甫而今突然回到家中，妻子简直不敢相信，不敢认，惊愕之后"喜心翻倒极，呜咽泪沾巾"，能够生还的确是"偶然遂"人愿。

"我"还家的消息不胫而走，邻人纷纷前来寒暄："邻人满墙头，感叹亦歔欷。"与家人久别重逢后要说的话太多了：

> 夜阑更秉烛，相对如梦寐。

最初相见的激动还没有消失，深夜烛下，相对而语，真是恍如梦中。"如梦寐"再次强化上文的"怪我在""惊定还拭泪"，突出"我"还家后家人的惊喜之情。

杜甫的确是"物性固难夺"的典范。还家之初的惊喜刚过，他就又想起了朝事而变得闷闷不乐起来。第二首叙述"还家少欢趣"：

> 忆昔好追凉，故绕池边树。
> 萧萧北风劲，抚事煎百虑。

"忆昔"句回忆去年六七月间纳凉"池边树"的往事。那时他对唐肃宗和自己立朝报国均寄予很大希望,孰料事隔一年自己便被疏远。所以他在农村"赖知禾黍收,已觉糟床注",只好借酒"慰迟暮"。这一首叙事成分大减,只有三四两句"娇儿不离膝,畏我复却去"刻画得很生动。

第三首将在家生活描绘得颇为成功:

> 群鸡正乱叫,客至鸡斗争。
> 驱鸡上树木,始闻叩柴荆。
> 父老四五人,问我久远行。
> 手中各有携,倾榼浊复清。

"客至"的当儿,一群鸡在庭院里啄斗喧闹。主人看鸡斗得太凶了,便出来干涉。受驱赶的鸡群惊叫着飞上矮树,主人听到有人在敲柴门。原来是四五个老朋友来访,每个人都提着各家酿的酒,或清或浊。可以想见,在"我久远行"之后,老友相见的话题是十分广泛的;特别是"我"这位朝廷命官,经多见广,最了解国家大事,穷乡僻壤的老百姓自然会把"我"的谈话当作一场"新闻发布会"。诗歌没有写这些,而是写老农们的话语:

> 苦辞酒味薄,黍地无人耕。
> 兵革既未息,儿童尽东征。

老农推辞自己家的酒酿得不浓,味太薄,因为"黍地无人耕",可以用来酿酒的粮食太少；而"黍地无人耕"的原因又在于"兵革既未息，儿童尽东征"。诗歌舍弃其他话题而专门让老农们谈论"苦辞酒薄"，用意不在于酒而在于"兵革"不息。结尾的 4 句是慨叹之辞：

  请为父老歌，艰难愧深情。
  歌罢仰天叹，四座泪纵横。

  阅读《羌村三首》，总觉得叙事生动感人的地方往往是诗歌忘记讽喻时政而专注生活本身的地方；一涉及时政，作者便要讽喻，叙事马上就会中断。这也可以说是杜甫及元、白讽喻叙事诗的一般特点，也是它们的根本缺陷。这种写法反不如只叙述生活事件本身的汉乐府民歌，如《东门行》《妇病行》以及宋代范成大的《催租行》，更具叙事艺术的感染力。剪裁得当的事件本身就足以表达作者的用意，这就使"卒章显志"往往成为"蛇足"。我们再看一首南宋陈与义的诗。

  陈与义《正月十二日自房州遇虏至奔入南山十五日抵回谷张家》的长诗题已大致交代了诗歌的主要内容。宋高宗建炎二年（1128）正月，作者在房州（今湖北房陵）遇金兵，落荒而逃，奔入房州城南的山里。诗歌开头 8 句是议论，于议论之中也叙出了自己的一些经历：

  久谓事当尔，岂意身及之。
  避虏连三年，行半天四维。
  我非洛豪士，不畏穷谷饥。
  但恨平生意，轻了少陵诗。

据白敦仁所编《陈与义年谱》载,从靖康元年(1126)正月金兵进犯京师之后,陈与义始则去陈留,出商水,留南阳;后又道经汝州、叶县、光化,辗转至房州。先后三年,竟像行经了四维之半。① "洛豪士"典出康骈《剧谈录》,大意说唐乾符中,洛中有一豪士,曾对人说烧饭所用之炭必先炼火,否则饭有烟气难餐。陈与义用此典意在表明奔逃途中忍饥挨饿。正因为亲身经历了战乱,才深知乱中东西奔走之不易,才更深切地体会出杜甫于"安史之乱"中所作诗篇的滋味。杜甫在唐代诗名并不最高,而宋人则将之推于一尊,影响日深。从"轻了少陵诗"一句看来,陈与义十分熟悉杜诗。

陈与义没有像《北征》那样将主要笔墨用于议论、抒怀,而是集中叙述了房州山中避难的详尽经历:

今年奔房州,铁马背后驰。
造物亦恶剧,脱命真毫厘。

金兵铁骑突入中原,向南进犯,主人公侥幸逃脱,奔向四周云雾环绕的南山。由于跑得太慌忙,鞋子都跑掉了,"布袜傲险巇",只好用袜子踏在陡峻的山崖上。可以说,"南山四程云,布袜傲险巇"两句从侧面将金兵之凶恶叙述了出来,使"脱命真毫厘"一句落到了实处。

好不容易逃进深山,又费尽艰辛找到一户人家,主人却并不热情:

篱间老炙背,无意管安危。

---

① 《淮南子·天文训》称天有四维,故能不坠。作者自东北趋西南避金兵,以"行半天四维"极言辗转之途遥远。

"老炙背"典出《列子·杨朱》,谓宋国一田夫晒太阳觉得很舒服,便告诉妻子说将"负日之暄"献给国君,"将有重赏"。这里借指一位敞开脊背晒太阳的老人。大概因为山深路险,与外界联系很少,所以当"我"说是逃难而来的时候,老头儿的反应颇为冷淡。"我"说明了自己的身份,老头还是不买账:

知我是朝士,亦复颦其眉。

之后,"我"大概又向老头费了许多口舌,诉说自己如何险些丧命,如何奔波劳累,又如何饥渴,老山民这才被说动了:

呼酒软客脚,菜本濯玉肌。
穷途易感德,欢喜不复辞。

"菜本"即菜根,"濯玉肌"化用白居易《小岁日喜谈氏外孙女孩满月》中"兰汤洗玉肌"句。本句指用草根煎水洗脚,大概是为了治疗脚上磨出的泡或被山石、荆棘扎伤的地方,照应"布袜"句。

以下 10 句是慨叹之辞,也有叙事成分:

向来贪读书,闭户生白髭。
岂知九州内,有山如此奇。
自宽实不情,老人亦解颐。
投宿恍世外,青灯耿茅茨。
夜半不能眠,涧水鸣声悲。

"我"本来是闭门苦读书的一介书生，对书本以外的世界所知甚少。"自宽实不情"大意是说自己实在不知深山之内有如许奇景、奇事，与"我"聊天的老人禁不住笑了起来。"我"和老人聊至深夜，"我"还是难以入眠，只听见茅屋外涧水的流动声。这一节不同于杜诗中单纯的议论，而是于议论中有叙事，属因言论而自见的叙事方式。

陈诗有一个新的变化，即较之唐代叙事诗的浅显晓畅，陈诗颇喜用典。仅用典一项，就足以表明陈与义的确是个"向来贪读书，闭户生白髭"的儒者。宋人喜欢掉书袋卖弄学问之癖，于此可见一斑。不过排除了用典所带来的阅读障碍，陈诗的叙事艺术是值得肯定的；其间的细节描写尤其值得注意。同样叙述战乱中的经历，陈诗比《北征》更像叙事诗。

以上我们讨论的都是第一人称有限视角的叙事诗，"我"即作品中的主人公。有限视角的另一种情形是将视角限定在作品的人物上，人物是"他"而不是"我"，故称为第三人称有限视角。我们且看王安石的《明妃曲二首》，其一的前两句曰：

明妃初出汉宫时，泪湿春风鬓角垂。

"明妃"即王昭君，据《后汉书·南匈奴传》载，她"丰容靓饰，光明汉宫，顾影徘徊，竦动左右，帝见大惊"。《明妃曲二首》叙述昭君远嫁匈奴事，将视角限定在"明妃"身上。在描绘完明妃"低徊顾影无颜色，尚得君王不自持"的容貌后，叙述她的心理世界：

一去心知更不归，可怜着尽汉宫衣。

第二章 视角与结构

> 寄声欲问塞南事,只有年年鸿雁飞。
>
> 家人万里传消息,好在毡城莫相忆。
>
> 君不见,咫尺长门闭阿娇,人生失意无南北。

"明妃"远在胡地,十分思念中原的家人,"着尽汉宫衣"一说她思汉之切,另一方面也说明历时之久,汉宫衣已经全部穿坏。

与《明妃曲二首》的结构相近的是南宋曹勋的《入塞》。南宋绍兴十一年(1141)至十二年(1142),曹勋出使金国迎接高宗母亲韦太后归来,途中目睹北方被占地区宋遗民的凄苦之状,"因作《出、入塞》纪其事,用示有志节、悯国难者云"①。《入塞》诗曰:

> 妾在靖康初,胡尘蒙京师。
>
> 城陷撞军入,掠去随胡儿。

第一句表明该诗的叙述视角限定在诗中人物"妾"上,让她叙述在靖康之难前后的遭遇。汴京陷落时,她被金人掠去。既为金国之虏,生活习惯必须随金。金国妇人以羔皮帽为饰,这位女子显然也入乡随俗了,故有下文"忽闻南使过,羞顶羖羊皮"之句。"羞"字尽见被金人俘虏的悲愤和对故国的思念。"立向最高处,图见汉官仪。数日望回骑,荐致临风悲"进一步强调故国之思。

将视角限定在作品中的某一个人物身上,如上论《入塞》的"妾",而又取得较高叙事艺术成就的是晚清诗人姚燮的《双鸩篇》。该

---

① 曹勋:《出入塞并序》。

诗长达302句，共1795字，比《孔雀东南飞》还多30字。这首诗叙述的同样是青年男女的恋情悲剧，但主要突出了金钱对婚姻的摧残。诗歌开头一段共54句叙写了"郎""妾"二人的至深爱情：

> 郎心爱妾千黄金，妾身事郎无二心。
> 郎年十七妾十六，圆转朱轮得华毂。
> 与郎生小闾门里，与郎结褵在燕市。
> 阿爷爱妾郎爱娘，但看郎欢为妾喜。
> 与郎同水为一池，与郎同木为一枝。
> 与郎为带同一结，与郎为茧同一丝。
> 郎命妾所依，妾命郎所与。

这对青年倾心相爱，"不必同日生，但愿同日死"，"妾为影，郎为形"，"一饥一饱与郎共，山崩川竭无更移"。通过女主角"妾"之口，我们知道二人青梅竹马，誓共生死。

诗歌的第二段波澜陡起：

> 阿爷日久嫌郎贫，日日要郎离妾门。
> 阿娘恨郎不赚钱，要郎远客三城边。

结婚后，女方的父母要让男青年去三城做生意挣钱。三城在今四川省松潘县城外西山上，诗中用以指偏僻荒远之地。

> 三城何嶒崒，三城何岧峣！

第二章 视角与结构

> 三城溪水深，水毒溪无桥。
> 三城黑沙黑，黑沙同鸣髇。
> 三城多劫贼，劫贼凶咆哮。
> 劫贼杀人如杀獒，白骨堆积城门高。

青年媳妇大概没有去过三城，但一听说父母要让丈夫去三城，便把三城想象成了一座地狱，忧虑、焦灼之情显而易见。"老客停马不敢过，年轻出门郎奈何！"不过迫于父母的压力，女子还是勉强答应了。

> 摘妾胸前玑，为郎换棉衣。
> 脱妾足下履，为郎易食米。
> 典妾金缠臂，为郎市鞍辔。
> 卖妾珊瑚翘，为郎置宝刀。

女子典卖自己的财物为丈夫准备行装，"出门七月期，初六是良吉"，定好吉日，"置得一杯酒，与郎作离别"。分别之时痛苦不堪："杯中一滴酒，心中一滴血。不饮愁郎饥，饮之恐郎咽。"真有些生离死别之感。这时候又传来父母二人的声音：

> 阿爷向郎訾："不得千金弗还里！"
> 阿娘从郎嗤："千金不得毋归来！"

这种要钱不要人的威胁无异是对青年夫妇的宣判，他们的命运将系于远在三城的"千金"上。男青年从未有过这方面的经验，三城又那么凶险，此去挣得千金的可能性无疑微乎其微。"妾手掩面啼声低，妾手不敢牵郎衣；向郎不语心依依，欲语又恐爷娘疑"，这几句将"妾"的心理刻画得细腻入微，感人至深。最后她"见郎屈一指，似郎为妾经年期"。她和丈夫既不敢多说什么，又什么也说不出来，她看到丈夫向她屈了一根指头，便明白那是丈夫跟她约定外出的一年之期。这种夫妇相别的描述在古代诗歌中是不多见的。

第三段叙述"郎"离家后"妾"对他的思念以及所承受的压力。"但愿郎得千金归，先向爷娘买欢喜"，她之所以忍受与丈夫的别离之苦，让丈夫冒险外出，不就是那该死的"千金"吗？所以她祈祷丈夫能顺利挣得这笔钱，好讨得父母欢心。

> 卸妾玉条脱，何有颜色强！
> 何有辉与光！解妾明月珰！
> 脱妾金缕衣，为郎折叠空竹箱。
> 譬如生小不嫁郎，见之徒令心悲伤。

《诗经·卫风·伯兮》描述一位妻子与丈夫离别后说："自伯之东，首如飞蓬。岂无膏沐？谁适为容！"丈夫不在时她无心打扮了。而本诗的女主角无心装扮，主要因为"见之徒令心悲伤"。她的这些装饰物有些是丈夫送给她的，是二人欢聚恩爱时所用的；而今丈夫不在家了，见到这些"旧物"岂能不勾起旧情！于是只好将它们置于竹箱，免得睹物伤怀。她还想象丈夫"视妾双眉蛾，归来记取青不多。记妾领中扣，归来与郎验肥瘦"，从丈夫的角度写自己容颜憔悴，日趋消瘦。她过着"为郎不下堂，为郎不出房"的索居生活，"为郎日焚香，焚香祝告天苍苍"。从春至夏，"日高听铃马，铃马辚辚过楼下；日落闻行车，行车却向东南驰"，她每天都在窗前倾听、眺望，盼望那熟悉的身影出现，无奈过尽千车皆不是，日起日落徒增忧！

"半年得一信，一年不得郎边书"，这时候有人从三城回来，她听说后想去打听又不敢开口，生怕是凶信。那位来客说："三城多白杨，三城多劫贼。三城溪水深，三城黑沙黑，老客停马不敢过，年轻出门那归得！"他一听说年轻人去三城，连连摇头说凶多吉少，因为三城太凶险了。这时候狠心贪财的父母又来威逼她了：

  阿爷从妾言："负汝青春年。"
  阿娘向妾语："是汝命生苦。
  怜汝命生苦，为汝重剪红罗襦，
  紫为绣凤青天吴。
  复帐六尺八，菡萏四角垂流苏。
  画簟六尺三，缘以鸾锦椒泥涂。
  东家郎，好光辉，劝汝弗爱金缕衣。
  劝汝弗爱玉条脱，西家郎，好颜色。
  东家西家郎，手中累累千金黄。
  心中不断宛转肠，汝还弗爱明月珰。"

父母又是威逼，又是诱惑，劝她忘却旧情另攀富枝。女主却十分坚定：

  稽首爷娘前："爷娘听妾语，

>   爷娘之爱何敢逾？妾心区区当鉴取。
>   妾心区区天可盟，妾为郎妇身分明。
>   不能郎生妾先死，忍因郎死偷妾生？"

从此之后，她开始过着更加忧心如焚的日子："梦郎向妾笑，如郎同居时。梦郎向妾哭，如忧出门无还期。梦郎三城归，黄金百笏青骊骢。梦郎流落不得归，面目黧黑无完衣。"父母的逼迫更加严厉："阿爷逼妾嫁，朝呵暮骂相摧靡。阿娘逼妾嫁，长荆短棘来鞭笞。"真是度日如年。"爷呵骂，岂不恫；娘鞭笞，岂不痛。思郎生死犹未明，妾不轻生为郎重。"她想到过死，但也想到丈夫生死未明，为丈夫要隐忍偷生。

第四段叙述丈夫空手而归，夫妻饮鸩自尽。先叙述又过了一年，门外鸦啼鹊噪，丈夫终于回来了。

>   见郎入门来，见郎如梦里。
>   视囊不得米，视衣衣无襟。
>   马死弃鞍辔，茧足徒步如炮烊。

别说千金，就连原来的盘缠也全赔上了，人流落得像个叫花子。但人能生还比千金更贵重啊！妻子想到"郎归不止黄金千"，欢喜不尽，"记妾领中扣，与郎量肥瘦。记妾双眉蛾，为郎憔悴青不多"。但是，"爷娘怨郎身手穷，囚妾不使郎衾同"。因为没有完成挣钱的任务，夫妻被迫分居。

苦心盼了两年，丈夫虽然生还了，但父母的威逼更严厉了。"生不同衾死同穴，妾虽无言妾已决"，她下定了死的决心，决定以死来抗争，求得死能同穴。她向父母作了一番劝慰，便"为郎置鸩酒"，"但得生死常追随，此酒不减同心杯"。为了生死相随，毒酒亦甘之如饴。"妾饮琉璃杯，郎饮白玉盏"，死前还向父母说道："郎死不值千黄金，妾死不值黄金千！"故事在高潮中结束。

夫妻死后，东邻西邻都来观看，诗歌这时候交代了青年男女的姓名：

东邻西邻语我前，要我制作双鸩篇。

郎年二十妾十九，郎姓黄，妾姓柳。

据考证，姚燮于清道光十六年（1836）赴京会试，在寓所附近听到这一故事，遂成此诗。联系篇首"郎年十七妾十六"，可知诗歌跨度为三年，与诗中所写的花开三度正相符合。

从叙述角度讲，该诗在结尾处点明是作者在听闻的基础上创作的，但诗歌主体内容将视角限定在了柳姓女子身上，让她充当故事的叙事者。较之有限视角转换的一般叙述模式，这种叙事手法难度更大一些，因为故事中的主人公已不是一般的被介绍者，她在扮演主人公的同时还须担任叙述者，身份是双重的。由于该诗主要以"妾""郎"来指代人物，使我们在读该诗时就像在听"妾"的哭诉，很容易与她发生共鸣。故事在"妾""郎"饮下毒酒之后而止，正表明主人公消失的同时故事的叙述者随即隐退。正是从这个角度看，诗歌的最后一段是败笔，因为"西邻来看妾，密纫条条罗袴褶。东邻来看郎，仪容皎皎明月光。

东邻西邻长叹息……"这样的句子,俨然全知视角的叙述方式,一下子破坏了全诗叙事角度的统一性,造成一定的混乱,以致让人不敢肯定诗歌的主体部分是有限视角还是全知视角。这一部分若改为一小序置于诗前,则可免去此病。

另外,该诗虽是文人创作,却有着浓郁的民歌风味,有不少地方的描写技巧类似《陌上桑》和《孔雀东南飞》。该诗还用花开花落的景象描写来表示时间推移,这一点将在第四章"叙事意象发微"部分中论述。

六军不发无奈何
宛转蛾眉马前死
花钿委地无人收
翠翘金雀玉搔头

第三章
人　物

第三章 人 物

人物是事件或情节的生成者、承担者，没有人的活动便不会有事件或情节的产生。因此，人物是叙事文学中不可或缺的要素。

英国小说家兼评论家福斯特在《小说面面观》一书中，花费了很多的篇幅来讨论人物，其分量超过了"故事""情节"两章的总和，足见人物对小说的重要性。衡量一篇古典叙事作品的艺术成就，人物形象的典型化程度往往被视为一条重要标准。

叙事诗作为叙事文学的一种，当然也少不了人物这一重要因素。但是通过以上两章的论述可以看到，中国古代叙事诗不以情节完整生动、人物冲突激烈而取胜，着力于刻画人物形象的作品并不多见。因此，中国古代叙事诗人物形象的鲜明、生动、丰满程度大不如西方的史诗。

中国古代叙事诗中刻画人物的方法笔者上文已有论及。本章不打算重复这一问题，而将重点放在"抒情主人公"这一概念的辨析上，以及对中国古代叙事诗的人物类型的探索上。

一、"抒情主人公"辨疑

笔者在本书的"绪论"部分辨析"叙事诗"的概念时发现，当代文学理论将有没有"人物形象"作为划分叙事诗和抒情诗的标准之一，认为抒情诗没有人物形象；但是，"抒情主人公"这一概念又相当普遍地出现在文学理论和文学史研究当中,王元骧教授以"抒情类文学中的形象"为题,专门研究过"抒情主人公"的问题。王教授是这样论述的:

> 倾向于从客观外部世界入笔的叙事类文学,在刻画人物性格时由于侧重于描写人物习惯性的行为方式,所创造的是属于再现性形象;而倾向于从主观内部世界入笔的抒情类文学在刻画人物性格时由于侧重于揭示人物比较稳定的对待现实的态度,所创造的则属于表现性的形象(即所谓"抒情主人公"的形象,这个抒情主人公一般是作者本人,也可能是诗人为寄托自己的情感所创造出来的人物,如海涅《西里西亚纺织工人》中的"纺织工人")。①

> 抒情类文学的形象一直以来也就成了我们文学理论界很少有人问津,甚至避而不谈的问题。这样一来,就不仅为我们的诗歌理论留下了一个巨大的空白环节,而且在某种意义上也影响到了我们对艺术形象全面、完整的认识,乃至整个文学理论学科的建设。②

王元骧着眼于诗歌理论研究的需要提出问题,进而扩展到对艺术形象全面完整的认识,这引起了笔者极大的兴趣。从王元骧的研究论题看,如果"抒情主人公"这一概念提得十分有道理,那么以"有没

---

① 王元骧:《审美反映与艺术创造》,杭州大学出版社,1992,第280页。
② 王元骧:《审美反映与艺术创造》,杭州大学出版社,1992,第283页。

有人物形象"为标准所作的叙事诗、抒情诗的区分就完全值得怀疑；进而叙事诗中的人物形象与抒情主人公如何区别、各自有着怎样的特点等问题，就为本书所不能回避；再者，如果"抒情主人公"的提法成立而作为一种"形象"，那么这种形象与中国古代抒情诗中最普遍的形象——意象，又如何区别？这的确关系到当代诗歌理论的建设理路。因此，我们必须对"抒情主人公"作一辨析。

王元骧在肯定抒情主人公这一概念后，以陶渊明的《归田园居（其三）》为例，征引杜浚评陶诗"片语脱口，便如自写小像。其人之岂弟风流，闲清旷远，千载而上，如在目前。人即是诗，诗即是人"①一段话，得出结论说："抒情类文学的形象就其根本性质来说就是诗人'人格的肖像'，在作品中，诗人把自己对待社会人生的本质态度揭示得愈充分，他的思想人格就表现得愈鲜明，作品的形象也就显得愈确定、愈容易把握。这是许多优秀抒情类作品的共同的特点。"② 我们认为这个论断是值得进一步推敲的。

文学创作要用形象思维，用形象反映生活是文学的根本特征，这已是当代文艺学的共识。在论述形象思维的时候，人们经常征引中国古代文论家刘勰"神与物游"的观点。我们不妨也拿来作一分析：

> 文之思也，其神远矣。故寂然凝虑，思接千载，悄焉动容，视通万里。吟咏之间，吐纳珠玉之声；眉睫之前，卷舒

---

① 王元骧：《审美反映与艺术创造》，杭州大学出版社，1992，第286页。
② 王元骧：《审美反映与艺术创造》，杭州大学出版社，1992，第286页。

风云之色；其思理之致乎！故思理为妙，神与物游。①

刘勰这里主要从情、物关系论述构思活动的特点，所言"神与物游"与今天的形象思维极为接近；其差别在于，刘勰所言的"物"，主要指自然景物，而不是人物。因为刘勰所研究的文学对象主要是中国古代的诗与赋，用"神与物游"来概括中国古代抒情诗的思维特征，既精到又恰切。中国古代诗论大量关于情、景关系的论述都与"神与物游"十分近似。因此，具体到中国古代诗学而言，形象思维的"形象"主要指"物象"或"景象"，即我们常说的"诗歌意象"，而根本不是叙事类作品中的人物形象。我们不妨也引陶渊明的《归田园居（其三）》来作说明：

> 种豆南山下，草盛豆苗稀。
> 晨兴理荒秽，带月荷锄归。
> 道狭草木长，夕露沾我衣。
> 衣沾不足惜，但使愿无违。

如果从诗歌意象的角度看，该诗的意象主要有"南山""草""月""夕露"等几个。全诗由这些具有内在联系的意象组成，表现了作者的清旷淡远之风。这些才是诗歌的"形象"。诗人既没有直抒胸臆发泄对尘世的不满，也没有叙述一件不合流俗的经历——比如说不肯为五斗

---

① 刘勰：《文心雕龙·神思》。

米折腰而挂冠归隐的故事，诗中的形象怎么能够说成是"作者本人"的"人格肖像"呢？这种说法完全忽视了中国古代诗学的实际情况。

高尔基说："艺术的作品不是叙述，而是用形象、图画来描写现实。"如果从包括中国古代诗歌的文学作品实际出发，我们不妨把高尔基这句话中的"形象"理解为"人物形象"，是针对叙事类作品而言的；把"图画"理解为"意象"，更符合中国古代抒情诗的构思与表达特点。以群主编的《文学的基本原理》讲到文学作品中的形象时的一段话，比较全面而允当：

> 有一些文学评论家曾经主张，抒情诗中的形象就是作者自己。其实，这是牵强地将衡量叙事作品中的形象的标准来衡量抒情作品的结果。某些抒情诗固然也可能有作者自己的形象，但决非凡抒情诗中的形象都是作者自己的形象。这样的理解是把形象作了最狭义的解释。形象的含义应该宽广得多。人物固然是形象，山、水、花、鸟、风、云、雷、电等自然景物，也都可以作为诗的形象。①

该著接着举了李白的《蜀道难》《战城南》，杜甫的《白帝》《登高》诸诗为例，如《登高》"风急天高猿啸哀，渚清沙白鸟飞回。无边落木萧萧下，不尽长江滚滚来"，这4句景物描写中传达出杜甫"潦倒浪迹的悲哀"。"这些优美的抒情诗，主要都不是刻画人物形象的，却生动地描写了各种各样的具体形象，使这些作品具有丰富的形象性，

---

① 以群主编：《文学的基本原理》，上海文艺出版社，1984，第188页。

并通过生动的形象描绘，有力地表达了作者的思想感情。"[①] 十分明显，这样的论述没有忽视中国文学史的实际状况，因而更为准确。

用叙事类作品的人物形象来理解文学作品的形象，除了会产生狭窄地理解形象这一偏差外，还会产生牵强附会的弊端。叙事类作品的形象性主要体现为人物塑造，具有高度概括力的成功形象一般被称为典型，因此，"典型化"成为叙事类作品创作的根本法则，是否具有"典型性"成为衡量作品优劣的标准。但是，肆意将典型的概念扩大化用于衡量一切文学作品，则难免捉襟见肘。比如有一本文学理论著作认为"典型就是具有高度概括性的文学形象"，将一切文学形象纳入典型范畴，然后总结说："在叙事性的作品中，所谓典型是指典型人物，或称典型性格。在抒情性的作品中，典型就是意境。"这种结论的混乱是显而易见的：抒情性作品的形象一般是自然景物，通称"意象"；如果一定要用"典型"这一概念，那么抒情性作品中的典型只能是"典型意象"而不是"意境"。道理十分简单：一首抒情诗中的意象往往不止一个，而意境是这些意象通过有机联系构成的整体效果，一首诗只有一个意境。如果说"典型就是意境"，用这种逻辑反观叙事性作品，比如《红楼梦》中的贾宝玉、林黛玉必然失去"典型性"而成为一般的人物形象，用贾、林、薛这些人物构成的"典型人物"又将是怎样的怪胎呢？闹出这种笑话的根源在于：牵强地套用西方传入的文学理论而不考虑中国自己的文学传统。

至此，我们似可断言：包括抒情类作品的一切文学作品都必须运用形象思维，而抒情类作品，特别是中国古代抒情诗中的形象一般是

[①] 以群主编：《文学的基本原理》，上海文艺出版社，1984，第189页。

物象，即常说的"意象"，而不是什么"人物形象"。将"抒情主人公"等同于"抒情类作品的形象"是对中国古代诗歌的一种误解。"抒情主人公"这一概念只会造成对形象思维理解的混乱，又混淆了叙事类作品和抒情类作品的特征。

我们在上文中已区分过作者、叙事者、人物，"抒情主人公"的提法是将这三者等同了起来。我们不妨借中国诗学中"诗中须有人"这一著名命题的论析来作说明。

清初吴乔《围炉诗话》载：

> 问曰："先生每言诗中须有人，乃得成诗。此说前贤未有，何自而来？"
>
> 答曰："禅者问答之语，其中必有人，不知禅者不觉耳。余以此知诗中亦有人也。人之境遇有穷通，而心之哀乐生焉。夫子言诗，亦不出于哀乐之情也。诗而有境有情，则自有人在其中。……荡妇、反贼诗，亦有人在其中。故读渊明、康乐、太白、子美集，皆可想见其心术行己，境遇学问。刘伯温、杨孟载之集亦然。惟弘嘉诗派浓红重绿，陈言剿句，万篇一篇，万人一人，了不知作者为何等人，谓之诗家异物，非过也。"①

吴乔在《围炉诗话·自序》中开宗明义指出，诗歌的生成根源在于"人心感于境遇，而哀乐情动，诗意以生"。即言诗歌乃是人之哀乐

---

① 吴乔：《围炉诗话》。

之情的自然流露，人生境遇和触景所生之情是诗歌的根本。因此，诗歌必有作者本人在其中，荡妇、反贼诗亦不例外，陶诗、杜诗更是如此。那些不从人生境遇出发，放弃自己哀乐之情而专事抄袭模拟之作，如明代前后七子复古运动中的作品，"万篇一篇，万人一人"，失却了作者的本来面目，故为"诗家异物"。此论一出，颇受时人好评与重视，如赵执信曾说："昆山吴修龄（乔）论诗甚精，所著《围炉诗话》，余三客吴门，遍求之不可得。独见其与友人书一篇，中有云：'诗之中须有人在。'余服膺以为名言。"赵执信还接着发挥道："夫必使后世因其诗以知其人，而兼可以论其世，是又与于礼义之大者也。若言与心违，而又与其时与地不相蒙也，将安所得知之而论之？"①

由此不难看出，古代所言"诗中须有人在"的本意在于，作品必须表现作者自己的真性情、真面目，有作者自己的特点；读者读到这样的作品，方能于"千载之下，想见其为人"。当然，由于才力所限，并非所有的诗人或诗作都能达到"诗中有人"的高度，叶燮的一段论述较为全面、允当：

> "作诗者在抒写性情。"此语夫人能知之，夫人能言之，而未尽夫人能然之者矣。"作诗有性情，必有面目。"此不但未尽夫人能然之，并未尽夫人能知之而言之者也。如杜甫之诗，随举其一篇，篇举其一句，无处不可见其忧国爱君，悯时伤乱，遭颠沛而不苟，处穷约而不滥，崎岖兵戈盗贼之地，而以山川景物、友朋杯酒，抒愤陶情，此杜甫之面目也。我

---

① 赵执信：《谈龙录》。

一读之，甫之面目，跃然于前；读其诗一日，一日与之对，读其诗终身，日日与之对也。故可慕可乐而可敬也。举韩愈之一篇一句，无处不可见其骨相崚嶒，俯视一切；进则不能容于朝，退又不肯独善于野，疾恶甚严，爱才若渴：此韩愈之面目也。举苏轼之一篇一句，无处不可见其凌空如天马，游戏如飞仙，风流儒雅，无入不得，好善而乐与，嬉笑怒骂，四时之气皆备：此苏轼之面目也。此外诸大家，虽所就各有差别，而面目无不于诗见之。其中有全见者，有半见者。如陶潜、李白之诗，皆全见面目。王维五言则面目见，七言则面目不见。此外面目可见不可见，分数多寡，各各不同，然未有全不可见者。读古人诗，以此推之，无不得也。余尝于近代一二闻人，展其诗卷，自始至终，亦未尝不工，乃读之数过，卒未能睹其面目何若，窃不敢谓作者如是也。①

这一段话讲得十分明白：优秀的诗作都具有各自的特征，这些特征将作者的面目表露无遗；而优秀读者的首要本领在于将隐藏在诗句后面的作者活化出来，读其诗即如面对其人。由此可见，所谓"诗中有人"的人，并不是诗中的形象，而是作者本人；诗中的形象往往是山川景物、四时之气。

我们还可以离开中国古代抒情诗而以现代小说为例。谁都明白鲁迅小说《祝福》中的主人公形象是祥林嫂，小说中的"我"只是叙事者而不是鲁迅本人。完全可以说，鲁迅在小说中根本没有出现，不可

---

① 叶燮：《原诗·外篇》。

能是该小说中的"形象"。但这并不妨碍我们通过这篇小说，认识到小说背后鲁迅的人格品质，想象出鲁迅的"面目"来。这就是说：作者鲁迅、叙事者"我"、作品的人物祥林嫂是分离的，绝不能等同。如果按照"作者本人人格肖像就是抒情类文学的形象"的逻辑，我们能说《祝福》有三个形象——祥林嫂、"我"以及鲁迅本人吗？这种结论显然是有悖常情的。

总之，"抒情主人公"的概念是一个不科学的提法，将它等同于"抒情类文学的形象"至少是不符合中国古代抒情诗的实际的。我们都知道，叙事类作品如小说的要素是人物、情节等，而抒情类作品如中国古代抒情诗的要素则是意象。"抒情主人公"这一概念势必混淆这一特征性差异，不利于我们的分类研究。我们所研究的中国古代叙事诗是一种抒情性很强的叙事性作品，"抒情主人公"的提法势必混淆作者与作品人物形象的界限，并且妨碍我们对叙事诗的确认。这就是我们辨析"抒情主人公"这一概念的用意所在。

二、人物类型探索

人物研究主要围绕着人物塑造的方式而展开，人物论往往是对叙事类文学作品进行研究的重点。但是，本书第一章对中国古代叙事诗创作意图的考察表明，中国古代叙事诗大都为"尚用"之作，即重视其社会功用，对事件的剪裁、人物的塑造大都是围绕这一中心思想而展开的，因此，波澜壮阔、曲折迷离的故事过程往往很少出现，诗作也往往很少将笔墨集中在人物形象的塑造上。这一客观情况决定了我们不能将主要精力放在人物塑造的研究上，这样会大大减少本章的分量，使全书的章节比重失衡。不过我们认为：著述的结构安排应取决于研究对象自身的结构，而不是人为地夸大或缩小。这一失衡的表层结构或许更能直观地展示中国古代叙事诗的特点或曰局限。本节只能重点探讨一下中国古代叙事诗的人物类型。

划分人物类型的依据有着种种不同，最常见的是根据人物的社会地位来划分，比如我们就可以依照社会地位对中国古代叙事诗中的人物作出以下分类：

1. **帝王**。如《生民》中的后稷、《长恨歌》中的唐明皇、《永和宫词》中的崇祯。

2. **后妃**。如《长恨歌》中的杨贵妃、《永和宫词》中的田贵妃和周皇后。

3. **将相**。如《雁门太守行》中的孙传庭。

4. **一般官吏**。如《孔雀东南飞》中的焦仲卿、"三吏"中的行人。

5. **下层民众**。如刘兰芝、木兰、兰陵女儿等。

这种分类的做法有一个好处，即能够从内容特征看出作品取材的广度。如吴伟业叙事诗中的人物形象涉及以上各类人物，就说明吴诗在取材上比其他诗人广泛得多。这对评价一个诗人的成就具有一定的参考价值。

不过，这种划分标准对应的是社会结构。封建时代的社会结构就像一个帝王高高在上、下层民众伏居其下的金字塔。因此，这种分类方式只考虑到了外在于文学作品的社会结构，故有的论者颇含愤慨地称之为"庸俗社会学"的标准。

本书有一大部分内容是从作品结构入手来进行研究的，因此，我们这里依据人物在作品结构中的功能，将中国古代叙事诗的人物划分为叙事者和非叙事者两大类。

作出这样的划分后我们马上就会发现，中国古代叙事诗中最著名、较成功的人物形象都是非叙事者，如刘兰芝、木兰、唐明皇、杨贵妃等；而叙事者有很大一部分只以"行人""过者""长者"的身份出现，自身形象十分模糊（参见第二章"有限视角发生转换的叙事模式"一节）。我们这里首先以李白的《古风（其三十四）》为例来作一分析。

诗歌前4句从一个军情紧急的场面着笔：

> 羽檄如流星，虎符合专城。
> 喧呼救边急，群鸟皆夜鸣。

联系唐代的史实可知，诗中所写是发生于天宝十年（751）征南诏之事。剑南节度使鲜于仲通专横粗暴，大失人心，而云南太守张虔陀又对南诏王阁罗凤多凌辱，遂激起南诏人的反抗。天宝十年夏鲜于仲通发兵8万，与阁罗凤战于西洱河，惨败且伤亡6万。时相杨国忠为他隐瞒败迹，又在东、西两京和河南、河北大肆征兵。李白诗歌中用"喧呼救边急"说明征兵之紧急：

诗歌渲染了背景之后，开始交代战事的原委：

> 借问此何为？答言楚征兵。
> 渡泸及五月，将赴云南征。
> 怯卒非战士，炎方难远行。
> 长号别严亲，日月惨光晶。
> 泣尽继以血，心摧两无声。

困兽当猛虎，穷鱼饵奔鲸。

千去不一回，投躯岂全生！

诗歌没有采用全知视角的手法，而是运用了问与答的形式，设计了一个"问者"和一个"答者"，让"答者"充当叙事者来叙述战事情形。诗歌的开头几句和末尾"如何舞干戚，一使有苗平"二句可以视为"问者"的见闻与议论，而"答言楚征兵"以下12句叙述战事原委、情形的内容，则是诗歌内容的主体。

从上文所论的这首诗可以看出，诗中也有人在，但是人物形象十分模糊。作为叙事者A的"问者"和作为叙事者B的"答者"都只是传达"征战南诏"一事的工具，二人的面貌、性情都很难让读者形成一个清晰的印象。这基本上是中国古代叙事诗中叙事者的一般状况。篇幅比较长的《秦妇吟》，尽管秦妇作为一个叙述者叙述了十分庞杂的内容，但她自身的形象依然不够生动感人，造成这种状况的原因何在？

张维屏的诗作《三将军歌》有助于我们探讨形成这种状况的历史原因。该诗写于道光二十二年（1842）。陈连升、陈化成、葛云飞三人是鸦片战争时期因抗击英国侵略者而英勇殉国的名将，当时有许多诗人赋诗歌赞颂他们的英雄壮举。张维屏的《三将军歌》是其中的名篇，诗前有小序云：

三将军者，陈公连升、陈公化成、葛公云飞也。道光庚子、辛丑、壬寅，三公皆以御夷寇力战殁于阵。余闻人述三公事，作三将军歌。

序文最后一句"余闻人述三公事,作三将军歌"表明,三将军的事迹是别人叙述的,作者是在此基础上加以创作的。诗歌的结尾处又有这样两句:

我闻人言为此诗,言非一人同一辞。

这都说明:作者"我"是诗歌的叙事者,叙述对象三将军是诗中人物,即非叙述者。我们依次来看诗歌对三将军的叙述。第一位是陈连升:

英夷犯粤寇氛恶,将军奉檄守沙角。
奋前击贼贼稍却,公奋无如兵力弱。
凶徒蜂拥向公扑,短兵相接乱刀落。
乱刀斫公肢体分,公体虽分神则完。
公子救父死阵前,父子两世忠孝全。

陈连升(1775—1841),河北鹤峰人,行伍出身,官至参将。1839年因打败盘踞在珠江口官涌的英国侵略者,被提升为三江协副将,调守沙角炮台。1841年1月7日,英军1400余人向沙角、大角炮台发动进攻,陈连升和他的儿子陈长鹏(武举人)奋力抵抗,炮台将士只有600余人,最后战至弹尽粮绝,陈连升阵亡,其子亦投江殉难。诗歌没有描述战争的经过,而只将笔墨集中在陈连升与敌人短兵肉搏这一时刻,"乱刀斫公肢体分",这七字将陈连升之死写得颇为悲壮、凄惨。

诗歌写陈连升时,附及其子陈长鹏,主要是为了表现陈家的"忠

第三章 人　物

孝两全"。在写葛云飞时，则先从其母写起：

> 陈将军，有贤子；葛将军，有贤母。
> 子随父死不顾身，母闻子死数点首。

按人之常情，儿子战死，母亲总要悲痛欲绝，而葛母听说儿子战死后，却一反常态"数点首"，表示十分赞赏，儿虽死，母并无憾。这是为什么呢？葛母的"数点首"留下悬念：

> 夷犯定海公守城，手轰巨炮烧夷兵。
> 夷兵入城公步战，枪洞公胸刀劈面。
> 一目劈去斗犹健，面血淋漓贼惊叹。
> 夜深雨止残月明，见公一目犹怒瞪。
> 尸如铁立僵不倒，负公尸归有徐保。

葛云飞（1789—1841），字雨田，又字鹏起，浙江山阴（今杭州萧山）人，道光武进士。1838 年，他任浙江定海镇总兵。1841 年 9 月，英军第二次进攻定海时，他与处州镇总兵郑国鸿、寿春镇总兵王锡朋协同抗英，据守定海土城，血战六昼夜，敌人不得入。1841 年 10 月 1 日，英军趁雾大举登陆，郑、王二将牺牲，定海土城危在旦夕。《清史稿》有传，葛云飞率兵士 200 人，持刀冲入敌阵，与侵略者展开白刃战，受伤 40 余处，仍率众死战，最后中炮牺牲。诗歌选取葛云飞与敌人白刃战时的典型细节，如"枪洞公胸刀劈面"，"一目劈去斗犹健"，以及残月下剩下的一只圆瞪怒目，僵硬如铁的不倒身躯，将一个血气英雄描绘得十分感人。这样鲜血淋漓的战斗描述在古代诗歌中极为罕见。

该诗描写的第三位将军陈化成同样是位英雄。陈化成（1776—1842），字业章，号莲峰，福建同安人。行伍出身，历任总兵、提督。在福建提督任内，曾发炮屡挫英船。后调江南提督，积极在吴淞口设防备战。1842年6月，英军侵犯吴淞炮台时，他坚决反对两江总督牛鉴畏敌求和。6月16日天亮，英军猛攻炮台，他率部抵抗，奋战两个多小时，击伤英舰多艘，并以肉身搏战，多次打退敌军进攻。后因牛鉴从宝山溃逃，英军得以由此登陆。陈化成在孤立无援的情况下，仍率炮台官兵80余人血战，他负伤7处，血尽身亡。《清史稿》有传。《三将军歌》原诗如下：

> 陈将军，福建人，自少追随李忠毅，
> 身经百战忘辛勤。
> 英夷犯上海，公守西炮台，
> 以炮击夷兵，夷兵多伤摧。
> 公方血战至日旰，东炮台兵忽奔散。
> 公势既孤贼愈悍，公口喷血身殉难。
> 十日得尸色不变，千秋祠庙吴人建。

诗歌比较多地叙述了陈化成阵亡的原因：友军先溃，自己孤军无援。最后"十日得尸色不变"七字，将陈化成的豪气写得颇足。

通过以上的介绍可以看到，《三将军歌》是一首以人物为中心的叙事诗。诗歌的结构颇类似于杜甫的《饮中八仙歌》和吴伟业的《画中九友歌》，将数个人物并列于一诗当中。从事件本身与诗歌的叙述看，诗歌应该有足够的素材将事件叙述得曲折剧烈，从而将三位人物不同的个性特征刻画得更为独特、丰满。但诗歌似乎没有达到这样的程度。我们这样评说绝不是对作者的苛求，而是想借此发掘中国古代叙事诗典型人物稀少的根源。

从叙述手法上看，《三将军歌》的叙事者——"我"处处没有忘掉自己，而且表现得相当突出。诗歌一开头的用辞就带有叙事者强烈的感情色彩：

三将军，一姓葛，两姓陈，
捐躯报国皆忠臣。

这是对三人的盖棺定论，将这一定论置于全诗之首，无异于为全诗定下了取材的框架：必须紧紧围绕一个"忠"字。诗歌结尾处在叙述完三人后，叙事者自己站出来发了一通评论：

我闻人言为此诗，言非一人同一辞。
死夷事者不止此，阙所不知诗亦史。
承平武备皆具文，勇怯真伪临阵分。
天生忠勇超人群，将才孰谓今无人？
呜呼，将才孰谓今无人，
君不见二陈一葛三将军！

这里首先应注意的是叙事者的态度。叙事者的这些诗句表明，他之所以要叙事、要记述三位将军,并不是为三将军本人塑像,根本目的是表彰"忠勇",即倡导"忠臣"。这是中国古代非常强烈的政治伦理观念。这一强大的观念制约着作者的诗歌创作过程,使其不可能将目光聚焦人物本身——人物的喜怒哀乐,丰富的内心世界,独特的个性等,而只能将三个人物视为同一种观念——忠勇的体现,三人同属"忠勇"这一单一的符号。因此,诗中的三位历史人物尽管实际上差异可能非常大,但从诗歌本身丝毫看不出三人的个性特征。一句话,叙事者叙事主要是为了表现自己的政治伦理观念,而不在意事件本身的生动性,也不在意事件主体——人物形象的丰富性。

这可以说是中国古代叙事诗的普遍现象,杜甫的"三吏"、《兵车行》,元稹的《连昌宫词》,李商隐的《行次西郊作一百韵》莫不如此。诗中的所有叙事者与其说在叙事,不如说在表达一种观念。被白居易称为"尤工乐府诗,举代少其伦"[①] 的张籍,其所作乐府诗中不乏叙事因素,但作者往往从抒情和评论的角度来剪裁,这样就把富有故事情节的具体描述舍弃了,人物形象的刻画便大受限制。我们且看他的一首以人物为中心的乐府诗《野老歌》:

> 老农家贫在山住,耕种山田三四亩。
> 苗疏税多不得食,输入官仓化为土。
> 岁暮锄犁傍空室,呼儿登山收橡实。
> 西江贾客珠百斛,船中养犬长食肉。

---

① 白居易:《读张籍古乐府》。

第三章　人　物

　　诗歌以"野老"为名，但诗意全不在塑造野老的形象，而只在于揭露官府横征暴敛所导致的农民贫困现象。最后两句是作者自己的慨叹，不过这一慨叹不是一般的议论，而是选取了当时的另一种社会现象，即在广西做珠宝生意的商人，生活极为奢靡，"船中养犬长食肉"，与山农无食、不得不捡拾橡实充饥的现象形成强烈对比，表达出诗人强烈的感情。这种明确的动机和目的，亦即白居易在《读张籍古乐府诗》中所评的"愿播内乐府，时得闻至尊"，从而"上可裨教化，舒之济万民"，这也就是"风雅比兴外，未尝著空文"。张籍的乐府诗情况实际上也是古代乐府叙事诗的一般特点。

　　白居易诗句"未尝著空文"中的"空文"，大概正是对事件的详尽叙述，对人物的细致刻画。《三将军歌》与这种诗学观念可谓一脉相承。正是叙事者强烈的功利观念，大大限制了人物展示自身的机会，造成了中国古代叙事诗中人物形象的贫乏。我们可以将《三将军歌》中的"我"，叙事者称为"功能性"人物，因为他在诗中起着叙述事件的功能；而将三将军——二陈一葛称为"行动性"人物，他们凭借自己的行动来展示自己的个性。由此我们可以得出这样一个论断：中国古代叙事诗中的叙事者是"功能性"人物，他们在作品中除了承担叙事的功能外，还承担着"评论"的功能，某种程度上是作者本人的传声筒（叙事者是作者本人时就更是如此），因此他们都是某一种观念的化身，这是他们不能成为典型形象的根源。中国古代叙事诗中的非叙述者是"行动性"人物，他们主要通过自己的行动来展示自己的个性，其丰富、典型的程度基本上取决于叙事者给予他们展示自己的机会的多寡。我们以杨圻的《哀大刀王五》一诗为例来作说明，诗前小序为：

> 王正谊，字子彬，回教人；少为盗，出没燕豫秦陇间，称大刀王五，吏莫能得。所取皆赃贿，得财济贫困，称义盗。因案自首。有司嘉其义，薄责，释之。乃设镖局于京师，以保运辎重为业；立子彬旗，数千里无警也。折节下士，喜近名流文人。……庚子，死于拳匪之乱。多轶事，世多记载之。①

杨圻"颇尚气好奇，优伶侠少，咸与推诚"。和王五相见后，倾心交欢，时相过从，故对王五十分熟悉。《哀大刀王五》一诗开篇写道：

> 长安谁健儿？王五四海友。
> 高颡贯大鼻，河目胆如斗。

这4句是对王五的速写。诗歌下文采取有限视角的叙述方式，叙述"我"——作者兼叙述者与王五的交往：

> 策马过其门，遮客不得走。
> 大臂如巨橡，持我坐并肘。
> 呼妻出见客，布衣椎髻妇。
> 杀鸡具面饼，酌我巨觥酒。
> 大声谈刀剑，眼光忽左右。

---

① 杨圻：《哀大刀王五·序》。

这 10 句通过一连串的动作展示王五的风貌。"遮客不得走"意指王五见到"我"后强行将"我"拦住。怎么拦的呢？原来是用如椽大臂将"我"紧紧拉住。"持我坐并肘"的"持"字活现出王五"如椽大臂"的有力，"坐并肘"见出王五对客人的亲密。以下几句又叙述王五呼妻见客，杀鸡备食，巨觥豪饮，朗声谈刀剑，目光如电。诗中虽不见一个"豪"字，但王五的豪侠本色栩栩如生。

在一连串动作之后，诗歌又让王五开口，用语言展示他自己：

> 自言少年事，谈笑杀人夥。
> 天下多奸吏，安得尽授首！
> 悖入不悖出，此理天不取。
> 男儿贵坦白，为盗何足丑！
> 英雄如落日，忽焉已衰朽。

杀尽天下奸吏，声言"为盗何足丑"，真是掷地有声的英雄语。不过英雄也是人，年老时也有"衰朽"之叹。

"我"显然被王五的"少年事"打动了，年少尚侠的"我""闻言前席久"，"问以刀剑术"。这时候诗歌没有按常理继续展示王五豪侠尚武的一面，而是展示了王五对"读书"的态度。他"大笑握我手"，说道：

> 公子好书生，才智得未有。
> 一人何足敌，六经乃真守。
> 豚儿令读书，君能教之否？

> 世道促浩劫，饥寒十八九。
> 天下一指掌，有事十年后。

　　王五不仅劝"我"不必尚武习武，甚至提出让"我"教他的儿子读书习"六经"，从而也可看出王五对一个人的匹夫之勇有着清醒的认识；特别是"天下一指掌，有事十年后"的预言，表明王五绝不仅仅是一个简单的侠盗，而且是一个对世事有着高明洞察力的智者。"光绪二十六年庚子，八国联军入京；君相以下，逃徙一空，而正谊独以匹夫御敌死"①，王五的预言落实了，他比那些"君相"们表现出更多的爱国之情，将一身武艺用在了报国上。

　　诗歌在不长的篇幅里描绘了王五的肖像，展示了他的举动，发掘了他颇为丰富的内心世界，使"大刀王五"这一极富传奇色彩的人物形象相当生动、鲜明。王五有两次言谈，但都不是作为叙述者叙述某一种观念的代言人出现的，而都是王五自己内心的展示。由此可见，王五在诗中是一个"行动性"人物，作为叙述者的"我"给了他自由地展示自己的机会，这是人物形象成功的根源。

　　我们将中国古代叙事诗的人物划分为"叙事者—功能性人物"与"非叙事者—行动性人物"，这一区分无疑会对塑造人物形象产生理论性启发，同时也更有利于我们对古代叙事诗的理解。下面以白居易的《琵琶行》为例来说明两类人物的关系。

　　《琵琶行》的主体结构与"三吏"、《连昌宫词》、《秦妇吟》、《檀青引》等诗一样，都是"A 遇 B，听 B 诉说"。但诗中两个叙述者"送客

---

① 钱基博：《现代中国文学史》，东方出版社，2008，第 232 页。

的我"和"商人妇琵琶女"都比较鲜明，特别是琵琶女的形象更为丰满生动。我们不妨作一剖析，发掘一下达成这种效果的各种因素。

与其他主体结构相同的诗歌相比，《琵琶行》第一个特别之处在于延长了叙述者 A 与叙述者 B 两个人物相遇的过程，特别是对叙述者 B 的出场，作了较多渲染。我们且看二者是怎么见面的：

> 浔阳江头夜送客，枫叶荻花秋瑟瑟。
> 主人下马客在船，举酒欲饮无管弦。
> 醉不成欢惨将别，别时茫茫江浸月。
> 忽闻水上琵琶声，主人忘归客不发。
> 寻声暗问弹者谁？琵琶声停欲语迟。
> 移船相近邀相见，添酒回灯重开宴。
> 千呼万唤始出来，犹抱琵琶半遮面。

叙述者 A 在叙述事件的过程中并没有忽略自己，而是叙述了自己将与友人分手的不欢之情：在一个秋风萧瑟之夜，他到江边送别友人，不忍马上分手，便到友人的船上举酒话别，再道珍重。想到分手之后不知何时方能相见，前路如何，不免感叹无奈人生别离多。酒喝了不少，他都快要醉了，却无论如何也提不起兴致来，很想有音乐来助兴。正在这个时候，一阵优美的琵琶声从江面传来，叙述者 A 被深深地吸引了，以至于"忘归"，便循声索问弹者何人。通过这些叙述，一个珍重友情、内心细腻丰富的人物形象基本上被勾勒了出来。

下文是叙述者 B 琵琶女的出场：她正弹着琵琶，忽然听到有人发问，便停止拨弦；正想回话，又觉得是个男人的声音，未免贸然，所以欲语又迟。没想到那个人相见之情颇为急切，竟然将船靠拢过来，"添酒回灯重开宴"，一遍又一遍地邀请。她被这诚挚的邀请打动了，决定相见，但"犹抱琵琶半遮面"，显得十分羞涩、不安。这个"见面"过程与"三吏"等诗相较不仅详细具体得多，更重要的是让人物在行动中展示了自己，凸现了自己的形象。

其次，诗歌有不少笔墨用于人物刻画。琵琶女出场后，诗歌便用浓墨重彩描写她的举止和高超的技艺："转轴拨弦三两声，未成曲调先有情。弦弦掩抑声声思，似诉平生不得志。低眉信手续续弹，说尽心中无限事。"这一连串人物举止容易让读者透过行动看到人物的内心世界。诗歌这样描摹人物的技艺：

> 大弦嘈嘈如急雨，小弦切切如私语。
> 嘈嘈切切错杂弹，大珠小珠落玉盘。
> 间关莺语花底滑，幽咽泉流冰下难。
> 冰泉冷涩弦凝绝，凝绝不通声暂歇。
> 别有幽愁暗恨生，此时无声胜有声。
> 银瓶乍破水浆迸，铁骑突出刀枪鸣。
> 曲终收拨当心画，四弦一声如裂帛。
> 东船西舫悄无言，唯见江心秋月白。

这一连串精彩的拟声描摹，琵琶女的非凡才艺被充分地展示了出来。在让她开口诉说之前，诗歌又描写她"沉吟放拨插弦中，整顿衣裳起敛容"这一连串动作。通过对人物举动、才艺的描绘，再加上人物自己的诉说，这个人物形象就比较完整了。

再次,"A遇B,听B诉说"这一主体结构中,"B的诉说"有不少时候只是叙述一段历史演变,如《连昌宫词》中的"宫边老人"所述的,老翁本人并未参与到历史事件之中。而《琵琶行》中"B的诉说"主要是琵琶女自己的身世经历、遭遇。她不是什么"见证人",而是"行动人"。这中间有不少地方能够见出琵琶女的形象,如"十三学得琵琶成,名属教坊第一部。曲罢曾教善才伏,妆成每被秋娘妒。五陵年少争缠头,一曲红绡不知数",这6句,能够补充说明这一人物的才艺超众;"今年欢笑复明年,秋月春风等闲度"两句说明她一时沉溺于欢嬉,有着无忧无虑的单纯心境,不曾料到以后的艰难;"弟走从军阿姨死,暮去朝来颜色故。门前冷落车马稀,老大嫁作商人妇"突出人物如同大梦方醒,从单纯走向复杂,人生苍凉之慨油然而生;"商人重利轻别离,前月浮梁买茶去。去来江口守空船,绕船月明江水寒。夜深忽梦少年事,梦啼妆泪红阑干",这6句重在袒露自己重情轻利;孤独时想到年少的欢乐,内心深处痛苦不已。这是人物深层心理的展示。因此,人物的这一番诉说不是什么历史兴亡,或者什么社会政治观念,而是对自己人生命运的感喟。她用诉说来展示她自身,而不是做空洞的传声筒。

最后,《琵琶行》与"三吏"及其他模式的诗歌不同,有一大部分重在写两个叙事者之间的关系,陈寅恪精辟地指出:

> 既专为此长安故倡女感今伤昔而作,又连绾己身迁谪失路之怀。直将混合作此诗之人与此诗所咏之人,二者为一体。真可谓能所双亡,主宾俱化,专一而更专一,感慨复加感慨,乐天此诗自抒其迁谪之怀,乃有真实情感之作。[1]

---

[1] 陈寅恪:《元白诗笺证稿》,上海古籍出版社,1978,第47、48页。

为什么这样说呢？叙述者 A 在抑郁难欢、渴望听到音乐的时候，叙述者 B 的琵琶声飘然而至；移船相见后 A 便请 B 献技；听完一段音乐和 B 的诉说后，叙述者 A 将自己的遭遇与 B 相对照，产生共鸣：

我闻琵琶已叹息，又闻此言重唧唧。
同是天涯沦落人，相逢何必曾相识！

"同是天涯沦落人"在全诗中有着十分重要的作用，体现了 A 与 B 最深层的关系。正因为"同为沦落人"，A 才可能对 B 的诉说产生以下共鸣：

我从去年辞帝京，谪居卧病浔阳城。
浔阳地僻无音乐，终岁不闻丝竹声。
住近湓江地低湿，黄芦苦竹绕宅生。

A 向 B 诉说自己的不幸和"谪居卧病浔阳城"以来的苦闷心情。正因为浔阳地僻无音乐，在那里旦暮所闻唯有"杜鹃啼血猿哀鸣"；还因为"春江花朝秋月夜，往往取酒还独倾""岂无山歌与村笛，呕哑嘲哳难为听"等，才有"今夜闻君琵琶语，如听仙乐耳暂明"，才会提出"莫辞更坐弹一曲"的请求，做出"为君翻作琵琶行"的举动。同时，也正因为叙述者 A 从去年以来遭遇如此，才有开头的"举酒欲饮无管弦"，才会在偶然听到不相识者弹奏的琵琶声后，"主人忘归客不发"，寻声暗问，移船相邀，千呼万唤……如换另一种情形，二人很可能相逢而漠然，不会发生任何联系。也正因为"同为沦落人"，B 在听完 A 的诉说后，"感我此言良久立，却坐促弦弦转急。凄凄不似向前声，满座重闻皆掩泣"，特别为 A 再弹一曲；A 听完后，"泣下"最"多"，泪湿青衫，为后世留下创作《青衫泪》一剧的题材。

综上所论，完全可以说，《琵琶行》的两位叙述者有着"同为沦落人"这一深层的心灵共鸣，这一关系促成了两人的交流，成就了全诗。诗歌在让这两个人物充当"叙事者—功能性人物"的同时，也让他们充分地展示各自的举止和内心世界，从而使他们也成为"行动性人物"。一方成为另一方的参照，互为形影，这在同结构的叙事诗中是不曾有的，不妨以杨圻的《檀青引》来作对比。

《檀青引》的主角叙述者B蒋檀青也是个伶人，诗歌让他充当叙事者重在借他之口诉说"咸丰旧恨"，即咸丰一朝的历史大事变故。诗歌最后也提到蒋檀青"糊口江淮四十年"的潦倒，但对这部分内容涉及很少。叙事者A（实即作者杨圻）时年20刚出头，既无咸丰旧事的经历，也无40年的飘零遭遇，因此与蒋檀青没有什么心灵的沟通与联系；尽管他也有兴亡之慨，但用诗中蒋氏的原话来说，"同时伤春事不同"，二人的感情世界是很不一样的。《檀青引》既没有让叙事者B蒋檀青展示自己的举动和心理世界，甚至对他本人的经历也着墨极少，因此他只是个功能性的"见证人"，而不是行动性的个体生命，以致他的形象不够完整。这与作品的意旨关系极大。一代才子易顺鼎论及《檀青引》时说：

> 清自文宗荒政，海内扰乱，颠沛播越，宗社几墟，同光之衰，实基于此。作者（指杨圻）夙有澄清之志，而目击时艰，抚今悼昔，叹息痛恨，乃藉檀青一事，以见其意，婉而多讽，与香山有同志焉。缘情绮靡，其余事矣。[①]

[①] 转引自钱钟联等撰：《元明清诗鉴赏辞典》，上海辞书出版社，1994，第1752页。

"乃藉……"以下几句可谓切中肯綮。"藉"者借也,用也,借来用以表现自己的"讽喻"之意,根本不是"缘情"而作,这与《琵琶行》各方面的差异都十分明显。

强烈的讽喻意识是造成中国古代叙事诗中功能性人物居多的基本原因。我们再回头看一下"三吏"。"三吏"中的叙事者 A 都是"过客"或"行人",不要说什么鲜明的性格,就是人物的性别都没有说明。《潼关吏》中通过叙述者 B 之口叙述的"丈人视要处,窄狭容单车"二句,我们才知道叙述者 A 是位"丈人"——老年男子。叙事者 B 也不太鲜明。《连昌宫词》中的两位叙事者都很模糊,基本上没有什么形象可言。叙述者 A "余""我"只有两次发问和两句感叹。叙述者 B "宫边老人"作为主要叙述者,所叙内容主要是今昔盛衰和致乱缘由,基本上与他本人无涉,因而无从知晓其性情,所以就根本谈不上什么人物形象了。这就是中国古代叙事诗中"有事而无人"或曰"见事不见人"的大体情形。

总之,中国古代叙事诗中的典型人物贫乏,其根本原因在于叙事者受到巨大而顽固的限制,个体生命拥有的展示自己的机会太少,太少。从这里难道不也能看到中国传统文化的某些特性吗?文学的特征受制于它所隶属的文化系统,从这里难道不能看出中国古代叙事诗不够发达的根源吗?文化的"叙事者们"如果采取顽固而狭隘的"有限视角",生动的、丰富的个体生命就难以充分展示。这或许是研究中国古代叙事诗的人物所带来的一点文化哲学启示。

第四章 诗体

鼎湖当日弃人间
破敌收京下玉关
恸哭六军俱缟素
冲冠一怒为红颜

第四章 诗 体

第一章至第三章我们分别从意旨、视角与结构、人物等诸方面讨论了中国古代叙事诗。但是应该看到，任何叙事文学都具备这四方面的要素。中国古代叙事诗既然是"诗"，较之于一般的叙事文学，它们"诗"的特性何以体现？各个时代的叙事诗面目不尽相同，如果我们将中国古代叙事诗作为一个动态的"史"的过程，其发展变化除了题材的更新外，叙事艺术的变化又在何处？如此等等，都是前几章无法回答或阐述得极不充分的，也正是本章所要着力解决的。

一、"诗体"要义

中国古代文学批评和文学理论有一个突出的特点，那就是文体论特别发达。古人在进行文学创作或文学批评时，文体往往是他们考虑的首要问题。不过应该看到，古人辨析文体除了根据语言形态来划分外，另一项基本原则是根据文章的社会功能来进行区分，有很多文体从文学类型的角度来看在今天已没有太大的意义。

同时还应该看到，古代文体论的"体"字包含着不同层次的含义。第一个层次指"体制"。这一层次上的"文体"实即"文类"，即章、表、诗、赋等文章类别。这一层次的文体论主要是根据文章的社会功用来划分的，如《文心雕龙》的文体论主要论述了35种文体，绝大部分为应用文。古人论文体有很大部分是在这一层次上进行的，如明人吴讷《文章辨体》将文章体制分为59类,徐师曾《文体明辨》更细分至127类,不免流于琐碎而无益。

第二个层次指大类中的细类,如诗歌是文类之一,诗中又分为古体、近体、五言、七言等。这种分类往往是根据语言形态来归纳的,如将符合格律者称为"近体",五字句者称为"五言诗"。

第三个层次的"体"十分类似于"风格",它是用于特指一个作家特性或一个风格流派的术语,如"长庆体""梅村体"等。这一层次的"体"绝不能与前两个层次的"体"混同。

我们这一章所言"诗体"之"体",主要是运用第三个层次"体"的概念。笔者曾在博士论文中将这一章的标题定为"话语",意在说明诸如"长庆体""梅村体"之"体"是一种独特的诗歌话语。当时之所以不愿用"诗体"来命名,主要是考虑到"诗体"之名极易与"体"的前两种含义相混。现在又考虑到"话语"这种说法太宽泛、含混、生硬,与中国古代诗学传统距离太远,所以最后确定用"诗体"来指称。为了避免混乱,我们对"体"的内涵进行了三层区分,而将"诗体"限定为"文类""诗类"之后的第三个层次。可简括如下图:

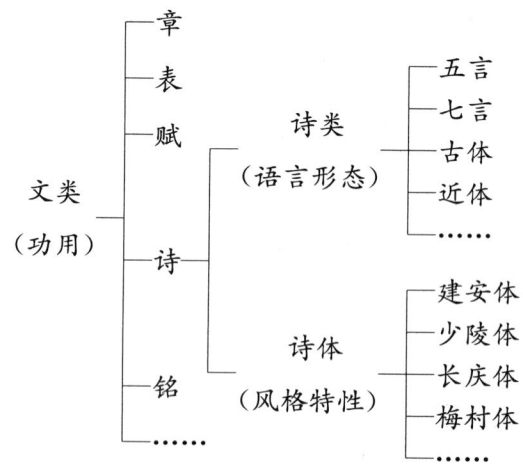

中国古代以"体"论诗者最早的应推钟嵘，《诗品》论述"古诗"曰："其体源出于《国风》。"《竹庄诗话》《诗人玉屑》《吟窗杂录》等版本均无"体"字。但杨祖聿《诗品校注》指出："《吟窗杂录》本无'体'字，立命馆《疏》以为'体'为衍字，'体'下并脱'源'字，不当。今传各本并有'体'字。古诗总杂，然皆源出于《国风》，自成体格，蔚成大宗，后之摹者，多仿其体，故云。"① 韩国学者车柱环《钟嵘诗品校证》曰："以下评语'源'上皆无'体'字，惟首标出'体'字，文意较胜。凡言某人之诗源出于某，皆指其诗体而言。"②

这里所说的"体""体格"即我们所要研究的"诗体"。钟嵘称自己的批评方法之一是"致流别"③，即辨析、评论诗人作品之风格、渊源，以"某体源出于某"为全书的理论框架。钟嵘又谓"致流别"的做法是从刘歆"七略裁士"、叙述历代学术源流中得到的启发。实际上从晋代陆机《拟古诗》首开风气以来，南朝诗人常以"拟某某体"和"效某某体"的方式，学习前人的作品或对前人作品的体貌特征加以品评，如王素的《学阮步兵体》，鲍照的《学刘公干体》《学陶彭泽体》。《南齐书·武陵昭王晔传》谓萧晔"与诸王共作短句诗，学谢灵运体"。《梁书·伏挺传》谓伏挺"为五言诗，善效谢康乐体"。江淹《杂体诗三十首》仿效了自古迄汤惠休等人的诗风特征，萧统《文选》专设"杂拟"一栏，收录陆机以来十家60余首，可见其风之盛。这种"拟、效某某体"的时风，无疑为钟嵘追溯某人的历史渊源、体貌特征提供了根据。在具体批评时，钟嵘把所有的诗人总属《诗经》和《楚辞》

---

① 钟嵘著，曹旭集注：《诗品集注》，上海古籍出版社，1994，第76页。
② 钟嵘著，曹旭集注：《诗品集注》，上海古籍出版社，1994，第76页。
③ 钟嵘：《诗品序》。

两大系统，分隶《国风》《小雅》《楚辞》三条源流，按时代先后揭示其因承。在《诗品》所论及的123人中，钟嵘追溯了36位诗人的体貌特征和风格渊源，包罗了全书中所有重要及次重要的诗人。之所以追溯36人，是受《易纬》"三十六节"影响，以36人象征整体，代表了所有的诗人。

钟嵘这种"以体论诗"的做法对后世产生了重大影响，黄宗羲将之称为"辨体明宗"。①"辨体"即辨识作品的体貌风格，"明宗"即发掘其渊源所自；"辨体"是"明宗"的基础，"明宗"是"辨体"的目的。后世有许多诗论家在继承钟嵘的批评方法时，也有"辨体""明宗"并重的，代表者如明代许学夷《诗源辨体》，从"辨体"明"诗源"，亦即"明宗"；但也有只"辨体"而不重"明宗"的，代表者可推宋代严羽的《沧浪诗话》。

《沧浪诗话》专列《诗体》一章，论及诗之源流。严羽指出：

> 风雅颂既亡，一变而为《离骚》，再变而为西汉五言，三变而为歌行杂体，四变而为沈宋律诗。②

这里是讲诗歌流变，意在"明宗"，"杂体"为"诗类"。严羽随后"以时而论"，将"体"分为16种：

> 以时而论，则有建安体、黄初体、正始体、太康体、元

---

① 黄宗羲：《钱退山诗文序》。
② 严羽著，郭绍虞校释：《沧浪诗话校释》，人民文学出版社，1961，第48页。

嘉体、永明体、齐梁体、南北朝体、唐初体、盛唐体、大历体、元和体、晚唐体、本朝体、元祐体、江西宗派体。①

严羽又"以人而论",将诗体划分为36种,计有:苏李体、曹刘体、陶体、谢体、徐庾体、沈宋体、陈拾遗体、王杨卢骆体、张曲江体、少陵体、太白体、高达夫体、孟浩然体、岑嘉州体、王右丞体、韦苏州体、韩昌黎体、柳子厚体、韦柳体、李长吉体、李商隐体、卢仝体、白乐天体、元白体、杜牧之体、张籍王建体、贾浪仙体、孟东野体、杜荀鹤体、东坡体、山谷体、后山体、王荆公体、邵康节体、陈简斋体、杨诚斋体。基本上每一个著名诗人均为一体,其混乱处在于既分标"韦苏州体""柳子厚体",又合标"韦柳体";既单列"白乐天体",又合称"元白体"。

在"以时""以人"而论后,严羽又标出"选体""柏梁体""玉台体""西昆体""香奁体""宫体"共6种。总观严羽所论的58种诗体,其划分标准大概有"以时""以人""以风貌"三种,其间不乏混乱、交叉的地方。但是我们又应该看到,严羽的诗体论对后世影响深远,我们今天的文学史研究论著仍在沿用"西昆体""宫体""永明体""诚斋体"等术语,这就足以说明严羽的说法并非毫不足取。

严羽是以禅喻诗的典型,他认为学诗重在"熟参",将汉魏至宋各代诗歌"熟参"之后,明辨何者为"最上乘",才能做到眼具识力,入门能正,立志能高,然后再熟读《楚辞》《古诗十九首》等;而对李、杜二集则须"枕藉观之,如今人之治经"。所谓"熟参""熟读""朝夕

---

① 严羽著,郭绍虞校释:《沧浪诗话校释》,人民文学出版社,1961,第52—53页。

讽咏",实质上是通过广泛而细致的阅读品味,从直觉上把握历代诗歌、历代诗人各自的风貌。通过这样的阅读训练,"方能具一只眼",能够直观地发现"大历以前,分明是一副言语,晚唐分明是一副言语,本朝诸公,分明是一副言语"。① 这是"以时而论"。若"以人而论",则能明辨出"五言绝句,众唐人是一样,少陵是一样,韩退之是一样,王荆公是一样,本朝诸公是一样"②。这种辨识可谓体察入微。

在《答出继叔临安吴景仙书》中,严羽明确地阐述了辨体的重要性及应该达到的境地。他说:

> 作诗正须辨尽诸家体制,然后不为旁门所惑。今人作诗,差入门户者,正以体制莫辨也。世之技艺,犹各有家数,市缣帛者,必分道地,然后知优劣,况文章乎?仆于作诗,不敢自负,至识则自谓有一日之长,于古今体制,若辨苍素,甚者望而知之。③

他还向吴陵(字景仙)发问道:

> 吾叔试以数十篇诗,隐其姓名,举以相试,为能别得体制否?④

---

① 严羽著,郭绍虞校释:《沧浪诗话校释》,人民文学出版社,1961,第139页。
② 严羽著,郭绍虞校释:《沧浪诗话校释》,人民文学出版社,1961,第141页。
③ 严羽著,郭绍虞校释:《沧浪诗话校释》,人民文学出版社,1961,第252页。
④ 严羽著,郭绍虞校释:《沧浪诗话校释》,人民文学出版社,1961,第52页。

第四章 诗 体

由此可见，严羽所谓"辨体"，实即"识体"，其境界是杂古今之诗于一处，隐其姓名，也能够凭直觉分辨出为何时、何人之作。上文所述"以时而论""以人而论""以风貌而论"的58种"体"，就是直观辨体的结果。严羽这种意义上的"体"或"体制"，实即时代或诗人的特性、特征，与今天所言"风格"相似。

严羽说："辨家数如辨苍白，方可言诗。"① 辨体不仅是学诗的基础，同样是进行诗歌批评的基础。毫不夸张地说，对"体"的敏感是准确把握诗歌特性的关键。严羽又指出：

> 诗之法有五：曰体制，曰格力，曰气象，曰兴趣，曰音节。②

陶明濬《诗说杂记》卷七解释这几句话曰：

> 此盖以诗章与人身体相为比拟，一有所阙，则倚魁不全。体制如人之体干，必须佼壮；格力如人之筋骨，必须劲健；气象如人之仪容，必须庄重；兴趣如人之精神，必须活泼；音节如人之言语，必须清朗。五者既备，然后可以为人。亦惟备五者之长，而后可以为诗。近取诸身，远取诸物，而诗道成焉。

---

① 严羽著，郭绍虞校释：《沧浪诗话校释》，人民文学出版社，1961，第136页。
② 严羽著，郭绍虞校释：《沧浪诗话校释》，人民文学出版社，1961，第7页。

如果我们把这段话中的五个"必须"即"五者之长"去掉，而单从诗歌与人相比拟的五个比喻来看，这段话是颇为深刻的。"近取诸身，远取诸物"则语出《易·系辞下》：

> 古者包牺氏之王天下也，仰则观象于天，俯则观法于地，观鸟兽之文与地之宜，近取诸身，远取诸物，于是始作八卦，以通神明之德，以类万物之情。①

"近取诸身，远取诸物"本来是讲八卦卦象的来源，后来成了中华民族一种重要的思维方式，在中国古代诗文品评中体现得尤为突出，如钱锺书先生所言："余尝作文论中国文评特色，谓其能近取诸身，以文拟人；以文拟人，斯形神一贯，文质相宜矣。"② 中国古代诗文品评中的许多概念术语，如"风骨""风神""气韵""体格"等，无不发端于魏晋时代的人物品鉴。人物品评与今天俗见的"相面"颇有相似之处，即通过人物的体格、仪容、言谈等方面来综合评定人物的神情、韵度。严羽所言"诗之法有五"，在我看来是"辨体"的五个"法门"，或曰五个入手处，即通过诗歌的体制、格力、气象、兴趣、音节来辨其"体"，犹如通过人的体干、筋骨、仪容、精神、言语五方面来品评人物一样，其综合效果于诗为"体"，于人可称为"风格"或"韵度"等。这一意义上的典型说法如唐代赵璘《因话录·商上》："（韦氏）即兵部之姨妹也。余虽不及见，每闻长属说其风格容仪，真神仙也。"宋范成大有"名卿绪前辈，风格如玉山"之句。我们今天文学评论中的

---

① 高亨：《周易大传今注》，齐鲁书社，1979，第558—559页。
② 钱锺书：《谈艺录》，中华书局，1984，第40页。

"风格"一语正来自古代人物品评用语,正是在这个意义上,我们才将"体"等同于"风格",而严格区别于"诗之法有五"中的"体制"。

总之,"体"之于诗犹"风格"之于人,它们是对诗或人的整体直观的把握,是"神遇"而不是"目视"。严羽辨体论所强调的正是这种整体直觉能力。在与笔者的一次谈话中,罗宗强曾提及,王达津教授极善辨体,特别是对唐人诗歌,略读数句即可大致断定为何人之作。问其根据,则曰"感觉"而已。这样的"感觉"正是在长期的"讽诵""熟参"过程中形成的诗歌直觉。如无此直觉能力而奢谈"诗体",恐怕很难确切不移。

必须承认,笔者对诗体的直觉能力十分薄弱。之所以勉力论述,是因为前人已对笔者的研究对象进行了不少探讨,已经得出了比较恰切的结论,如对"长庆体""梅村体"的研究;同时,辨体的直觉能力尽管重要,但作为学术研讨必须条分缕析,沿波讨源。受严羽辨体的"五个法门"启发,针对本书的具体研究对象,下文将重点从意象、用典这样的具体现象入手来探讨中国古代叙事诗的诗体。诗人们通过不同的叙述语言、叙述语调形成了自己的特性、风格,我们今天的研究正可以通过对叙述语言、叙述语调的分析来把握不同的诗体。

二、陈述叙事和意象叙事

当代海外学者的中国诗学研究有一个显著特点,就是从汉语的句法和用字入手,从语言学的角度把中国古典诗歌当作一种"意象语言"来探讨,并且取得了令人瞩目的成就。如果追踪其诗歌思潮的来源的话,我们很自然就会联想到20世纪初美国的新诗运动。

美国新诗运动的主将埃兹拉·庞德不满于现代诗歌中的含混抒情、陈腐说教、抽象感慨，试图找到一种"象形"语言，直接描写感觉上的具体对象。正在他苦苦寻求的时候，庞德偶然接触到了中国古典诗歌。这位对汉语一无所知的诗人凭其直觉，认为用如同图画的汉字组成的中国古典诗歌，是一种完全彻底的意象之作，与后期浪漫主义的抽象说理抒情有着根本不同。他根据美国诗人、东方学家厄内斯特·费诺罗萨的中国诗笔记，1914年译出中国诗集《神州集》（*Cathay*），1921年出版费诺罗萨的论文《作为诗歌手段的中国文字》。《神州集》一出版，庞德便名声大振。福特·马道克斯·福特在此书出版后不久评论道：

> （《神州集》）是英语写成的最美的书……如果这些诗是原著而非译诗，那么庞德便是当今最伟大的诗人。《神州集》中的诗是至高无上的美。它们就是诗的严格的范例。要是意象和技法的新鲜气息能帮助我们的诗，那么就是这些诗带来了我们需要的新鲜气息。①

与庞德同时学习中国古典诗歌的人还有美国女诗人爱米·洛威尔等，一时间中国诗热几乎淹没了英美诗坛。意象派从中国古典诗歌学到的技巧可以归纳为三点：

（一）全意象

费诺罗萨认为中国诗中的方块字仍是象形字，每个字本身就是由

---

① 赵毅衡：《远游的诗神——中国古典诗歌对美国新诗运动的影响》，四川人民出版社，1985，第12—13页。

意象组成的，因此中国诗无异于组合的图画。庞德的《诗章》中经常夹有汉字，他还经常从方块字的组成中找意象，用拆字的办法翻译中国诗，如他翻译《诗经·大雅·崧高》的首句"崧高维岳"为：

高高地，盖满松林的山峰，充满回音

"崧"字被他拆为"松树"和"山"，"岳"（繁体字为"嶽"）字被他挖去了"言"。这样，句子不能说没有诗意，但作为译诗与原意的距离就太远了。

除了"拆字"译诗，意象派诗人还通过拆字发现了新鲜而生动的意象，如弗莱契描写黄昏的诗句：

现在，最低的松枝
已横画在太阳的圆面上。①

显然，他是从"莫"（暮）字中得到的启发。类似的例子使评论家说他写此诗时"处在中国诗决定性的影响之下"。

（二）脱节

意象派诗人希望"绝对不用无益于表现的词"，如庞德这样翻译李

---

① 《蓝色交响乐》第五章。这一节有关意象派从中国古典诗歌中所学技巧的论述参见赵毅衡《意象派与中国古典诗歌》一文。北京师范大学中文系比较文学研究组编：《比较文学研究资料》，北京师范大学出版社，1986，第179页。以下未注出处者均转引自此文。

白《古风》第六首中"惊沙乱海日"一句：

> 惊奇。沙漠的混乱。大海的太阳。

这样原诗被割裂成基本上各自独立的意象，对比句法标记十分明确的印欧语系各语言，的确令人瞠目结舌。庞德进而还将这种手法用于诗歌创作，但保留一些句法关系标记，在句法上将诗句分散。如庞德的名诗《地铁站台》（*In a Station of the Metro*）最初刊登时是这样的：

> 人群中　出现的　这些脸庞：
> 潮湿黝黑　树枝上的　花瓣。

（三）意象叠加

庞德认为意象叠加才是意象主义的真谛，"意象表现瞬间之中产生的智力和情绪上的复合体"。赫尔姆也曾指出："二个视觉意象形成我们可以称之为视觉和弦的东西，联合起来提示一个与二者都不同的意象。"这种诗句在中国古典诗歌中并不罕见，如司空曙《喜外弟卢纶见宿》中的"雨中黄叶树，灯下白头人"，马戴《灞上秋居》中的"落叶他乡树，寒灯独夜人"，中心意象"树"和"人"叠加在一起所产生的"视觉和弦"，实即中国诗学中含不尽之意于象外的"境生象外"。

以上我们的介绍也许烦琐了一些，我们的主观愿望是想通过这些介绍，加深我们对汉语自身特点的认识。西方人从不同的文化背景倒能发现一些我们熟视无睹的东西。高友工和梅祖麟二人于 1971 年在

《哈佛亚洲研究月刊》第 31 期上发表了《唐诗的句法、用字和意象》一文，基本上继承和发展了意象派诗歌运动的理论，提出了中国古典诗歌可分为"意象语言"（imagistic language）和"陈述语言"（proposition language）。意象语言不要求特殊的施动者或语境，它的句法不连贯，能够产生一种动人的韵律和生动逼真的直觉；而陈述语言则含有一个施动者，由它引发行动，并决定行动的性质、意图和结果，在这种情况下句法将会更连贯。高、梅二人还提出区分二者的两条标准：一是句子表达什么样的"意义"和这个意义如何被理解，即言这个"意义"是直觉性的还是概念性的；二是句子产生什么样的节奏。

其实这些理论都不是什么"秘密"。汉字造字法的"六书"都基于象形或以形表意；汉语的用词、造句以意合为主，王力先生称之为"意合法"，吕叔湘先生也认为汉语的语法关系常常要靠读者或听者自己去领会，"尤其在表示动作和事物的关系上，几乎全赖'意会'，不靠'言传'。汉语真正的介词没有几个，解释就在这里"。[①] 汉语这种意合结构与中国古代整体性思维很有关系。中国传统思维的基本特征是注重整体性，从《易经》的八卦思维开始，中国古人在思考问题时从来都不把对象孤立起来进行考察，而是把自然、社会、人生看作一个互相比附联系的一体化系统，进而将对象置于该系统中进行探索。体现在语言上，汉语虽然缺乏表示句子内部语法关系的形态如格、数、性，但中国人善于从语句内部各要素中抓住意义支点，并把语句和句子的语境联系起来。整体性思维产生的整合作用使古人轻于对句子成分

---

① 郭锦桴：《汉语与中国传统文化》，中国人民大学出版社，1993，第 68 页。以下论述及引文均参见该著第 68—84 页。

作细微分析，而重于对语句的融会贯通，凭着经验和语境去意会和完善语句的整体内容。"言外之意""弦外之音"往往是古人传达的目标。

另一方面，受传统思维方式中比附思维的影响，汉语在反映客观事物时习惯于用具体、形象的语汇，用意象组合的方法，使语言表述富于图像化。比附思维常把自然现象和人类自身联系起来，比如《周易》中天象的雷、雨、阴、晴，往往和人事的祸、福、吉、凶相比附。这种思维方式以联想的心理活动为基础，其心理机制主要是人脑中表象的组合联系，它要求语言具有鲜明而具体的形象性，以便唤起心理意象。著名语言学家高名凯在他的《汉语语法论》中指出：

> 中国语是表象主义的，是原子主义的——"表象主义"就是中国人的说话，是要整个的、具体的，把他们所描绘的事件"表象"出来。"原子主义"的意思，是把这许多事物，一件一件地，单独地排列出来，不用抽象的观念，而用原子的安排，让人看出其中所生的关系。结果中国的语言，在表现具体的事物方面，是非常活泼的，而在抽象关系的说明方面，则比较的没有西洋语言那样精确。①

应该指出，以上几位语言学家所论是汉语的一般特点，这种特点在古典诗词中体现得更集中、更突出。明白了汉字造字法、汉语组词造句法的这些特点，意象派诗人所学的全意象、意象叠加、诗句脱节技巧，海外汉学家对唐诗句法、用字及意象的研究等，对我们来说就

---

① 高名凯：《汉语语法论》，上海开明书店，1948，第94页。

不应该算作什么太新鲜的东西。遗憾的是我们的古代文学研究长期拘于社会历史批评一隅，即使从文学作品的形式方面入手，也往往因为语言学的修养不足而流于表面。文学是语言的艺术，较之其他艺术样式，理应对语言进行足够的研究；诗歌又是语言的精粹。尽管美国新诗运动存在着大量对汉语的误解，但这也提醒我们从语言的角度去看待中国古典诗歌，其功绩不可抹杀。文化交流中影响与反影响的交错，于此可见一斑。

无论是美国新诗运动还是海外汉学家们的研究，其关注重点都是中国古典诗歌相对于英语最突出的语言特点，中国古典诗歌中陈述性的诗句很少进入他们的视野。在这种独特的视角下，以陈述语言占主导地位的中国古代叙事诗很少被涉及。当然，由于文化传统的差异，我们所说的"叙事诗"在西方强大的史诗传统面前，很可能是略具叙事成分的"抒情诗"。

中国古代叙事诗所用的陈述语言尽管仍然不具备英语式的语法变化，但它们大都有明确的施动者——主语，句子结构比较严密，多用概念和推理，诗句中意象很少。其中意象的密集程度是判断陈述语言与意象语言颇为有效的标志。因为古典诗歌一句少则三四字，多则一般为七字，意象占据的位置增多，其他表示概念和推理的词自然就"无立足之地"；而无意象的诗句，其位置自然由表示概念和推理的词汇来占据，自然地成了陈述语言。

这种情况很容易得到说明。先秦、两汉的叙事诗很少有意象。拿篇幅最长的《孔雀东南飞》为例，全诗的意象主要有开头的"孔雀"和结尾处的"鸳鸯"，所占比例很小；蔡琰《悲愤诗》的意象较多，如描写战乱的"金甲耀日光""尸骸相撑拒"，描写异域景象的"处处多霜雪，胡风春夏起"，描写重返中原后荒凉景象的"城郭为山林，庭宇生荆艾"等。这些大多为描述性意象，其功用在于描绘诗歌的创作背景。

唐诗是意象灿烂无比的诗歌天宇，典型的意象俯拾即是，常常成为唐诗研究的热点。但我们论述到的唐代叙事诗意象并不突出。杜甫的"三吏"几乎没有什么意象，《兵车行》《北征》的意象多为描述性的，如《兵车行》中的"千村万落生荆杞""古来白骨无人收"，《北征》中的"鸱鸟鸣黄桑，野鼠拱乱穴"，所占比例很小。白居易的讽喻叙事诗也几乎没有意象。唐代叙事诗的意象集中出现在《长恨歌》和《连昌宫词》中。我们以这两首诗为例来分析意象叙事的技巧。在具体分析之前，有必要交代两个基本问题：一是简单意象和复杂意象；二是意象的统计方式。

W.K.威姆赛特（Wimsatt）曾提出过诗歌抽象和具象的三个层次类型：1. 抽象的或非特指名词，如"工具"；2. 较具体的或特指名词，如"铲子"；3. 特别具体详尽的或十分明确的，如"盖满尘土的花园铲子"。①

"工具"是一个抽象的类概念，"铲子"则是工具这一类中的具体一种，而"盖满尘土的花园铲子"则更具体地说明了铲子的情状和用途，一个比一个具体化程度高。唐诗中没有第一个类型的抽象概念，如"自然"。如果要表达"自然"，唐诗一般用"天地"或"山水"这样具体可感的第二层面的意象来表示。但唐诗中的意象也很少有第三个层面的极其详细的限定，它们要么没有修饰语，如"天""月""花"

---

① William Tay, "The Substantive Level Revisited: Concreteness and Nature Imagery in Tang Poetry."

"鸟"等单独出现；要么只有一个修饰语，这个修饰语有时由形容词来充当，如"大漠""长河"，有时则由另一个名词来充当，如"松风""云山"。我们把单个出现或只有一个修饰语的意象称为"简单意象"，把有两个或两个以上修饰语的意象称为"复杂意象"。

这就涉及意象的统计问题。无论简单意象或复杂意象我们都将之视为一个意象，而不管它的修饰语是否也是一个意象，如"江花""松风"中的"江""松"都是名词，都可单独成为意象，但它们在词组中的功能是修饰"花"和"风"，所以不能单独列出算作一个意象。棘手的是对人物外貌、服饰及地理场所描写的一些用语，如"皓齿""蛾眉"作为一般的对美女的描写似乎不能算意象，如吴伟业《永和宫词》描述田贵妃"皓齿不呈微索问，蛾眉欲蹙又温存"，二者只是为了刻画田贵妃的温柔而设；而杜甫《哀江头》中"明眸皓齿今何在"一句，"明眸"和"皓齿"均属以部分代整体的借代，代指"昭阳殿里第一人"的杨贵妃；白居易《长恨歌》"宛转蛾眉马前死"中的"蛾眉"也借指杨贵妃，"皓齿"和"蛾眉"应当算作借代型意象。就饰物而言，《长恨歌》中的"钿合""金钗"是李、杨二人感情的象征，故"金钗"是象征型意象；而吴伟业《萧史青门曲》"九子鸾雏斗玉钗，钗工百万恣求取"二句中的"钗"主要是为了渲染主人公宁德公主的豪奢，属一般的服饰描写，故不能算意象。再如地名，一般描述场景的方位名词不能算意象，如《永和宫词》中的"永和宫"是田贵妃的住所，其他诗歌中不再出现；而"长门"原本也是陈阿娇的普通住所，但它被历代诗词沿袭，意在象征失宠之冷遇，便成了一个象征型意象。

总之，我们在统计意象的时候，主要是根据笔者自己对意象的理解进行的，统计的数字可能会因对意象的理解不同而得出不同的结果，这是正常的情况。

根据笔者统计，《长恨歌》共有近50个意象，其中重复的不计，如"云鬟"出现2次，"钿合""金钗"各出现4次。这些意象绝大多数为简单意象，其结构方式一般是在意象前加一个修饰语，如"秋雨""孤灯"。还有一种是在意象后加修饰语，如"风萧索""日色薄"。诗中的复杂意象是两个时间意象："春风桃李花开日"和"秋雨梧桐叶落时"，"日"和"时"的修饰语中包含着层层修饰关系，如"春"修饰"风"，"春风"修饰"桃李"，"春风桃李"修饰"花开"，共三层；"秋雨梧桐叶落时"的结构与此相同。这种复杂的意象在一般的状景诗中是很少见的，由这两个复杂意象组成的意象画面交替，旨在表明时序的推移。

《长恨歌》中意象组合最为独特的是"月伤心色"和"铃肠断声"，它们都可以有两种不同的理解。其一，"月""铃"为中心意象，"伤心色"和"肠断声"为后置的修饰语，意思是"清辉令人伤心的月"和"声音令人肠断的铃"，它们在诗句中分别与"行宫"和"夜雨"并列形成视觉并列意象，"行宫见月伤心色"的画面次序为：行宫、月、伤心人；"夜雨闻铃肠断声"的画面次序为夜雨、铃、伤心人。其二，"色""声"为中心意象，其意分别为"月伤心时发出的清辉""铃断肠时发出的声音"，属拟人化修辞方式，其画面次序是：行宫、人、月色，夜雨、人、铃声。总而言之，"行宫见月伤心色，夜雨闻铃肠断声"这两句并置在一起，总体的画面序列应该是：行宫、月、伤心人，夜雨、铃、伤心人。这一组组意象画面如同影视的叙事镜头，是为了表现"圣主朝朝暮暮情"这个抽象的概念而设计的。如果我们把诗句作为影视脚本，不是阅读而是"观看"的话，我们就会体会出诗歌通过意象并置和变换,既传达了"朝朝暮暮"这个时间概念,又传达了"伤心""肠断"之"情"。下文的"西宫南内多秋草,落叶满阶红不扫。梨园弟子白发新,椒房阿监青蛾老。夕殿萤飞思悄然,孤灯挑尽未成眠。"这一系列意象,如"西宫南内""秋草""满阶落叶""白发""萤""孤灯"等,如果转换为影视镜头,都具有叙事达情的功能,"圣主"的"朝朝暮暮"之"情""思"都被这样的意象视觉化、具体化了。

在《长恨歌》一诗中具有结构功能的是"钿合""金钗"两个意象。为了更清楚地说明意象在诗歌结构中的作用,我们先来看一个诗例。曹植的《杂诗七首》第一首如下:

> 高台多悲风,朝日照北林。
> 之子在万里,江湖迥且深。
> 方舟安可极,离思故难任。
> 孤雁飞南游,过庭长哀吟。
> 翘思慕远人,愿欲托遗音。
> 形影忽不见,翩翩伤我心。

这首诗前6句的意象密度颇高,如"高台""悲风""朝日""北林""江湖""方舟"等,但它们都围绕一个中心意象"之子"展开。"之子"即飘荡江湖的游子、客子,是本诗所要咏叹的主要对象。后6句,则围绕着另一个中心意象"孤雁"展开。一只孤雁向南飞去,经过"之子"所住的处所,发出长长的哀吟;"之子"希望它能将自己的心声传达给所思慕的"远人",但"孤雁"一下子不见了,"我"——"之子",不由得十分伤感。"之子"和"孤雁"又有着深层的对应关系：都是飘忽不定的，都是孤独离群的；"孤雁"过庭而哀吟，似在为"之子"鸣叹；"孤雁"之"形影忽不见"，更使"之子"联想到飘忽不定、人生无常；所思的"远人"根本无法谋面，进一步强化了"方舟安可极，离思故难任"两句之意。总之，"之子"及其所对应的"孤雁"在全诗结构中所起的作用十分明显。后世诗词中将"游子"和"飞雁"联系起来的诗句颇为常见，如李频《湘口送友人》有句云"去雁远冲云梦雪，离人独上洞庭船"等。

《杂诗七首》的第二首运用了同样的结构手法，前6句围绕中心意象"转蓬"展开：

> 转蓬离本根，飘摇随长风。
> 何意回飙举，吹我入云中。
> 高高上无极，天路安可穷？

后6句则围绕"转蓬"所喻指的对应意象"游客子"展开：

> 类此游客子，捐躯远从戎。
> 毛褐不掩形，薇藿常不充。
> 去去莫复道，沉忧令人老。

整首诗的结构由"转蓬"和"游客子"来支撑，与第一首异曲同工。

《长恨歌》中"钿合""金钗"两个意象在全诗结构中的作用似乎不太明显，因为它们在诗歌结尾处才被突显出来。但是，如果我们细心探究就会发现，"钿合""金钗"在诗中早已出现。在诗歌前半部分对杨玉环豪奢的美貌描写中有"云鬓花颜金步摇"，"金步摇"亦即钗的一种，这时它的作用是隐含的。诗歌中间又出现过"钿合金钗"：

六军不发无奈何，宛转蛾眉马前死。
花钿委地无人收，翠翘金雀玉搔头。
君王掩面救不得，回看血泪相和流。

马嵬坡兵变，赐死杨玉环。诗歌在"蛾眉马前死"后，特别点出"花钿委地无人收"；"翠翘""金雀""玉搔头"三者皆钗名，二句互文见义，"无人收"者也包括此三者。这如同影视中"特写镜头"对具有象征或其他重要意蕴的细节进行特别的刻画，然后镜头才转到唐玄宗的掩面泪。花钿金钗掉在地上"无人收"，表明唐玄宗没有收起它，而是被杨玉环"带"走了。这才有后半部的"旧物表深情"。

道士受唐玄宗之托在海上仙山找到杨玉环后，杨玉环又委托道士向玄宗传情。诗曰：

唯将旧物表深情，钿合金钗寄将去。
钗留一股合一扇，钗擘黄金合分钿。
但教心似金钿坚，天上人间会相见。

"旧物"即"钿合金钗"，之所以言其"旧"，并非仅指跟随杨玉环时间长，而是指李、杨二人当年在一起共有之物。这两件旧物之所以重要，原因在于它们是个见证：是李、杨二人当年七月七日在长生殿于夜半之时"私语"的见证；它们又是个载体："在天愿作比翼鸟，在地愿为连理枝"是二人私语时发下的誓言。时过境迁，语音渺茫，能久存者唯有这随身携带的"钿合金钗"。只要这两个"旧物"出现，当时的情景、话语便会历历在目。

杨玉环在"旧物表深情"的时候并没有将"旧物"全部送走，而是"钗留一股合一扇，钗擘黄金合分钿"，她将钗、合都分作两半，与唐玄宗各持一半。这样"钿合金钗"便成了连接"天上"与"人间"的桥梁，只要"心似金钿坚"——不忘当年私语和誓言，"天上人间会相见"，那么他们二人便可免去相离、相思之苦，得以相见。

总之，"钿合""金钗"这对意象，在前半部是隐含的，中间开始明显，结尾处大肆铺张，一气出现四次之多。这对意象的变迁与诗歌情节的展开紧密相联，可以演示如下：

"云鬓花颜金步摇"（金钗在美人头顶，二人恩爱正浓）

⇓

"花钿委地无人收"（花钿头钗落入泥土，一种离恨两处相思）

⇓

"钿合金钗寄将去"（钿合与金钗成为连接天上与人间的桥梁，二人相会出现可能）

由此可见这对意象在全诗结构中的作用。

洪昇传奇《长生殿》借鉴了《长恨歌》的结构方式，并进一步将之明确化。《长生殿》第二出《定情》将《长恨歌》前半部分隐含的

"钿合定情"与"夜半私语"凸现了出来,剧中明确写道:

> (生):朕与妃子偕老之盟,今夕伊始。(袖出钗、盒介)特携得金钗、钿盒在此,与卿定情。……(愿似他)并翅交飞,牢扣同心结合欢。
>
> (旦接钗、盒,谢介)……惟愿取情似坚金,钗不单分盒永完。

这一剧情完全从《长恨歌》结尾处的几句诗生发而来,词句甚至也有相似之处。

第二十五出《埋玉》写玄宗迫于兵变压力,忍痛赐杨玉环自尽。杨玉环向高力士嘱咐道:

> 高力士,我还有一言,(作除钗,取盒介)这金钗一对,钿盒一枚,是圣上定情所赐,你可将与我殉葬,万万不可遗忘。
>
> (丑接钗盒介)奴婢晓得。
>
> (高力士又将钗盒转交给玄宗),(生看钗盒哭介)这钗和盒,是祸根芽,长生殿,恁欢洽,马嵬坡,恁收煞!

高力士请问如何将杨玉环下葬时,玄宗说"将这钗盒就系娘娘衣上罢"。这部分情节《长恨歌》没有,补充交代了钗盒的去向。

第四十三出《改葬》写玄宗令人挖开杨玉环之墓后惊奇地发现

"墓是空穴","连裹身的锦褥和殉葬的金钗、钿盒都不见了"。第四十八出《寄情》写道士杨通幽找到杨玉环,"只求娘娘再将一物寄去为信"。杨玉环道:

> 当年承宠之时,上皇赐有金钗、钿盒,如今就分钗一股,擘盒一扇,烦仙师代奏上皇。只要两意能坚,自可前盟不负。(作分钗、盒,泪介)侍儿,将这钗、盒送与仙师……只愿此心坚似始,终还有相见时。

当杨通幽请求杨玉环讲一件当年他人不知之事,杨玉环道:

> 临别殷勤重寄词,词中无限情思。哦,有了。记得天宝十载,七月七夕长生殿,夜半无人私语时。那时上皇与妾并肩而立,因感牛女之事,密相誓心:愿生生世世,永为夫妇。

第四十九出《得信》便写玄宗得见"旧物",验证当年誓言,感慨:"谁料钗分盒剖!"第五十出《重圆》写玄宗飞升仙界,终与玉环相聚。二人分别拿出所藏的一半钗、盒,"同心钿盒今再联,双飞重对钗头燕"。钗、盒重合之日,也是二人永不分离之时。

从以上的情节来看,"金钗钿盒"在《长生殿》的结构中具有重要作用。通过对剧情的了解与比较,我们会对《长恨歌》的意象结构有一个更深的理解。

"花钿""金钗"两个意象除了在诗歌结构中发挥支撑作用外,用于叙述杨玉环的死亡时还隐含着一定的价值判断。杜甫《哀江头》一诗叙述杨玉环的死状说"明眸皓齿今何在？血污游魂归不得"，张耒《读中兴颂碑》则曰"玉环妖血无人扫"，将杨玉环之死写得污血淋漓，令人目不忍睹。《长恨歌》却用"花钿委地无人收，翠翘金雀玉搔头"二句来叙述，只用两个饰物——钿、钗的坠地来暗示死亡，写得十分华美，正如列夫·托尔斯泰所言的"像写鲜花那样去写死刑"。与杜、张之诗句相比较，其间隐含的价值判断是不言自明的。

元稹《连昌宫词》的意象主要集中在前半部分。在叙述连昌宫从唐玄宗末年到唐宪宗继位50年间的沧桑巨变时，诗歌主要运用了意象对比的方法。意象群可划分为两组，一组为视觉意象，一组为听觉意象。每组意象各自形成对比的意象小群。

视觉意象所占比重较大。属"昔盛"的意象小群包括：

1. **"阑干"**。上皇正在望仙楼，太真同凭阑干立。
2. **"珠翠"**。楼上楼前尽珠翠。
3. **"春娇"** 和 **"红绡"**。春娇满眼睡红绡。
4. **"云鬟"**。掠削云鬟旋装束。
5. **"队仗"**。百官队仗避岐薛。
6. **"车斗风"**。杨氏诸姨车斗风。

属"今衰"的意象小群包括：

1. **"竹束"**。连昌宫中满宫竹，岁久无人森似束。
2. **"落花"**。又有墙头千叶桃，风动落花红簌簌。
3. **"荆榛"**。荆榛栉比塞池塘。
4. **"狐兔"**。狐兔骄痴缘树木。
5. **"倾基"**。舞榭歌倾基尚在。
6. **"旧花钿"**。尘埋粉壁旧花钿。

7. **"斗拱"**。蛇出燕巢盘斗拱。

8. **"香案"**。菌生香案正当衙。

我们不妨来作一些具体对比。先看"阑干"与"倾基""斗拱"。连昌宫正值盛时，唐玄宗与杨玉环同登望仙楼，双双凭栏而立。而今栏杆已不复存在，能看到的只是依稀可辨的倾塌了的楼台之基。没有倾塌的楼台已为蛇、燕占据，蛇在斗拱上盘绕，燕子在斗拱上做巢。

再看"珠翠"与"旧花钿""香案"。连昌宫当年"楼上楼前尽珠翠"，这些珠翠的光芒竟然能够"炫转荧煌照天地"，足见其亮、其多。而今则只能见到贴在粉壁上的花钿，蒙着一层厚厚的尘土，哪里还有什么光华？显眼的倒是细小的暗菌，长在当门放的香案上。

还可对比"队仗""车斗风"与"竹束""落花""荆榛""狐兔"。当年玄宗携贵妃游连昌宫时，"万人歌舞途路中"，"百官队仗避岐薛，杨氏诸姨车斗风"，可谓人欢马跃，一副热烈的盛景；而今宫竹森森，桃红落泥，荆榛遮塞了池塘，狐兔在绿树下趾高气扬地出入。

我们进行这样对应性的比较分析，绝不意味着"阑干"只对应"斗拱"，"珠翠"只对应"旧花钿"。昔盛组的意象所形成的画面整体上是与今衰组的景象相对比的。我们将直接对应的意象放在一起，只是为了更突出地显示今昔的鲜明变化，增加一定的"特写"性。

下面再看听觉意象。属于"昔盛"的听觉意象有：

1. **"弦索鸣"**。夜半月高弦索鸣。

2. **"歌"**。飞上九天歌一声。

3. **"吹管"**。二十五郎吹管逐。

4. **"凉州""龟兹"**。逡巡大遍凉州彻，色色龟兹轰录续。

5. **"笛"**。李谟压笛傍宫墙。

属于"今衰"的听觉意象有"乌啄风筝碎珠玉"。"风筝"亦称檐马，是一种悬挂在屋檐下的金属片，风起时吹动作声。宫廷里的风筝有时以玉片制成。"乌啄风筝"句指乌鸟啄动风筝时发出的像粉碎珠玉的响声。

昔盛时，各种音乐品类繁多。从器材上看有弦索管笛；从曲调上看有《凉州》和各种龟兹音乐，舒缓的一套凉州大曲后，各种各样的龟兹乐曲更番迭奏；从方式上看还有歌唱；从声响上来说则"飞上九天"；从规模上来看，一声高歌之后，"二十五郎吹管逐"，"平明大驾发行宫"之时，则有"万人歌舞途路中"。这些热闹红火一去不返。当年万人欢歌，而今只有乌鸟"献技"；当年响彻云霄，而今只有檐马发出啜泣般的低吟，只有它们成为随风而去的强盛之音的余响。

由此可见，《连昌宫词》在叙述唐王朝由盛转衰的时候，并没有叙述转折的过程，而是集中笔墨于意象的营造，通过昔盛与今衰两组意象的强烈对比，让人感受到历史的巨变。如果说其间有"叙事"的话，我们对其最恰切的称呼似乎应是"意象叙事"。

总之，中国古典诗歌是一种典型的意象语言，传统古典叙事诗中的有些意象可以起到叙事的功能。我们将这种颇为独特的叙事方式称为意象叙事，而把具有叙事功能的意象称为"叙事意象"。下文将对"叙事意象"进行更多的探讨。

三、叙事意象发微

提及古典诗词的并置意象，我们最容易想到的是马致远的小令《天净沙·秋思》："枯藤老树昏鸦，小桥流水人家。古道西风瘦马。夕阳西下，断肠人在天涯。"曲中的 8 个意象是由抽象概念"断肠"联系在一起的。这 8 个简单意象全在状景言情，并无叙事功能。

但是，如果将"夕阳西下，断肠人在天涯"放在特定的语境当中，便会由状景言情转化为画面叙事，获得叙事功能。电视连续剧《三国演义》曾叙述曹丕篡汉后，迫害他平素嫉恨的胞弟曹植。在剑拔弩张、杀气凌人的"逼赋《七步诗》"这一情节后，屏幕上紧接着出现了这样的画面：夕阳西下，风沙阵阵，地平线上一个骑马者，缩肩缩头，马匹慢慢腾腾地迈着细步；低垂的马尾后不远，跟着三两个随从，他们低垂的长袖在风尘中飘动⋯⋯如果单看这幅画面，很容易让人联想到"夕阳西下，断肠人在天涯"这两句诗，"断肠"通过人物的形体语言——"垂头缩肩"传达出来。这个画面与"逼赋《七步诗》"的镜头连接在一起，便叙述了这样的情节发展：受曹丕迫害，曹植被流放到偏远的他乡。这样，通过蒙太奇技术组接的画面便获得了叙事功能。

理解了现代影视中的蒙太奇技法，就可能会对中国传统叙事诗的意象叙事有一个更深的理解。上一节笔者主要讨论了《长恨歌》和《连昌宫词》，这里我们重点讨论吴伟业的一些叙事诗。因为吴诗大量运用了叙事意象，较诸前两者还有所发展。

1.《永和宫词》

《永和宫词》是吴诗中最长的一篇，其意象密度也很大。笔者将重点讨论具有结构功能的中心意象"永和宫"。

诗歌的前半部分有"君王宵旰无欢思，宫门夜半传封事"的叙述，"宫"即永和宫。意为国事危急，崇祯帝深夜仍须处理政务。这时的田贵妃"独承恩"，"宜笑宜愁慰至尊"。帝妃之间的感情甚浓。后来田贵妃因其父骄纵而受连累，再加上她自己常干些别出心裁的事，惹得周皇后看不惯，于是被崇祯帝冷落。诗歌用"贵人冷落宫车梦"来代指此事。田贵妃复宠后不久，便因痛心爱子的夭折而于崇祯十五年（1642）病亡。诗歌用"苔没长门有梦归，花飞寒食应相忆"来叙述。"长门"本为汉宫名，此处代指"永和宫"。从"贵人冷落宫车梦"到"苔没长门有梦归"的几年，明朝局势进一步恶化，终于在田贵妃死后的第三年覆灭。"宫草明年战血腥"指李自成攻陷北京，崇祯自缢。由此可见，从"宫门夜半传封事"到"宫草明年战血腥"，同一个场景意象"永和宫"，以不同的面貌呈现出一个变化的序列，既展示了田贵妃由得宠到失宠，由失宠、复宠到病亡的过程，又叙述了明朝由危急到恶化，终至大厦崩塌的历史发展进程。因此，"永和宫"这个场景意象序列承担了双重的叙事功能。

　　诗歌最后一部分意象的变化序列，又叙述了历史事件的发展。"碧殿凄凉新木拱"紧承上文"宫"序列，"殿"亦即宫，用宫中的粗大新树来指明朝灭亡。紧接着"碧殿"出现了"昭仪冢""麦饭冬青""斜阳""蔓草""残垅"一连串凸显败亡凄凉的意象：

　　　　碧殿凄凉新木拱，行人尚识昭仪冢。
　　　　麦饭冬青问茂陵，斜阳蔓草埋残垅。

这些意象进一步强化了明亡一事。

　　诗歌结尾的 4 句仍承续上文"宫"序列，叙述明亡以后的历史事件：

　　　　昭邱松槚北风哀，南内春深拥夜来。

>莫奏霓裳天宝曲，景阳宫井落秋槐。

《唐书·地理志》载："南内曰兴庆宫，在东内之南。""南内"原系唐玄宗为藩王时的故宅，位于大明宫（东内）之南，故曰"南内"。《长恨歌》有句曰"西宫南内多秋草"。吴诗用"南内"隐指"南京之宫"。明朝在南京陪都还有一整套政权，明朝北京政权覆灭后不久，朱由崧的弘光政权便建立在这里。"南内春深拥夜来"便指此事。"夜来"之典出于晋代王嘉《拾遗记》，谓魏文帝所爱美人姓薛名灵芸，后改名夜来。"夜来妙于针工，虽处于深帷之内不用灯烛之光，裁制立成。非夜来缝制，帝则不服。"足见魏文帝对其宠爱之情。弘光小朝廷立国不久便不思国家大计，君臣上下沉浸在声色享乐之中，弘光帝尤喜女色。"南内春深拥夜来"暗指此事。这才有最后两句的规讽之辞："莫奏霓裳天宝曲，景阳宫井落秋槐。""景阳宫"为南朝宫名，齐武帝置钟于楼上，宫人闻钟，早起妆成。唐人许浑《金陵怀古》有句曰"玉树歌残王气终，景阳兵合戍楼空"。将"景阳兵合"与亡国之音《玉树后庭花》联系在一起，指代北齐王权因皇帝沉迷女色而覆灭。诗歌选取飘落着秋槐的"景阳宫"这个历史意象，与上文6个"宫"的意象再次构成序列，讽喻之旨更深、更切，针对性更强，将南明政权的危机含蓄地叙述了出来。

2.《琵琶行》

提及《琵琶行》，我们首先会想到唐代白居易的同名之作，琵琶女"低眉信手续续弹"来"说尽心中无限事"。诗歌对诉说心中无限事的

第四章 诗 体

一段音乐所作的描绘，经常为人称道：

> 大弦嘈嘈如急雨，小弦切切如私语。
> 嘈嘈切切错杂弹，大珠小珠落玉盘。
> 间关莺语花底滑，幽咽泉流冰下难。
> 冰泉冷涩弦凝绝，凝绝不通声暂歇。
> 别有幽愁暗恨生，此时无声胜有声。
> 银瓶乍破水浆迸，铁骑突出刀枪鸣。
> 曲终收拨当心画，四弦一声如裂帛。

这一段脍炙人口的描述，其成功原因在于选取9个听觉意象来比喻琵琶音乐，其中"大珠小珠落玉盘"和"间关莺语花底滑"还包含优美的视觉意象。宋代黄庭坚《听宋宗儒摘阮歌》用"寒虫催织月笼秋，独雁叫群天拍水"等诗句来描绘阮音乐，然后设问道："问君枯木著朱绳，何能道人意中事？"一段木杆，几根弦索，怎么能够传达出人心中的事呢？白居易《琵琶行》尽管明确说明琵琶女"说尽心中无限事"，但我们从上一段描绘音乐的文字中很难弄明白琵琶女到底诉说了什么事。音乐可以叙事，但音乐语言所叙之事必须有文字来说明，琵琶女正是用"自言本是京城女，家在虾蟆陵下住"以下共20句诉说了生平遭际，我们只有通过这一段文字才能明了她"心中无限事"。因此，白居易《琵琶行》对琵琶音乐的描绘，尽管十分成功优美，但叙事成分很少。

吴伟业的《琵琶行》一诗则是音乐——听觉意象叙事的典范之作。琵琶名家白在湄之子白彧如所弹一曲的内容，吴伟业在该诗序中明确介绍:"白生为余朗弹一曲,乃先帝十七年以来事。叙述乱离,豪嘈凄切。""先帝"指崇祯帝。诗中又说"抱向人前诉遗事",这就明确指出了《琵琶行》中所描摹的音乐是叙述崇祯十七年间的乱离之事。按照历史事件的过程,其内容可分为几个阶段,每一阶段都有一组相对应的听觉意象。

第一阶段可称为"狼烟四起"。崇祯前中期,农民起义如火如荼,建州军队的进攻狂如浪涛。诗中叙述道:

初拨鹍弦秋雨滴,刀剑相摩毂相击。
惊沙拂面鼓沉沉,砉然一声飞霹雳。

描摹琵琶音乐的听觉意象有:"秋雨滴""刀剑相摩""毂相击""惊沙拂面""鼓沉沉""飞霹雳"。秋雨滴沥之声是总括局势阴沉危险;刀剑相格声,车毂撞击声,惊沙凄厉,战鼓震地,都是两军激战时产生的声响。"砉然一声"飞起的霹雳之响,则是局势到了危急关头的叙述,联系下文,"一声飞霹雳"很可能是指崇祯十五年(1642)二月松山陷落,洪承畴被俘,明朝坚守多年的宁锦防线彻底被清军摧毁。崇祯帝于末年非常倚重洪承畴,指望他尽快在关外击溃清军,以便抽调军队专门镇压农民军。当崇祯帝得知洪承畴被俘的消息后,震惊不已。亲自为洪主持祭奠活动,以安举国惶恐之心。因此,松山战败,洪承畴被俘可谓"一声霹雳"。

第二阶段可称为"天崩地裂"。诗歌叙述道:

南山石裂黄河倾,马蹄迸散车徒行。

> 铁凤铜盘柱摧塌，四条弦上烟尘生。

描摹琵琶音乐的听觉意象有"南山石裂""黄河倾""马蹄迸散""车徒行""铁凤摧塌""铜盘摧塌""柱摧塌"，一共7个。"南山石裂"大概是指崇祯十五年（1642）七月，左良玉及虎大威、杨德政、方国安四镇兵会于朱仙镇，其地在河南开封西南。左良玉惧李自成兵势拔营先逃，并掠诸营马骡而去，引起四镇兵马尽皆溃逃，援救开封之围的计划彻底落空。李自成围开封半年，因巡抚高名衡、总兵陈永福的固守而久持不下，陈永福还射中李自成一目。崇祯十五年（1642）九月亦即左良玉诸军溃败后不久，李自成下令掘开黄河大堤，水灌开封，黄河浊浪在奔腾咆哮中吞噬了无数人的生命。"黄河倾"即黄河决口后的咆哮声。

开封陷落后，李自成与孙传庭在中原展开大战，终于在崇祯十六年（1643）九月彻底击败孙传庭，破西安，占大同，崇祯十七年（1644）初长驱直入攻向北京。"马蹄迸散车徒行"概指此事。"铁凤摧塌""铜盘摧塌""柱摧塌"一连三个意象，描绘出该年三月北京陷落后，城内的一片崩塌之声。

《琵琶行》用另一串听觉意象叙述了北京失陷后的惨象：

> 忽焉摧藏若枯木，寂寞空城乌啄肉。
> 辘轳夜半转咿哑，呜咽无声贵人哭。
> 碎佩丛铃断续风，冰泉冻壑泻淙淙。
> 明珠瑟瑟抛残尽，却在轻笼慢捻中。

这一段落的听觉意象有"枯木收敛""乌啄肉""辘轳夜转""贵人呜咽""风吹碎佩""风吹丛铃""冻壑泻冰泉""明珠抛落"等，从不同的场景、不同的时间选取这些意象，叙述了明朝灭亡，皇亲国戚、明廷权贵尽皆落难。

靳荣藩《吴诗集览》认为琵琶音乐的最后一部，"此段所弹者，北都既破，南京旋覆，诸王迁播，都无一成。其声散以哀"。其语颇有见地。但囿于时代限制，其言并不全面。诗曰：

> 斜抹轻挑中一摘，渗慄飕飕憯肌骨。
> 衔枚铁骑饮桑干，白草黄沙夜吹笛。
> 可怜风雪满关山，乌鹊南飞行路难。
> 猿啸鼯啼山鬼语，瞿塘千尺响鸣滩。

这一部分的听觉意象有："飕飕"（风声，亦可指风雨声）、"铁骑饮桑干"、"夜吹笛"、"风雪满关山"（"关山"隐指《关山月》，汉乐府横吹曲名，内容多为伤离别）、"乌鹊南飞"、"猿啸"、"鼯啼"、"山鬼语"、"瞿塘响鸣"共9个，大都为凄苦阴森之声响。后4个意象大概还叙述了清军南下过程中对江南民众的屠杀。

从琵琶音乐的"初拨鹍弦"到"忽焉摧藏"①，再到"斜抹轻挑中一摘"，这一完整的演奏过程比较全面地叙述了明朝的危急、灭亡以及南明政权瓦解、清军肆虐这个历史过程。诗中的"我"——实即作者

---

① "摧藏"意为收敛，"枯木摧藏"指像枯木一样沉寂，"此时无声胜有声"中"无声"也。

第四章 诗 体

吴伟业的一段叙述,可看作是对琵琶音乐的补充说明:

> 我亦承明侍至尊,止闻鼓乐奏云门。
> 段师沦落延年死,不见君王赐予恩。
> 一人劳悴深宫里,贼骑西来趋易水。
> 万岁山前鼙鼓鸣,九龙池畔悲笳起。
> 换羽移宫总断肠,江村花落听霓裳。

"段师"为唐玄宗时善弹琵琶之僧,"延年"为汉武帝时著名音乐家,二者均代指崇祯时宫廷乐工。"万岁山"即煤山,崇祯自缢之山。"万岁山前鼙鼓鸣"这一听觉意象隐指崇祯帝迫于农民军的攻势绝望自杀。"悲笳起"这一听觉意象也指北京陷落。"换羽移宫"一语双关,既指音乐乐调的转换,又指世事的变易。这些听觉意象都可视为对琵琶音乐的共鸣。这样的共鸣之音还有"坐中泪如霰"的一客——旧中常侍姚公的诉说中的"歌舞""素手筝""花奴鼓":

> 一自中原盛豺虎,暖阁才人撤歌舞。
> 插柳停挡素手筝,烧灯罢击花奴鼓。

在白生琵琶音乐的感召下,当年崇祯宫中的歌舞之响、筝乐花鼓,一一重新回荡在姚公的耳畔。这才是"换羽移宫总断肠"!世事变化一如音乐的变化,不是琵琶音乐在震荡人的肺腑,而是沧海桑田、不堪回首的往事撕扯着人的九曲回肠。正因为"即今相对苦南冠,升平乐事难重见",流落江湖的"风尘潦倒人"——不仅是作者自己,还包括姚公、白氏父子,大家都"偶逢丝竹便沾巾",何况今日听闻精妙绝伦的琵琶演奏？诗歌最后两句仍以听觉意象作结：

江湖满地南乡子，铁笛哀歌何处寻！
　·　·　·　　　·　·　·　·

"南乡子"为曲牌名，属北曲乐调。白氏父子为琵琶北调名家，故"江湖满地南乡子"应指白生的琵琶音乐回荡于江湖之上，余音久久不绝。不过这个"南"字很可能还隐指广大南方地区。顺治二年（1645），清军大举南下，迅速消灭弘光政权后于六月至苏杭诸地，并颁剃发令，限旬日尽行剃完，不遵者杀无赦。闰六月，黄道周等奉明唐王朱聿键于福州即位，建元隆武；江浙一带反剃发起义蜂起。清兵对起义血腥镇压，七月，清军陷嘉定、昆山，皆屠城；八月，陷江阴，满城杀尽方封刀。其他各地反剃发起义也都失败。十二月，黄道周引兵拒敌，兵败被俘。此时的江南地区可谓血雨腥风，满目凄惨。《琵琶行》作于顺治三年（1646）春，正在清军肆虐之后不久。诗中有"即今相对苦南冠"一语，"南冠"用《左传·成公九年》钟仪之典，后泛指南方人的帽子。在清军的野蛮践踏下，吴伟业诸人之所以保全性命，大概是遵依剃发令乖乖落了头发。因此，"南冠"或许隐含着"南方人的无发之头"的意思，"南乡子"与"南冠"两个"南"字串在一起，其意味绝不寻常。"铁笛哀歌何处寻"一语，包含着数不清的痛苦、愤慨、无奈。"南乡子"和"铁笛哀歌"两个听觉意象的内蕴，只有放在当时的历史背景中才能领会。

《琵琶行》一诗描摹琵琶音乐时一共用了30个听觉意象，之后又用了8个共鸣意象，叙述了崇祯十七年间及明亡后两年多内的主要历史事件。听觉意象的叙事功能在该诗中得到了淋漓尽致的体现。这与白居易的《琵琶行》是不太相同的。

3. 《圆圆曲》

在《圆圆曲》的众多意象中,色彩意象最为引人注目。视觉是人类最为重要的感觉之一,事物的色彩、形状、距离等,都是视觉作用的结果,人类尤其对色彩的感觉很敏锐。《圆圆曲》的视觉色彩意象在全诗中占据重要地位。

最为炫目夺人的是一连串"红"的意象:

① "**红颜**"。"冲冠一怒为红颜""红颜流落非吾恋"。

② "**红日暮**"。"坐客飞觞红日暮。"

③ "**红印**"。"蜡炬迎来在战场,啼妆满面残红印。"

④ "**乌桕红**"。"乌桕红经十度霜。"

⑤ "**红妆**"。"一代红妆照汗青。"

与"红"的意象形成强烈对比,而且往往是对称出现的,是"白"的意象:

① "**缟素**"。"恸哭六军俱缟素,冲冠一怒为红颜。"

② "**明眸皓齿**"。"明眸皓齿无人惜。"(以"明眸皓齿"代指陈圆圆,与"红颜"所指为同一人)

③ "**白皙**"。"白皙通侯最少年。"("白皙通侯"指吴三桂)

④ "**霜**"。"乌桕红经十度霜。"

⑤ "**白骨**"。"全家白骨成灰土,一代红妆照汗青。"

全诗围绕陈圆圆的生平遭际展开情节,在这个展开过程中交织着"红"与"白"的对比。我们以图示意如下:

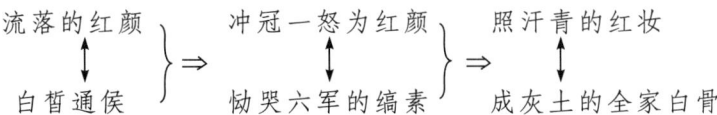

(⟵⟶表示色彩对比,⇒表示情节发展)

由此可见，诗歌在叙述陈、吴二人悲欢离合的故事时，穿插交织着强烈的色彩对比。在这种强烈对比中，饱含着强烈的感慨与讥讽。

吴伟业叙事诗很善于色彩的搭配运用。《永和宫词》前半部分叙述田贵妃生前倍受恩宠时，所用字眼的色彩都比较亮丽鲜明，如"私买琼花新样锦，自修水递进黄柑"。"琼花"色彩亮丽，"黄柑"色泽光洁。叙述北京陷落后的诗句，如"夜雨椒房阴火青"句中的"夜""阴""青"，"碧殿凄凉新木拱"中的"碧"，皆为阴冷之色调。

《萧史青门曲》前半部分叙述宁德公主姐妹的豪奢，所用色彩极为华丽，"紫""红""翠""白""绿"等，几乎令人眼花缭乱：

> 百辆车来填紫陌，千金橇送出雕房。
> 红窗小院调鹦鹉，翠馆繁筝叫凤凰。
> 白首傅玑阿母饰，绿鞯大袖骑奴装。
> 灼灼夭桃共秾李，两家姊妹骄纨绮。

后半部分描述长平公主之死有句曰："青萍血碧它生果，紫玉魂归异代缘。""青青寒食东风柳，彰义门边冷墓田。""青""碧"这样的色调与"寒""冷"这样的修饰语联系在一起，与前半部分的热闹绚丽反差何其大矣！

《过锦树林玉京道人墓》描绘卞玉京之墓曰：

> 乌桕霜来映夕曛，锦城如锦葬文君。
> 红楼历乱燕支雨，绣岭迷离石镜云。
> 绛树草埋铜雀砚，绿翘泥涴郁金裙。

居然设色倪迂画,点出生香苏小坟。

《明史·隐逸传》载:"倪瓒字元镇,无锡人也。家雄于资,工诗善书画……为人有洁癖。"大概因其有"洁癖",故吴诗称之为"倪迂"。倪瓒号云林,与黄公望等人并称"元末四大家"。吴诗这里取其善于"设色"而言。吴诗的"设色"是颇为工巧的。霜打"乌桕"为红色,"夕曛"指日落余光,红乌桕映落日,主色调为"红"。"燕支"即胭脂,一种红颜料。因楼之"红",楼前飘洒的雨也被映红而成为"燕支雨"。"绣岭"指长满植被的山岭,从远处看本来就苍苍茫茫,而今又迷离着"石镜云"——从如镜的山石间升起的云气,更加显得迷离。"绛树"之"绛"为赤红色,与"绿翘"之"绿"相映。总之,整个画面是迷离之红,点染着迷离之绿,造成一种迷离斑斓之境。这正是苏小小坟上所有过的景象,诗中用以指卞玉京之墓。

吴伟业亦能画。周亮工《读画录》卷一曾载:"(吴伟业)不多为画,然能萃诸家之长,而运以己意,故落笔无不可传者。"张庚《国朝画征录》上卷载:"(吴伟业)山水得董黄法,清疏韶秀,风神自足,可贵也。"秦祖永《桐阴论画》首卷《书画大家》曰:"吴梅村祭酒伟业,笔意雅秀绝伦,脱尽作家习气。生平不多画,然一落笔便有卷轴气,嫩处如金,秀处如铁,真逸品也。"顾文彬《过云楼书画记》画类五著录了吴伟业的一幅山水轴条并评论:

春雨初生,望丛树中,山桥碧阴,溪馆绿满,踏枝乾鹊啃,与残滴相答和,时见最高峰上红墙一角微出松际。此梅村水墨小景,自云新霁后戏笔于梅花庵中者也。①

画面上的构图自不必言,设色上有"碧阴""绿满"和最高峰上微出松际的"红墙"一角。"绿"为主色,"红"为点缀。大概是具备了画家的敏锐视觉,才造就了吴诗中大批精妙的视觉意象,于画面更迭、色彩变换中极尽叙事言情之功效。

4.《萧史青门曲》和其他

《萧史青门曲》后半部分叙述崇祯之女长平公主"登仙"之后,使用了蒙太奇镜头来强化这一事件。这两个镜头由并置的复杂意象"柳"和"墓田"组成:"青青寒食东风柳,彰义门边冷墓田。"在叙述宁德公主的梦境时,画面的序列过程尤为明晰:

昨夜西窗仍梦见,乐安小妹重欢宴。
先后传呼唤卷帘,贵妃笑折樱桃㚖。

"乐安"为宁德公主之妹,崇祯十七年(1644)北京城破时其与全家一同自尽。在"唤卷帘""笑折樱桃"这两个热闹的画面后,紧接着的画面开始"降温",由热烈转向冷清:

玉阶露冷出宫门,御沟春水流花片。

---

① 以上四处引文均转自冯其庸、叶君远:《吴梅村年谱》,江苏古籍出版社,1990,第17—18页。

第四章　诗　体

乐安公主忽然不见了，宁德公主寻找她时出了宫门，踏上了洒满冷露的玉阶，四下眺望不见人影，唯见御沟内花落水流。"春水流花片"是个特写镜头，既可理解为"漂流着落花的春水"，也可理解为"漂流在春水上的落花"。根据上下文，以"漂流在春水上的落花"为好。王实甫《西厢记》里崔莺莺的一段唱词《幺篇》有句曰：

可正是人值残春蒲郡东，门掩重关萧寺中，花落水流红，闲愁万种，无语怨东风。

"花落水流红"是一个动态画面。"水流"在古典诗词中一般是岁月流逝的象征，而"红花"则是青春和荣华的"客观对应物"。崔莺莺的唱词主要是表达青春易逝的难言苦闷，吴诗中的"春水流花片"主要指荣华富贵的消逝。见春水中的落花，宁德公主一下子从梦中醒了过来："更残灯灺泪沾衣。"泪水不知在什么时候已将衣服打湿，只有一点残灯在闪动。我们可以将这个画面序列简示如下：

姊妹一起呼唤卷帘⇒乐安笑折樱桃⇒宁德公主在宫门外张望⇒春水中漂流的落花⇒残灯一点⇒泪眼湿衣

从有声的"呼唤""笑"到沉寂，从热闹到凄凉，画面的变化叙述了一个完整的梦境。这个梦境正是宁德公主从"道路争传长公主，夫婿豪华势莫当。百辆车来填紫陌，千金楂送出雕房"的显赫豪奢，到"今朝破帽迎风雪，卖珠易米返柴门"的凄凉境况这一巨变过程的缩写。宁德公主梦醒后再也难以入睡：

　　只看天上琼楼夜，乌鹊年年它自飞。

月明星稀，乌鹊纷飞。"年年"一词包含着多少沧桑、多少无奈。吴诗中运用意象画面叙事的地方还有不少。《襄阳乐》结尾处有这样4句：

　　襄王置酒云台中，贼骑已满清泥东。嗟乎！呼鹰台畔生荆棘，斩蛇渚内波涛立。

其画面交换顺序简示如下：

　　"置酒云台"⇒"贼骑涌动"⇒"高台畔的荆棘"⇒"渚内滚动的波涛"。

这组画面叙述了"襄阳失陷、襄王被杀"这一发生在崇祯十四年（1641）二月的历史事件。

《临淮老妓行》结尾处写道：

　　老妇今年头总白，凄凉阅尽兴亡迹。
　　已见秋槐陨故宫，又看春草生南陌。

"秋槐陨故宫"和"春草生南陌"两个意象画面，便是对"兴亡"

第四章 诗 体

这一抽象概念的具体化，是叙述"兴亡"的"迹"——具体可感的画面。舍言"兴亡"而专绘其"迹"，正是叙事意象的真谛之所在。

中国古代有关诗画关系的论断最著名的要数苏轼的评论："味摩诘之诗，诗中有画；观摩诘之画，画中有诗。"① 现代著名诗人艾青有诗句说："画家和诗人/有共同的眼睛/通过灵魂的窗户/向世界寻求意境。"美国新诗运动中的诗人在借鉴中国古典诗歌的时候，也都敏锐地觉察到了中国古典诗歌的"诗画同体"。E. E. 肯明斯（E. E. Cummings）本人既是诗人，又是画家，他在一次画展的序言中说："在中国……画家也是诗人。"王维、苏轼、吴伟业都是诗画兼擅的代表。那么诗画的相通点究竟在什么地方呢？

T. S. 艾略特曾著文评莎士比亚的《哈姆雷特》，在文中这样论述：

> 表达情感的唯一的艺术方式便是为这个情感寻找一个"客观对应物"。换言之，一组物象、一个情境、一连串事件被转变成这个情感表达的公式。于是，这些诉诸感官经验的外在事物一旦出现，那么情感便立刻被呼唤出来了。

"客观对应物"的英文为"objective correlative"，不同的译家有不同的译法，如香港黄德伟译为"客观关联"，黄维梁译为"意之象"；台湾余光中译为"情物关系"或"客体骈喻法"，颜元叔译为"客观投影"，美籍华人叶维廉则译为"客观应和的事象"。综合这些译法及艾略特的原话可以发现，艾略特所论实际上是在讲"心物关系"，怎样用"物"传"心"。可以说，一切艺术都是以"物"传"心"的，即以一定的具体形象将艺术家主体的心灵世界传达出来。中国诗学中的"情

---

① 苏轼：《书摩诘蓝田烟雨图》。

景"关系论重在借景言情,情感都潜藏在意象的营造中,这可以说是中国诗学最普遍的法则。意象叙事技巧可以说是这一法则由"抒情诗"领域向"叙事诗"领域的渗透,是中国古代叙事诗洋溢着浓郁抒情味的原因之一。清人方东树在《昭昧詹言》中指出:"叙述情景,须得画意,为最上乘。"这句话用来概括叙事意象的底蕴是颇为精到的。

在本节最后,再来看一下姚燮《双鸩篇》中的叙事意象。诗歌开篇写道"郎年十七妾十六",末尾写"郎年二十妾十九",表明诗中的故事历时三年。诗歌用"花开三度"来叙述时间的推移,第一次是妾郎二人分手后,诗歌写道:

十月开梅花,二月开桃李,
六月菱荷香,青青出蒲苇。

从该年"十月"到第二年"六月",从梅花开到菱荷香,既表明妾在天天思念着郎,又表示时光流逝。

第二次出现在"为郎日焚香,焚香祝告天苍苍"之后:

正月梅花残,三月桃李红,
七月出菱荷,蒲苇青茸茸。

丈夫外出时曾暗示一年后回来,但一年过去了仍不见其踪影,妻子不知道时间过了多久,只知道梅花又残,桃花又红,蒲苇又青。

第三次是这样的:

十月开梅花,二月开桃李。
今年六月无菱荷,蒲苇凋残北风起。

妻子睁大眼睛看着花谢了又开，开了又谢，到了第三年的秋天。以下便叙述丈夫回来，二人迫于父母压力饮鸩自尽。

诗歌中三次运用依次展示梅花、桃李、菱荷、蒲苇的画面，完全如同现代影视用画面对时间推移的叙述。从这里，是很容易体会出叙事意象既叙事又传情的双重功用的。

四、用典的叙事意义

用典又称"使典""隶事"等，是中国古代诗文一种传统手法。一般说来，典故包括古代的事件和有来历出处的词语，所以用典可以分为"用事"与"用词"两类。

从用典的历史看，屈原离骚已使用不少典故，其后"扬班以下，莫不取资，任力耕耨，纵意渔猎"①。南北朝时文风绮丽，各类文章无不注重辞藻，写诗也"动辄用事"，引起钟嵘"文章殆同书钞"的批评。② 唐诗矫正了六朝"采丽竞繁"的风气，不少诗人能将典故放在适当的位置上加以运用，并各有创新。宋诗受当时文化发展的影响，用典大为发展，至有严羽"以才学为诗"之讥。

从根本上来说，用典不只是一种表达技巧，而且也是一种创作构思机制。刘勰将"事类"定义为"据事以类义，援古以证今者也"，认为"明理引乎成辞，征义举乎人事，乃圣贤之鸿谟，经籍之通矩也"。③ 黄侃《文心雕龙札记》将"事类"与"比兴"联系起来，从而

---

① 刘勰著，陆侃如、牟世金译注：《文心雕龙译注》，下册，齐鲁书社，1981，第226页。
② 钟嵘，徐达译注：《诗品全译》，贵州人民出版社，1990，第21页。
③ 刘勰著，陆侃如、牟世金译注：《文心雕龙译注》，下册，齐鲁书社，1981，第221页。

将"事类"纳入了艺术构思的领域。黄侃论道：

> 道古语以剀今，道之属也；取古事以托喻，兴之属也。意皆相类，不必语出于我；事苟可信，不必义起于今。引事引言，凡以达吾之思而已。①

用典的根本目的在于"达吾之思"，即传达诗人主体的情思，这种"取古事以托喻"的方式如同"兴"。清人薛雪将这一点讲得更为明白深入：

> 用事全在活活泼泼地，其妙俱从比兴中流出。一经刻画评驳，则闷杀才人，丧尽风雅也。故村学究时文家断不可与谈诗。何也？有识量者，得其道，守其道，以俟知者。倘识量未定，为其所移，一盲引众盲，相将入火坑矣。②

薛雪认为"学诗须有才思、有学力，尤要有志气"③。"学力"指取材于古人的能力，而"才思"指才情、感兴的能力。如果没有"才思"而只有"学力"，作诗必然只能是"捃摭故实，翻腾旧句，或故寻僻奥，以炫丑博"④。之所以不能与"村学究时文家"谈诗，概因这类人只是胸有点墨而无诗之"才思"，作诗用事只能是掉书袋式的堆砌，

---

① 黄侃：《文心雕龙札记》，中华书局，1962，第188页。
② 薛雪著，杜维沫校注：《一瓢诗话》，人民文学出版社，1979，第107—108页。
③ 薛雪著，杜维沫校注：《一瓢诗话》，人民文学出版社，1979，第90页。
④ 薛雪著，杜维沫校注：《一瓢诗话》，人民文学出版社，1979，第93页。

很难与诗情浑化无迹。

应该承认,"捃摭故实,翻腾旧句,或故寻僻奥,以炫丑博"的确是古代不少文人用典时的一种毛病。出现这种弊端,根源在于忘记或不知道用典与比兴的关系,即不考虑典故与诗情的联系。刘乃昌先生指出:"用典要做到融化,一在于所采典实在含义上最能体现诗作要表达的情和事,一在于用语要能如出胸臆,不见牵凑之迹。"① 我们讨论用典应以此为出发点。

那么诗中用典又有什么益处?用典与叙事又有什么内在联系?一般说来,"诗人善于用典,常能深化诗歌的意境和内涵,有助于增强诗歌的含蓄性、生动性和表现力"②。具体到中国古代叙事诗的用典而言,其功用主要在于:一是创造新的意象,可将典故称为历史意象;二是避实就虚,增强诗的内蕴和联想力;三是造就一种庄重、深沉的叙述语调。这三个方面不是截然分离的,我们下文统而论之。

从中国古代叙事诗的历史来看,先秦两汉的叙事诗几乎没有典故。"浑涵汪茫,千汇万状"的杜诗,用典精当主要体现在他的近体诗中,像《兵车行》、"三吏"这样的叙事诗几乎没有典故。唐代叙事诗的情形大体与杜诗相近。究其缘由,大概因为唐代叙事诗的意旨重在"讽喻",故"其辞质而径,欲见之者易谕也;其言直而切,欲闻之者深诫也"③。

《长恨歌》的用典与叙事艺术的关系问题,迄今未被学界重视,值

---

① 刘乃昌:《谈东坡诗的用典》,载苏轼研究学会编《东坡诗论丛》,四川人民出版社,1983,第128页。
② 刘乃昌:《谈东坡诗的用典》,载苏轼研究学会编《东坡诗论丛》,四川人民出版社,1983,第122页。
③ 白居易:《新乐府·序》。

得我们深入发掘。下文将重点论述：历史典故如何影响了《长恨歌》的艺术构思与表达，如何消解了该诗的"讽喻"主题而上升为对李、杨爱情的肯定与歌颂。

杨玉环本为唐玄宗之子寿王李瑁之妃，唐玄宗先将之度为女道士，后将之册为自己的妃子，安史之乱中在马嵬驿兵变中将其杀死。唐代有不少诗篇以李、杨之事为题材，如李白的《清平调词》三首，杜甫的《丽人行》《自京赴奉先县咏怀五百字》《北征》，白居易的《胡旋女》《长恨歌》，元稹的《连昌宫词》等。这些诗篇的主题大都以讽刺为主，历代人士也将与《长恨歌》一体的陈鸿《长恨歌传》末尾"惩尤物，窒乱阶"一语视为《长恨歌》的主题。但是，《长恨歌》独特的叙事艺术大大淡化了这一正统观念限定的主题，反而突出了与讽刺相反的颂扬的一面。在本书第二章讨论该诗的视角与结构时已有论及，这里则从用典的角度予以进一步剖析。

《长恨歌》开篇两句曰：

> 汉皇重色思倾国，御宇多年求不得。

这是以汉武帝及其爱妃李夫人的故事来类比唐玄宗与杨贵妃。在解释这两句诗时，有人认为"托于汉皇，为玄宗讳"①，或认为"因不敢明显地斥责、讽刺本朝的皇帝，故借汉武帝来作比拟"②。这是表层的看法，陈寅恪从艺术构思与表达的角度指出"汉皇"句"已暗启天

---

① 苏仲翔：《元白诗选注》，中州书画社，1982，第145页。
② 顾学颉、周汝昌选注：《白居易诗选》，人民文学出版社，1963，第17页。

上下半段之全部情事。文思贯彻钩结如是精妙"①。我们不妨先看一下汉武帝与李夫人之事。《汉书》卷九十七上《孝武李夫人传》载：

> 孝武李夫人，本以倡进。初，夫人兄延年，性知音，善歌舞，武帝爱之，每为新声变曲。闻者莫不感动。延年侍上起舞，歌曰："北方有佳人，绝世而独立，一顾倾人城，再顾倾人国。宁不知倾城与倾国，佳人难再得。"上叹息曰："善。世岂有此人乎？"平阳主因言延年有女弟，上乃召见之，实妙丽善舞。由是得幸，生一男，是为昌邑哀王。李夫人少而早卒，上怜悯焉，图画其形于甘泉宫。

> 上思念李夫人不已，方士齐人少翁，言能致其神。乃夜张灯烛，设帷帐，陈酒肉，而令上居他帐，遥望见好女如李夫人之貌，还幄坐而步。又不得就视，上愈益相思悲感，为作诗曰："是邪，非邪，立而望之，偏何姗姗其来迟。"令乐府诸音家弦歌之。上又自为作赋，以伤悼夫人。其辞曰："美连娟以修嫮兮，命樔绝而不长……"②

汉武帝所作悼李夫人赋字数颇多，哀惋痛思之情溢于言表。如果再加上我们引文中所省略的李夫人病笃时，武帝亲临，极力请求看她一眼的情节，这篇《孝武李夫人传》完全称得上一篇情真意切的爱情

---

① 陈寅恪：《元白诗笺证稿》，上海古籍出版社，1978，第13页。
② 班固：《汉书》。

作品。

　　汉武帝的雄才大略是中国古代帝王少有的，他对爱妃李夫人所表露的挚情也是古代帝王中不常见的。《长恨歌》用"汉皇"来指代唐玄宗李隆基，显出作者对玄宗的尊崇和肯定。"思倾国"用李延年歌中之语，既表现玄宗对佳人的思慕，又表示将要出现的佳人"绝世而独立"。诗歌下文尽管及时点出这位佳人是"杨家之女"，但仍然多处用汉武帝、李夫人之事。如"金屋妆成娇侍夜"句用武帝幼年之典。据载，汉武帝数岁时，长公主抱问曰：儿欲得妇否？曰：欲得。公主指其女阿娇问：好否？笑答曰：若得阿娇，当以金屋贮之。事具《汉武故事》。"渔阳鼙鼓动地来"指安禄山起兵。安禄山为平卢、范阳、河东三镇节度使，于天宝十四年（755）十一月在范阳郡起兵。诗句不用"范阳"而用"渔阳"，是暗用东汉时彭宠据渔阳反汉的典故。事具《后汉书·彭宠传》。"翠翘金雀玉搔头"句中"玉搔头"仍暗用汉典。《西京杂记》称："武帝过李夫人，就取玉簪搔头。自此后，宫人搔头皆用玉。"

　　《新唐书·后妃传》载：玄宗自蜀回京后，命人画杨贵妃肖像，置于别殿，早晚往看，看了就哭泣。这也与汉武帝、李夫人之事相合。《长恨歌》"归来池苑皆依旧"以下数句对玄宗的这种感情多有渲染。"临邛道士鸿都客"以下求仙的叙述，陈寅恪认为是"从汉武帝李夫人故事附益之耳"①。上文已提及，陈先生还指出"汉皇"句"已暗启天上（指仙山）下半段之全部情事"。那么我们应当追问，《长恨歌》下半部分约占五分之二的篇幅，用来叙述临邛道士海上访仙，寻找唐玄

---

① 陈寅恪：《元白诗笺证稿》，上海古籍出版社，1978，第13页。

宗日夜思念的杨玉环，这与汉武帝、李夫人的故事又有什么联系？深入发掘这个问题，有助于我们理解陈先生的论断，进而理解诗歌开篇"汉皇"之典故的叙事意义。

据历史记载，汉武帝颇好神仙方术。《汉书·孝武李夫人传》所载齐人少翁为武帝致李夫人之神的故事已可表明这一点。唐玄宗命人画杨贵妃像也正是对神仙方术的信仰。白居易本人的神仙观念我们未遑考论，但可以断言——《长恨歌》道士访仙的故事与唐代的"目连变"有关。

唐人孟棨《本事诗》"嘲戏第七"载：

> 诗人张祜，未尝识白公。白公刺苏州，祜始来谒。才见白，白曰："久钦籍，尝记得君款头诗。"祜愕然曰："舍人何所谓？"白曰："'鸳鸯细带抛何处，孔雀罗衫付阿谁？'非款头何邪？"张顿首微笑，仰而答曰："祜亦尝记得舍人'目连变'。"白曰："何也？"祜曰："'上穷碧落下黄泉，两处茫茫皆不见。'非'目连变'何邪？"遂与欢宴竟日。①

王定保《唐摭言》卷十三也记载过这件事，说明张祜诗为《忆柘枝》，"款头"作"问题"。《长恨歌》中叙述"能以精诚致魂魄"的"临邛道士鸿都客"，有感于玄宗对贵妃的"辗转思"，"遂教方士殷勤觅"杨贵妃。方士"排空驭气奔如电，升天入地求之遍"，但是，"上穷碧落下黄泉，两处茫茫皆不见"。张祜在反唇相讥白居易时，将白诗的这两句视为"目连变"，白不但未恼，反而"与欢宴竟日"，可见白

---

① 孟棨：《本事诗》。

居易是认可的。周绍良认为"变文"就是指"把一种记载改变成另一种记载的文字","它只由一人就图讲解,边说唱边指点"。他举唐郭湜《高力士外传》为例:

> 太上皇移仗西内安置……每日上皇与高公亲看扫除庭院,芟薙草木……虽不近文律,终冀悦圣情。

目连遍历地狱救母的故事在社会上流传极广,有关的变文不止一种,唐人画"目连变"者也不止一家。唐玄宗与高力士观看的"变"说不定就有"目连变",他令人画杨贵妃像而观看,也许还受到"变"图的启发。白居易在这些基础上发挥想象力,虚构出道士访仙的故事就不难理解了,而这些又都与好神仙方术的汉武帝之事十分接近。所以陈先生的有关论断是精当可信的,"汉皇"之典统帅全篇的构思和叙事,足见其不同于一般用典的重要性。另外,陈鸿《长恨歌传》中叙述杨玉环被玄宗诏见后有"如汉武帝、李夫人"之语,也可用来参证陈、白二人均以汉事类比唐事。

由以上的论述可见,《长恨歌》的叙事语言和艺术构思都以汉武帝、李夫人之事来类比唐玄宗、杨贵妃事,这种方式近乎"咏史"而非"述史"。中国古人认为咏史"但叙事而不出己意,则史也,非诗也"①,认为咏史不必凿指史实。白居易《长恨歌》与此十分契合,诗歌有不少地方改写了史实,如将唐玄宗强夺杨贵妃改写为"杨家有女初长成,养在深闺人未识",这无疑是为了回避对二人丑事的揭露,回

---

① 吴乔:《围炉诗话》卷三。

避讽刺。陈寅恪先生曾考证过陈鸿《长恨歌传》的不同版本，认为通行本末尾处的"惩尤物，窒乱阶"一段议论文字分量较少，而《丽情集》本的议论则殊繁于通行本，并且批评李、杨的语言更为严厉。陈先生怀疑《丽情集》本为陈氏原文，通行本经过白居易的删改。① 如果真是这样的话，更可以参证白居易的《长恨歌》并非讽刺之作。况且，白居易本人在编订自己的诗集时将《长恨歌》列为"感伤诗"而非"讽喻诗"，还说过"一篇长恨有风情，十首秦吟近正声"的话。这都可以证明我们的论述具有一定的合理性。

叙事诗发展到吴伟业手中开始大量用典，用典甚至成为吴诗的重要特征之一。王国维《人间词话》比较过白诗与吴诗，认为《长恨歌》所隶之事只有"小玉""双成"四字，是"才有余也"的表现；而梅村歌行则非隶事不可，并进而认为"白吴优劣，即于此见"。王国维所述并不全面，同时，仅以用典多寡判定"白吴优劣"，恐非公允之词。

吴诗的确有"非隶事不可"的地方。从"梅村体"的题材看，"多有关时事之大者"，明清兴亡大事尽入其诗。如何分寸恰切地叙述史实，表达自己的情思，不能不说是一件颇费思量的事。

首先是如何处理帝王和皇亲国戚之死。吴伟业所面临的主要是崇祯帝及其亲属。如何既为尊者讳，又述清事实、表达哀思等，是诗人下笔之先所要考虑的措辞问题。吴诗采取了用典之法，以古事代指今事。如《圆圆曲》开头两句：

鼎湖当日弃人间，破敌收京下玉关。

---

① 陈寅恪：《元白诗笺证稿》，上海古籍出版社，1978，第43—44页。

诗的意思是崇祯帝死后不久,吴三桂攻破李自成,收复北京。在表达"崇祯之死"这件事时,吴诗选择了"鼎湖弃人间"一典。《史记·封禅书》载:"黄帝采首山铜,铸鼎于荆山下,鼎既成,有龙垂胡髯下迎黄帝,黄帝上骑……故后世因名其处曰鼎湖。"① 不说崇祯自缢,而说他像黄帝一样"抛弃人间",跨龙仙游,这样的表达极尽对崇祯帝的尊崇、哀悼,成功地解决了不便直说的困窘。王闿运的《圆明园词》同样运用此典指咸丰帝之死:

  鼎湖弓剑恨空还,郊垒风烟一炬间。

"郊垒"句指1860年10月英法联军劫掠、焚烧圆明园一事。杨圻《檀青引》叙述咸丰之死曰:

  金粟堆空啼杜宇,苍梧云冷泣英皇。
  居庸日落离宫暮,北望幽州空烟树。
  初闻哀诏在沙邱,已报新君归灵武。
  鼎湖龙静使人愁,福海悠悠春水流。

"金粟堆"指唐玄宗泰陵,在今陕西省蒲城县东北之金粟山。诗中用"金粟堆空"喻咸丰之死。"苍梧"指苍梧山,亦即九嶷山,在今湖

---

① 司马迁:《史记》卷二十八《封禅书》。

南省宁远县南。《史记·五帝本纪》载"舜崩于苍梧"。"英皇"传为舜妃娥皇、女英。《述异记》载:"舜南巡,葬于苍梧,尧二女娥皇、女英泪下沾竹,竹悉为之斑。""苍梧云冷泣英皇"在这里仍代指咸丰之死。"沙邱"犹沙丘,秦始皇巡行天下时病故之地,此代指咸丰病死于热河行宫。"灵武"为郡名,治所在回乐即今宁夏回族自治区灵武西南。唐天宝十五年(756),安禄山破潼关,玄宗逃奔蜀中。朔方留后杜鸿渐等迎太子李亨即位于灵武郡城南楼,是为唐肃宗。"已报新君归灵武"指同治帝即位于故宫太和殿。"鼎湖龙静使人愁"句仍沿用《圆圆曲》和《圆明园词》之典,代指咸丰之死。

由以上三首诗的"鼎湖"之典可见,"鼎湖"成了一种历史意象,提及它自然让人联想到帝王之死,并将难以直述的内容表达了出来;同时,运用了典故之后,诗歌的叙述口吻、态度,叙述语调就变得庄重、严肃、深沉,比一般的言语显然不同。《圆圆曲》《圆明园词》《檀青引》三诗不约而同地用到同一典故,恐怕不是偶然的。

吴伟业在其他诗中多处运用代指法。如叙述福王朱常洵被农民军杀死一事,《洛阳行》叙曰:

愿王保此黄发期,谁料遭逢黑山贼。

东汉末年,真定人张燕领导的军队曾聚于黑山,故称黑山军,曾众至百万。诗中用"黑山贼"代李自成率领的农民军,"遭逢黑山贼"即为农民军所杀。吴诗中以历史上的农民军代指明末农民军的地方还有不少,如《圆圆曲》中"电扫黄巾定黑山"中,"黄巾"即东汉末年张角领导的农民军；《雁门尚书行》中"赤眉铜马知何处"一句，"赤眉""铜马"皆代指西汉年间的农民军。

北京城陷后周皇后自缢。《永和宫词》叙曰：

汉家伏后知同恨，止少当年一贵人。

《后汉书·伏后纪》载："董承女为贵人，操诛承而求贵人，杀之。"赵翼《瓯北诗话》卷九不满吴诗此典曰："此言周后殉难时，田妃已先死也；然周后奉旨自尽，何得以曹操之弑伏后为比！"这是赵翼在批评吴诗用典"亦有与题不称，而强为牵合者"时所举的一例，①此批评得颇有道理。然而要在历史上找到另一个奉旨自尽的皇后恐怕很难，吴诗只是以另一个皇后之死来代指周皇后之死罢了。

明亡后不久崇祯次女长平公主病死。《萧史青门曲》叙此事曰：

尽叹周郎曾入选，俄惊秦女遽登仙。

"秦女登仙"典出《列仙传》。春秋人萧史善吹箫，作凤鸣。秦穆公以女弄玉妻之，为其筑凤台以居。萧史一夕吹箫引凤，与弄玉一同升天仙去。用"秦女登仙"代指长平公主之死，与"鼎湖弃人间"的用法如出一辙。

用典的方法有时不以古事代今事，而以古人代今人。《永和宫词》曾有多处用历史上的著名妃子来代指田贵妃。

———————————

① 赵翼：《瓯北诗话》卷九。

1. **以阴丽华来指代。** 阴丽华为东汉光武帝之后，南阳新野人。初，光武帝闻其美，心悦之，曾叹曰："仕宦当作执金吾，娶妻当得阴丽华。"后果纳之，生明帝。郭皇后被废后，阴丽华被立为后。田贵妃之事与阴丽华之事没有什么瓜葛，诗中以阴丽华指代田贵妃，仅为言其美貌和所得恩宠。诗曰：

> 扬州明月杜陵花，夹道香尘迎丽华。

2. **以赵飞燕来指代。** 紧接上文两句，为了进一步渲染，诗歌写道：

> 旧宅江都飞燕井，新侯关内武安家。

赵飞燕为汉成帝宫人，成阳侯赵临之女，歌舞时，体态轻盈，号飞燕。先为婕妤，许后废，立为后，与其妹昭仪受专宠十余年。哀帝立，尊为皇太后；平帝即位，废为庶人，遂自杀。事具《汉书·孝成赵皇后传》。吴诗以"飞燕井"来指代田贵妃的"旧宅"，实是以赵飞燕比拟田贵妃。

3. **以杨玉环来指代。** 诗曰：

> 幸免玉环逢丧乱，不须铜雀怨兴亡。

杨玉环先是备受恩宠，马嵬坡兵变时死于非命。田贵妃于北京陷落的前一年病逝，免于身历劫难，故曰"幸免玉环逢丧乱"。

总之，典故用作一种叙述手段，构成一种新的意象——历史意象，可以更委婉地表达不宜直接言说的事。但是，如果仅仅着眼于此，对问题的理解还只限于表层，特别是上文所述以古人代今人的这种情况。比如说到"幸免玉环逢丧乱"时，难道我们仅仅理解为"侥幸避免了像杨玉环死于丧乱的悲惨下场"这一意义吗？

事实上并非如此。典故产生于悠远的过去，典故的出现，往往携带着一股强烈的历史气息，使读者很容易将眼前之事与历史联系起来，在历史长河中凸现当今之事，从而获得一种深沉的历史感。吴伟业的叙事诗大都如此。吴诗所叙之事大多关系世事兴亡，往往在历史紧要关头展示个人的命运，将个体生命纳入历史纵深背景中加以观照，从而将眼前的偶然事件上升为一种普遍的历史现象，将单纯的故国之思、一己私情上升为历史反思，这一点从《永和宫词》和《圆圆曲》中可以得到有力说明。

《永和宫词》从具体内容上来说，主要是叙述了田贵妃的一生。她生前享尽恩宠荣华，岂奈天不作美，爱子夭折，青春早逝。诗歌前半部分用阴丽华、赵飞燕之典来刻画其美貌与恩宠，但诗歌后半部一句"自古豪华如转毂"，将田贵妃的"豪华"放在了长长的历史链条上，这种"豪华"便一下子失去了富丽堂皇的光辉，显得凄凉万般。美貌若阴丽华者，贵为皇后，而今早已化为灰土，其豪华又在哪里？艳若赵飞燕者，虽然也曾贵为皇后，但后来又被废为庶人，也早已葬身荒草败叶，其豪华又在何处？杨玉环曾赢得"三千宠爱在一身"，"姊妹弟兄皆列土"，可谓豪华至极，但无奈落得个"花钿委地无人收"的下场。总之，历史上这些著名的貌美、恃宠的后妃，侥幸得以善终者也早已化为尘土，更多的是先荣后辱、先宠后败，下场都很悲惨。这样就田贵妃而言，貌美也罢，恩宠也罢，早逝也罢，都不过是历史一瞬。

个体生命面对顽固绵长的历史显得那么微渺、那么脆弱！一种家国之难引发的兴亡之慨、历史悲凉感油然而生。当然，诗中如果没有用阴、赵、杨三个典故，一句"自古豪华如转毂"同样可以将读者引向遥远的过去，但"自古"二字颇为抽象，对读者的联想难以形成明确的指向；提到了相关的典故之后，这种历史指向便大为具体化、清晰化了，"自古"二字因为三个相关典故的运用而落到了实处，大大增强了诗歌的表现力。

《圆圆曲》的用典也是这样。在叙述陈圆圆被农民军强掠时，诗歌提到了"绿珠"和"绛树"两个著名美女：

  遍索绿珠围内第，强呼绛树出雕栏。

"绿珠"为西晋石崇之妾。赵王司马伦自称相国，专擅朝政，石崇与潘岳等人欲图司马伦，谋未发。司马伦的嬖臣孙秀与石崇有宿憾，曾向石崇索求绿珠而遭到拒绝，便力劝司马伦杀石崇。甲士到石崇家逮捕石崇时，绿珠跳楼自尽。事具《晋书·石崇传》《世说新语·仇隙》。"绛树"为古歌女名，《艺文类聚》四十三曹丕《答繁钦书》曰："今之妙舞莫巧于绛树，清歌莫善于宋腊。"

《圆圆曲》结尾处又用到西施之典：

  君不见，馆娃初起鸳鸯宿，越女如花看不足；香径尘生乌自啼，屧廊人去苔空绿。

春秋末期吴国国王夫差打败越王勾践后，接受了越王勾践赠送的越国美女西施，在馆娃宫中整日沉迷享乐，根本没料到赠献西施乃越王灭吴大计的一部分。吴王夫差醉生梦死时，越王勾践卧薪尝胆，不久便反败为胜灭掉吴国。人去楼空，当时吴王和西施享乐的"香径""屧廊"已覆满尘土，长满绿苔。诗歌用吴王夫差的败亡讥讽吴三桂。当今之"吴"，尽管"专征箫鼓向秦川，金牛道上车千乘"，显赫之极；但这种显赫比之当年之"吴"——吴王夫差来，又是小巫见大巫。以夫差的国势强盛尚不免迅速败亡、身死人手，况当今之"吴"——吴三桂乎？"绿珠""绛树""西施"这些美女构成了一个"红颜"序列。"红颜"一词早就被用来代指美女容颜，如汉代傅毅《舞赋》曰："貌嫽妙以妖蛊兮，红颜晔其扬华。"后特指美女，如明代王世贞《客谈庚戌事》诗曰："红颜宛转马蹄间，玉箸双垂别汉关。"在封建社会特定的环境中，美貌女子往往命运多蹇，少有善终，故有"红颜薄命"之说。《圆圆曲》选取了历史上几个著名的薄命红颜来代指陈圆圆，与诗歌开头的"红颜流落非吾恋"一句联系起来，实际上将陈圆圆纳入了"薄命红颜"的序列。这中间既有对陈圆圆的同情和哀怜，也有对她前景的预测。既然自古红颜多薄命，陈圆圆一时所受的恩宠，比如"斜谷云深起画楼，散关月落开妆镜"又岂能久长。

《圆圆曲》最后对吴三桂的讥刺因用典而上升到了历史普遍性的高度：

> 为君别唱吴宫曲，汉水东南日夜流。

"吴宫曲"指吴王夫差时的歌曲，任昉《述异记》载夫差时的童谣"梧桐秋，吴王愁"，暗示吴王夫差的败亡，"为君"之"君"指当今之

"吴"——吴三桂，句意是为你吴三桂另唱一首吴宫曲，曲名可以叫作《汉水东南日夜流》。世事就像日夜不息向东南流去的汉水，人间的荣华豪奢如同流水一样，很快将会成为过眼烟云。吴诗通过这样用典将吴三桂与吴王夫差、陈圆圆与西施联系了起来，用史实极为具体地昭示了红颜薄命，富贵不居。特别是"汉水东南日夜流"一句中的"流水"意象，如同"自古豪华如转毂"一句中的"转毂"，都是变动不居的象征，哲理意味颇为浓厚。

总之，阅读吴伟业诗中颇为密集的典故，如同徜徉在布满文物的长廊。陈列其中的文物时时散发出浓郁的历史气息，将现实与历史交融在一起。吴诗通过大量用典将已往的历史与明清之际的历史交织浑融，明清之际的史实一下子转化成了历史的一部分，貌似偶然的、孤立的历史人物加入了相应的历史人物序列，从而获得了一种更深广的内涵。让读者在历史的高度思考一切：人生、命运、富贵、凄凉、成功、失败……吴伟业曾将自己的诗作视为"诗史"和"史外传心之史"。如果说"诗史"可以理解为"诗体的明清易代史"的话，那么"史外传心之史"则指"超越明清易代之史的传心之作"。"传心"即传达普遍的历史感，个体生命面对强大的历史的悲凉和无奈。毫不夸张地说，用典使吴伟业的叙事诗获得了一种"历史老人式"的叙述语调。

吴伟业之后，王闿运、杨圻也都曾在诗中大量用典，上文已略有涉及。笔者在这里着重讨论一下王闿运《圆明园词》。

钱基博论及《圆明园词》时说："韵律调新，风情宛然，乃学唐元稹之《连昌宫词》，不为高古，于《湘绮集》为变格；然要其归引之于节俭,而以监戒规讽终其篇,亦仿元稹《连昌宫词》之体也。"① 这表明钱先生认为《圆明园词》乃是一首讽喻诗。不过在我们看来,该诗之所以不像唐代讽喻诗那样直白,而在诗中蕴含着浓郁的历史兴亡之慨,关键在于该诗对历史典故的运用。诗前有一篇署名徐树钧撰的长篇序文,内容与诗歌一致,我们不妨两相对照,简单地探讨一下诗体较之散体的不同情蕴。先看序文的几句叙述:

> 文宗初,粤寇踞金陵,盗贼蜂起。上初即位,求直言,得胜保、曾国藩、袁甲三三臣……三臣支柱,贼不犯畿。然迭胜迭败,东南数省,蹂躏无完土。上悯苍生之颠沛,慨左右之无人。九年冬,郊宿于斋宫,夜分痛哭,侍臣凄恻;大考翰詹,以宣室前席发题,忧心焦思,伤于祸乱。②

诗歌对这些内容叙述如下:

> 殷勤毋佚箴骄念,岂意元皇失恭俭!
> 秋狝俄闻罢木兰,妖氛暗已传离坎。
> 吏治陵迟民困痡,长鲸跋浪海波枯。
> 始惊计吏忧财赋,欲卖行宫助转输。
> 沉吟五十年前事,厝火薪边然已至。
> 揭竿敢欲犯阿房,探丸早见诛文吏。

---

① 钱基博:《现代中国文学史》,岳麓书社,1986,第50页。
② 徐树钧:《圆明园词序》。

第四章 诗 体

此时先帝见忧危，诏选三臣出视师。
宣室无人侍前席，郊坛有恨哭遗黎。
年年辇路看春草，处处伤心对花鸟。

诗歌没有直叙寇事，而是先用"元皇"之典追溯寇乱之因。"元皇"本指"玄皇"唐玄宗，为避康熙玄烨之讳改玄为元，诗中借指乾隆帝。"长鲸"句指外国侵略者从海上入侵。"厝火"句用《汉书·贾谊传》中之典："夫抱火厝之积薪之下，而寝其上，火未及燃，因谓之安。"① 这一典故用来指文宗时之祸乱早在50年前的乾隆帝时就播下了种子。"揭竿"句用汉典指清时农民起义，"探丸"句用《汉书·尹赏传》中之典："长安中奸猾浸多，闾里少年群辈杀吏，受赇报仇，相与探丸为弹，得赤丸者斫武吏，得黑丸者斫文吏，白者主治丧。"② 诗中指轻视吏治。"宣室"句用《汉书·贾谊传》之典："上因感鬼神事，而问鬼神之本。谊具道所以然之故。至夜半，文帝前席。"③ 诗中指缺乏得力臣子。诗中用"年年辇路看春草，处处伤心对花鸟"来描述序文中的"忧心焦思，伤于祸乱"，比序文具体生动。相对于序文，诗歌因用典而倍增历史气息，特别是"元皇"之典将清事比之于唐事，极易让读者产生联想。

（文宗）然后稍自抑解，寄于文酒，以官中行止有节，尤喜园居。冬至入宫，初正即出。时园中有四春之宠，皆汉女，

---

① 班固：《汉书》卷四十八《贾谊传》。
② 班固：《汉书》卷九十《尹赏传》。
③ 班固：《汉书》卷四十八《贾谊传》。

313

分居亭馆，所谓杏花春、武陵春、牡丹春、海棠春者也。……十年六月十六日，上方园居，闻夷骑兵至通州，仓卒率后嫔幸热河。……十九日，夷人至圆明园官门，管园大臣文丰当门说止之。夷兵已去，文都统知奸民当起，环问守卫禁兵，一无在者。索马还内，投福海死。奸人乘时纵火，入宫劫掠，夷人从之。各园皆火，三昼夜不熄。……十一年七月，文宗晏驾热河。①

王闿运《圆明园词》中叙述文宗"近色"之事曰：

玉女投壶强笑歌，金杯掷酒连昏晓。
四时景物爱郊居，玄冬入内望春初。
袅袅四春随凤辇，沉沉五夜递铜鱼。
内装颇学崔家髻，讽谏频除姜后珥。

"铜鱼"用唐典，《新唐书·百官志》载："凡有召者，降墨敕，勘铜鱼木契，然后入。""崔家髻"句后自注曰："崔氏，汉妇，曾入宫为乳姬。""讽谏"句用姜后之典。周宣王的皇后姜氏，齐女，有贤德。宣王早晨晚起，她便脱簪珥待罪于永巷，云："妾之不才，致使君王失礼而晚起，敢请婢子之罪！"事具《列女传·贤明·周宣姜后传》。诗歌借指咸丰皇后慈安谏君之事。

---

① 徐树钧：《圆明园词序》。

第四章　诗　体

诗歌叙述咸丰出逃热河、圆明园被焚、咸丰病逝曰：

> 玉路旋悲车毂鸣，金銮莫问残灯事。
> 鼎湖弓剑恨空还，郊垒风烟一炬间。
> 玉泉悲咽昆明塞，惟有铜犀守荆棘。
> 青芝岫里狐夜啼，绣漪桥下鱼空泣。

所用历史意象有"鼎湖弓剑"，其他密集的自然意象渲染圆明园劫后的荒凉，与诗歌开头对圆明园的描述，如"十八篱门随曲涧，七楹正殿倚乔松""谁道江南风景佳，移天缩地在君怀"等，形成强烈的对比，于对比中见出兴衰之慨，其手法与《连昌宫词》前半部的意象对比正同。

诗歌最后一部分慨叹"百年成毁何匆促，四海荒残如在目"，历史兴亡感油然而生。在讽喻时政时，用"废宇倾基君好看，艰危始识中兴难"，让人体会出上文所叙"废宇倾基"的用意，这就比《连昌宫词》后半部分的直白说教更显含蓄。

钱基博先生将《圆明园词》比作《连昌宫词》，我们不妨回顾一下《连昌宫词》一诗的叙述结构。诗歌前半部分"宫边老人"所述的内容，运用意象对比的方法叙述"上皇"唐玄宗与贵妃"太真"兴盛时的景象，以及败落后的荒凉，叙述技巧是高明的。但是我们总觉得该诗老翁的第二次叙述与第一次难以协调，它由意象语言一下子全部转换成议论式的语言。特别是"卒章显志"的最后两句"老翁此意深望幸，努力庙谟休用兵"尤其与前半部不类。元稹是主张"消兵"的人，"休用兵"正是这一政治主张的说明，但前半部分的意象叙事与"兵"的联系并不大，玄宗、妃子在诗中无非是豪奢而已，并没有穷兵黩武。这样一来，诗歌前半部分的主体内容与卒章所显之志不有点强为牵合吗？笔者猜想：元稹该诗受《长恨歌传》及《长恨歌》的影响大约只在素材方面，而意旨则完全同于白居易的讽喻诗；讽喻诗的写作格式是"首句标其目，卒章显其志"，所以元稹在该诗结尾处勉强加上了"休用兵"的议论。这一议论和"太平谁致乱者谁"的有关议论实际上起到了一种强制作用，即强制读者不能对诗歌前半部分的大量意象生发其他联想，必须按讽喻之意去理解大量意象的"象中之意"。这实际上限制了意象语言的歧义性，减少了诗歌的内涵。笔者没有发现有关《连昌宫词》意旨的任何分歧性议论，正由于作者在诗中设置了明确的限制。

《圆明园词》后半部分有"何人老监福园门"一段，从序文可知"老监"姓董，序文中有大量董监"导游"的叙述，他以当事人的身份，引导作者和友人遍历圆明园中的各种建筑遗址，还作出了"国之所患，岂在乏财"的议论，旨在探索园兴之由。如果遵循《连昌宫词》的手法，《圆明园词》同样可以来一个"太平谁致乱者谁"的设问，让这位宫中老人进行诉说来代替自己叙述。《圆明园词》没有采取这种叙事方式，而是采用了全知视角，自始至终让全知叙述者叙述，后半部分的残败荒凉景象与前半部分的盛况对比鲜明，最后的讽谏之辞也是意象语言（包括自然意象和历史意象）：

> 惟应鱼稻资民利，莫教莺柳斗宫花。
> 词臣讵解论都赋，挽辂难移幸雒车。
> 相如徒有上林颂，不遇良时空自嗟！

"莫教莺柳斗宫花"用形象语言劝谏皇室不能过于奢华,最后两句用司马相如之典来自比。汉代辞赋家司马相如写的《上林赋》,对上林苑的壮丽以及射猎的盛举进行了大量的描写,赋尾又委婉致讽,反对淫靡奢侈,认为"忘国家之政,贪雉兔之获,则仁者不由也"。王闿运把《圆明园词》比作《上林赋》,又慨叹自己"不遇良时",这实际上已由一般的讽喻转变为人生慨叹。同样是"卒章显志",但因为所用语言不同,内涵就不仅包括讽喻,还包括对历史兴亡、人生不遇的感慨,正可见出意象语言的巨大包容能力,以及对单一意旨的消解能力。

王闿运论诗曰:"诗有六义,其四为兴。兴者,因事发端,托物寓义,随时成咏……诗者,持也,持其志,无暴其气,掩其情,无露其词。"① 这样的看法虽不无偏颇,但正可用来理解意象语言。意象语言是一种感兴语言,具有"持志""掩情"的功能,可以让诗歌更空灵含蓄。

中国古代诗学在区分诗与文时有着明确的观念:

> 诗与文体迥不类:文尚典实,诗贵清空;诗主风神,文先理道。三代以上之文,《庄》《列》最近诗,后人采掇其语,无不佳者,虚故也。②

> 诗与文章不同,文显而直,诗曲而隐。风人之诗,不落言筌,曲而隐也。③

---

① 王闿运:《诗法一首示黄生》。
② 胡应麟:《诗薮·外编》卷一。
③ 许学夷:《诗源辩体》卷一。

问曰:"诗、文之界如何?"

答曰:"意岂有二?意同而所以用之者不同,是以诗文体制有异耳。文之词达,诗之词婉。书以道政事,故宜词达;诗以道性情,故宜词婉。意喻之米,饭与酒所同出。文喻之炊而为饭,诗喻之酿而为酒。文之措词必副乎意,犹饭之不变米形,啖之则饱也。诗之措词不必副乎意,犹酒之变尽米形,饮之则醉也。文为人事之实用,诏敕、书疏、案牍、记载、辨解,皆实用也。……诗为人事之虚用,永言、播乐,皆虚用也。……赋为直陈,犹不与文同,况比兴乎?"①

综观这些论述诗文之别的观念,就会发现中国诗学对"诗"的看法:"贵清空""主风神""曲而隐""不落言筌""词婉""为人事之虚用",如此等等。这样的特点正是中国诗学最富民族特征的地方;当我们提及"中国诗学"的时候,我们往往是指具有这样特征的诗学。以此为参照标准反观中国诗学的另一部分中国古代叙事诗,不难发现中国古代叙事诗在中国诗学中并不居于主导地位,即它不能代表风格意义上的"中国诗学";同时我们会发现,叙事意象的运用,正是"中国诗学"的主要特征或曰技巧向叙事诗领域渗透的结果。王闿运《圆明园词》及其序文,为我们理解这一结论提供了一个例证。所有这些可以补充说明我们第一章所言的两大诗学传统及其融合。

---

① 吴乔:《围炉诗话》卷一。

五、少陵体·长庆体·梅村体

唐代杜甫以前的叙事诗主流是无名氏的民歌叙事诗，尽管也有不少著作权可靠的文人叙事诗，但如果从数量上形成规模、质量上又独具特色这一综合指标来看，"少陵体""长庆体""梅村体"应为中国古代叙事诗的三大代表。

"少陵体"指杜甫的五言叙事诗，如"三吏"、"三别"、《北征》、《赴奉先县咏怀五百字》等；"长庆体"指白居易、元稹二人的歌行叙事诗，如《长恨歌》《琵琶行》《连昌宫词》等；"梅村体"则指以吴伟业作品为代表的叙事诗，包括晚清王闿运、杨圻的七言叙事诗，如《永和宫词》《圆圆曲》《圆明园词》《檀青引》等。这三种诗体既有着内在的联系，又有着不同的风貌。可以说，这三种诗体的演变轨迹，大体上也就是中国古代叙事诗的历史缩影。我们首先看一下它们的渊源及内在联系。

中国诗学理论论及"叙事"时，往往是与乐府相联系的。明人许学夷说：

> 汉人乐府五言与古诗，体各不同。古诗体既委婉，而语复悠圆；乐府体既轶荡，而语更真率。盖乐府多是叙事之诗，不如此不足以尽倾倒。且轶荡宜于节奏，而真率又易晓也。①

---

① 许学夷：《诗源辩体》卷三。

清人也有类似的看法：

问："乐府五、七言与五、七言古何以分别？"

萧亭答："乐府之异于诗者，往往叙事。诗贵温裕纯雅，乐府贵遒深劲绝，又其不同也。"①

这里将"叙事"作为五、七言乐府与五、七言古诗的重要区别。

乐府最根本的特点是它与音乐的联系；当它与音乐失却联系后，它与一般古诗几乎没有什么区别。但必须注意的一个现象是：唐人"无复倚傍"、自制新题的古体诗，如杜甫的"即事名篇"，已完全与音乐毫不相干，但为什么仍冠以"乐府"之名呢？这种连古题也不复采用的"新乐府"之所以仍冠以乐府之名，在笔者看来主要原因在于它的叙事性，"叙事"维系了"新乐府"与真正乐府的关系。唐代"新乐府"有很大一部分是叙事诗，我们本书中所论及的文人叙事诗也大都在诗题上采用一些显示与乐府相关的字眼，如"歌"②"行"③"引"④"词"⑤"曲"⑥等，其根源在于显示诗歌的叙事性。古代诗学将这一类诗歌通称为"歌行"，正着眼于它与乐府的联系：

---

① 王士禛等：《诗问四种》。
② 如《饮中八仙歌》《长恨歌》《画中九友歌》《听女道士卞玉京弹琴歌》等。
③ 如《兵车行》《丽人行》《琵琶行》《雁门尚书行》《临淮老妓行》《兰陵女儿行》等。
④ 如《檀青引》。
⑤ 如《永和宫词》《圆明园词》《颐和园词》等。
⑥ 如《圆圆曲》《王郎曲》《萧史青门曲》等。

> 按歌行有有声有词者，乐府所载诸歌是也；有有词无声者，后人所作诸歌是也。其名多与乐府同，而曰咏、曰谣、曰哀、曰别（自"曰咏"至此，《诗体明辨》及《图书集成》作"曰歌、曰行、曰吟、曰辞、曰曲、曰篇、曰咏、曰谣、曰叹、曰哀、曰怨、曰别"，疑出叶生汪淇辈以意增补，因歌、行、吟、辞等类，"多与乐府同"也），则乐府所未有。盖即事名篇，既不沿袭古题，而声调亦复相远，乃诗之三变也。故今不入乐府，而以近体歌行括之，使学者知其源之有自，而流之有别云。①

可见，将"即事名篇"称为"歌行"，正因为它与乐府的联系。吴讷的《文章辨体序说》表露了相近的观点。他在"歌行"条中指出：

> 唐世诗人，共推李杜。太白则多模拟古题，少陵则即事名篇，无复倚傍。厥后元微之以后人沿袭古题，唱和重复，深以少陵为是。故今是编，凡拟古者，皆附乐府本题之内。若即事为题，无所模拟者，则自汉魏以降，迄于近代，取其辞义之弗过于淫伤者，录之于此云。②

太白"模拟古题"的歌行多不是叙事诗，杜甫"无复倚傍"的"即事名篇"多为叙事诗。杜甫这样自制新题的"即事名篇"，正是元、

---

① 徐师曾著，罗根泽校点：《文体明辨序说》，人民文学出版社，1962，第106页。
② 吴讷：《文章辨体序说》。

白二人竭力推崇并仿效的。白居易《与元九书》中评论历代诗歌，于唐代最为推崇杜甫的《新安吏》《石壕吏》《潼关吏》等诗；元稹《乐府古题序》清理了古今乐府诗源流，认为唐代诗人中只有杜甫的诗歌，"凡所歌行，率皆即事名篇，无复倚傍。予少时与友人乐天、李公垂辈，谓是为当，遂不复拟赋古题"①。元稹在这篇文章中叙述的线索，大体上勾勒出了古代叙事诗的历史线索，他所概括的"即事名篇"一语为许学夷、徐师曾、吴讷等人所沿用，可见其影响之深。清代吴伟业明确地表示过自己心仪元、白。他在60岁时所作的《秋日锡山谒家伯成明府临别酬赠》一诗有句云：

八斗君堪跨建安，一编我尚惭长庆。

这里的"长庆"不同于一般意义上的"元白体""元和体"，而是有着独特的内涵。刘德重《"长庆体"名义辨说》一文对这三个术语有精当的考论，② 在这里不再多论。参照该文，"长庆体"是明人贺贻孙《诗筏》中所说的"长庆长篇"，"如白乐天《长恨歌》《琵琶行》，元微之《连昌宫词》，才调风致，自是才人之冠"。③ 所以靳荣藩《吴诗集览》在笺注吴诗时，引陆次云《圆圆传》说："梅村效琵琶、长恨体，作《圆圆曲》。"

综合以上所论可见，中国古代叙事诗自始至终有着内在联系，它们都由"乐府"这一文化现象维系着，两汉乐府叙事诗自不必说，唐

---

① 元稹：《乐府古题序》。
② 刘德重：《"长庆体"名义辨说》，《文学遗产》1985年第1期。
③ 刘德重：《"长庆体"名义辨说》，《文学遗产》1985年第1期。

以后的叙事诗则从精神追求和诗题样式上都保持着与乐府的血缘联系。这或许可以看作是古代诗学的一条规律。但从元、白开始，古代叙事诗也发生了重大变化，我们可从"少陵体""长庆体""梅村体"三者的对比中看出古代叙事诗的发展：

1. **由五言向七言的演化**。先秦叙事诗为四言，汉魏乐府叙事诗则为五言。杜甫的"少陵体"主要为五言，但也出现了《兵车行》这样的七言诗；而从元、白开始，其后的叙事诗多以七言为代表。由四言至五言，由五言更进一步为七言，诗歌的容量增大了。

2. **意象密度逐渐增大**。"少陵体"及其以前的叙事诗很少有意象，"长庆体"意象大增，"梅村体"则有过之而无不及。意象增加导致意象叙事这一独特叙事技巧的广泛运用，丰富了中国古代叙事学的内容。

3. **典故从无到有，从少到多**。"少陵体"没有用过典，"长庆体"偶一用之，而"梅村体"诸诗尽皆大量用典，书卷气愈来愈浓，愈来愈远离乐府诗歌浅近、通俗、朴素的特色，而与格律诗相似。其得失上文已有评述。

4. **韵律的逐渐讲究**。相对于"少陵体"和"长庆体"，最晚出的"梅村体"的特异之处除用典外还有用韵。这一点也是"梅村体"的主要特色，因前文没有涉及，这里着重加以论述。

清人论及"梅村体"时曾指出：

> （吴诗）其中歌行一体，尤所擅长。格律本乎四杰，而情韵为深；叙述类乎香山，而风华为胜。①

---

① 《四库全书总目提要》卷一七三《梅村集》。

这就是说"梅村体"是在综合"初唐四杰"和白居易的基础上形成的。这种看法在清代比较普遍，如袁枚曾说："梅村七言古，用元、白叙事之体，拟王、骆用事之法，调既流传，语复绮丽，千古高唱也。"徐世昌也说梅村体"胎息初唐，不囿于长庆"。梅村体借鉴"初唐四杰"的最明显之处是用韵，即"格律"。

受六朝遗风影响，"初唐四杰"的歌行大都词意婉丽，音节铿锵，圆美流动。这主要是因为他们在诗中夹用律句，自由转韵，蝉联相续而下，或8句一换韵，或4句一换韵，而以4句换韵为多，被称为"四句转韵之初唐体"，代表作如卢照邻的《长安古意》。吴伟业大量借用了这种转韵之法，使得诗歌"通首筋脉，倍觉灵活"。这里以《永和宫词》为例略作说明。

《永和宫词》全诗108句，只有两处为8句一转韵，其余全为4句一转韵，共转韵25次之多。一般韵转意即转，诗意随韵而转。诗歌中部描述田贵妃病况曰：

> 贵妃瘦损坐匡床，慵鬓啼眉掩洞房。
> 豆蔻汤温冰簟冷，荔枝浆热玉鱼凉。

这4句韵脚为"ang"，紧接的4句韵脚转而为"i"来叙述田妃之死：

> 病不禁秋泪沾臆，裴回自绝君王膝。
> 苔没长门有梦归，花飞寒食应相忆。

以下 4 句叙述崇祯帝对田妃的安葬哀悼，韵脚又转：

  玉匣珠襦启便房，薤歌无异葬同昌。
  君王欲制哀蝉赋，谏笔词臣有谢庄。

初唐四杰的转韵，往往结合着蝉联的形式，这一点颇受古人重视，如沈德潜《说诗晬语》指出："四语一转，蝉联而下，特初唐人一法，所谓'王杨卢骆当时体'也。"我们以卢照邻的《长安古意》为例：

  得成比目何辞死，愿作鸳鸯不羡仙。
  比目鸳鸯真可羡，双去双来君不见？
  生憎帐额绣孤鸾，好取门帘帖双燕。
  双燕双飞绕画梁，罗帷翠被郁金香。
  片片行云著蝉翼，纤纤初月上鸦黄。
  鸦黄粉白车中出，含娇含态情非一。

这种蝉联方式在本诗中还有不同面目的变格：

  百尺游丝争绕树，一群娇鸟共啼花。
  游蜂戏蝶千门侧，碧树银台万种色。

第四句之"树"与第一句之"树"仍为蝉联。再如：

  北堂夜夜人如月，南陌朝朝骑似云。

南陌北堂连北里,五剧三条控三市。

第三句"南阳北堂"分别取自前两句的首两字。所有这些蝉联形式,大大增强了诗歌的婉转流畅性。这种形式源于南朝民歌,被文人采用后运用得更为精巧。

"梅村体"中运用蝉联之法最为突出的是《圆圆曲》:

鼎湖当日弃人间,破敌收京下玉关。
恸哭六军俱缟素,冲冠一怒为红颜。
红颜流落非吾恋,逆贼天亡自荒宴。
电扫黄巾定黑山,哭罢君亲再相见。
相见初经田窦家,侯门歌舞出如花。

受齐梁诗风格律化的影响,"初唐四杰"体多用对偶,时参律句。骆宾王《帝京篇》等长诗中的对偶句几乎占全诗三分之二。律句不仅包含对偶,而且讲究平仄。七言歌行中融入律句使诗歌的节奏更为圆美流畅,如《长安古意》开头的几句:

玉辇纵横过主第,金鞭络绎向侯家。
龙衔宝盖承朝日,凤吐流苏带晚霞。
百尺游丝争绕树,一群娇鸟共啼花。
游蜂戏蝶千门侧,碧树银台万种色。

这种写法对吴伟业影响很大。"梅村体"中的一些诗几乎全是律句，有些甚至可以看成是若干首平韵七绝与仄韵七绝的交互重叠。它既有古体诗的自由与灵动，又有格律诗的精严与工整，诚如《四库全书总目提要》所言："韵协宫商，感均顽艳，一时尤称绝调。"如《雁门尚书行》一诗，叙述完孙传庭及其家人的壮烈事迹后，紧接的 8 句诗为：

> 回首潼关废垒高，知公于此葬蓬蒿。
> 沙沉白骨魂应在，雨洗金疮恨未消。
> 渭水无情自东去，残鸦落日蓝田树。
> 青史谁人哭薛碑，赤眉铜马知何处。

"沙沉""雨洗"二句对仗便十分工稳。

综上所论可见，"少陵体""长庆体""梅村体"的共同渊源是乐府叙事诗，三者之间又有着承传的关系，三者的发展变化可以从意象、用典、韵律等诸方面明显地体现出来。从史的角度论析中国古代叙事诗时，就能清楚地衡量它们不同的历史地位。

参考书目

1. 北京师范大学中文系比较文学研究组选编. 比较文学研究资料. 北京：北京师范大学出版社，1986.

2. 陈植锷. 诗歌意象论. 北京：中国社会科学出版社，1990.

3. 褚斌杰. 中国古代文体概论（增订本）. 北京：北京大学出版社，1990.

4. 程俊英译注. 诗经译注. 上海：上海古籍出版社，1985.

5. 陈寅恪. 元白诗笺证稿. 上海：上海古籍出版社，1978.

6. 丁福保辑. 历代诗话续编：上、中、下册. 北京：中华书局，1983.

7. 董乃斌. 中国古典小说的文体独立. 北京：中国社会科学出版社，1994.

8. 冯其庸，叶君远. 吴梅村年谱. 南京：江苏古籍出版社，1990.

9. 郭绍虞编选，富寿荪校点. 清诗话续编. 上海：上海古籍出版社，1983.

10. 郭绍虞主编. 中国历代文论选：一、二、三、四册. 上海：上海古籍出版社，第一、二册，1979，第三、四册，1980.

11. 郭英德等. 中国古典文学研究史. 北京：中华书局，1995.

12. 郭预衡主编. 中国古代文学史长编：秦汉魏晋南北朝卷. 北京：首都师范大学出版社，1995.

13. 葛晓音. 汉唐文学的嬗变. 北京：北京大学出版社，1990.

14. 郭延礼. 近代六十家诗选. 济南：山东文艺出版社，1987.

15. 郭延礼. 中国近代文学发展史：一、二、三卷. 济南：山东教育出版社，第一卷，1990，第二卷，1991，第三卷，1993.

16. 贺拉斯. 诗艺. 杨周翰译. 北京：人民文学出版社，1962.

17. 华莱士·马丁. 当代叙事学. 伍晓明译. 北京：北京大学出版社，1990.

18. 何文焕辑. 历代诗话：上、下册. 北京：中华书局，1981.

19. 胡应麟撰. 诗薮. 上海：上海古籍出版社，1979.

20. 靳荣藩集览. 吴诗集览. 四部备要本.

21. 刘泽华. 中国传统政治思想反思. 北京：生活·读书·新知三联书店，1987.

22. 刘泽华. 士人与社会. 天津：天津人民出版社，1992.

23. 罗钢. 叙事学导论. 昆明：云南人民出版社，1994.

24. 刘勰著，陆侃如、牟世金译注. 文心雕龙译注. 济南：齐鲁书社，1982.

25. 陆侃如，冯沅君. 中国诗史：上、中、下册. 北京：人民文学出版社，1956.

26. 罗宗强. 隋唐五代文学思想史. 上海：上海古籍出版

社，1986.

27. 缪钺等撰写. 宋诗鉴赏辞典. 上海：上海辞书出版社，1987.

28. 钱仲联. 梦苕庵论集. 北京：中华书局，1993.

29. 钱仲联等撰写. 元明清诗鉴赏辞典：清·近代. 上海：上海辞书出版社，1994.

30. 钱基博. 现代中国文学史. 长沙：岳麓书社，1986.

31. 钱志熙. 魏晋诗歌艺术原论. 北京：北京大学出版社，1993.

32. 阮元校刻. 十三经注疏：上、下册. 北京：中华书局，1980.

33. 司马迁等撰. 前四史：上、中、下册. 天津：天津市古籍书店，1991.

34. 沈德潜著，霍松林校注. 说诗晬语. 北京：人民文学出版社，1979.

35. 童庆炳. 文体与文体的创造. 昆明：云南人民出版社，1994.

36. 陶东风. 文体演变及其文化意味. 昆明：云南人民出版社，1994.

37. 汪荣祖. 史传通说——中西史学之比较. 北京：中华书局，1989.

38. 王元骧. 审美反映与艺术创造. 杭州：杭州大学出版社，1992.

39. 吴讷著，于北山校点. 文章辨体序说. 北京：人民文学出版社，1962.

40. 王士禛等著，周维德笺注. 诗问四种. 济南：齐鲁书社，1985.

41. 王国维著，滕咸惠校注. 人间词话新注（修订本）. 济南：齐鲁书社，1986.

42. 王英志. 中国古典诗歌艺术新探. 南京：江苏古籍出版社，1990.

43. 吴小如等撰写. 汉魏六朝诗鉴赏辞典. 上海：上海辞书出版社，1992.

44. 吴伟业著，李学颖集评标校. 吴梅村全集：上、中、下册. 上海：上海古籍出版社，1990.

45. 许倬云. 西周史. 北京：生活·读书·新知三联书店，1994.

46. 许学夷著，杜维沫校点. 诗源辩体. 北京：人民文学出版社，1987.

47. 萧涤非等撰写. 唐诗鉴赏辞典. 上海：上海辞书出版社，1983.

48. 薛雪著，杜维沫校注. 一瓢诗话. 北京：人民文学出版社，1979.

49. 徐师曾著，罗根泽校点. 文体明辨序说. 北京：人民文学出版社，1962.

50. 尹达主编. 中国史学发展史. 郑州：中州古籍出版社，1985.

51. 叶维廉. 中国诗学. 北京：生活·读书·新知三联书店，1992.

52. 严羽著，郭绍虞校释. 沧浪诗话校释. 北京：人民文学出版社，1961.

53. 叶燮著，霍松林校注. 原诗. 北京：人民文学出版社，1979.

54. 袁枚. 随园诗话：上、下册. 北京：人民文学出版社，1982.

55. 左丘明著，李维琦标点. 国语. 长沙：岳麓书社，1988.

56. 张廷玉等撰. 明史. 北京：中华书局，1974.

57. 张乘健. 杨贵妃秘史. 北京：中国世界语出版社，1993.

58. 张寅德编选. 叙述学研究. 北京：中国社会科学出版社，1989.

59. 宗白华. 美学与意境. 北京：人民出版社，1987.

60. 赵毅衡. 远游的诗神——中国古典诗歌对美国新诗运动的影响. 成都：四川人民出版社，1985.

61. 赵永纪编著. 古代诗话精要. 天津：天津古籍出版社，1989.

62. 钟嵘著，曹旭集注. 诗品集注. 上海：上海古籍出版社，1994.

63. 赵翼著，霍松林、胡主佑校点. 瓯北诗话. 北京：人民文学出版社，1963.

再版后记

写这篇后记,其实就是回忆一段学术经历,重温那段经历中的人与事。

时光倒流,记忆一下子回到了整整30年前。

1992年9月,我有幸考入袁世硕先生门下攻读博士学位,专业方向是元明清文学。先生给我和王昕讲授了两门课程,一门是"元明清文学研究方法论",另外一门是"元明清文学文献学"。将这两门课结合起来,先生向我们传授的治学方法,实质上可以概括为"用恰当的方法来解读文献"。按照这种研究思路,我将博士论文的题目确定为"吴伟业与中国古代叙事诗研究",试图将"梅村体"叙事诗放在整个中国叙事诗的历史长河中,借鉴当代叙事学进行研究。

在我的学生时代还没有电脑,我只能用稿纸一个字、一个字地书写。当我写完了十本稿纸的时候,握笔的右手中指已经磨出了厚厚一层老茧,食指则被拇指的指甲挖了一个深深的坑。这篇长达28万字的博士论文于1995年5月顺利通过答辩。此后,姜小青学长命我写了短文《吴伟业与中国古代叙事诗研究提要》，由他推荐，发表于《文学遗产》1995年第6期"博士新人谱"栏目。接下来，经由冯仲平和王杰两位学长的推荐，我的博士论文得以入选广西师范大学张明非教授主编的"中国诗学丛书"。按照丛书的要求，我大幅度地修改了博士论文，以"中国古代叙事诗研究"为题于1996年交付广西师范大学出版社。这本书正式出版的时候已经是2002年了。我一直对于书中的错讹耿耿于怀，现在终于有了改错的机会。

  感谢袁世硕先生的教诲洪恩！尽管我毕业留校后的学术兴趣逐渐转向了美学和文艺理论，但从先生那里学到的治学精神和方法，一直影响着我的学术研究：最广泛地搜集相关文献，用最恰当的理念和方法进行解读。这种方法一直贯穿于我的生态美学研究、环境美学研究和生态批评研究，可谓"先生之道，一以贯之"。感谢姜小青、冯仲平、王杰三位学长，当年我们同在山大求学的时候，三位仁兄对我一直关怀有加，后来又对我的学术成长提供了实质性的帮助。感谢安徽教育出版社，让这本拙著以新的面貌呈现给读者朋友。

程相占

2022年10月2日于泉城济南千佛山脚下寓所